Владарг Дельсат

ИСПЫТАНИЕ
критерий разумности — 1

2024

Copyright © 2024 by **Vladarg Delsat**

All rights reserved.

No part of this publication may be reproduced, distributed, or transmitted in any form or by any means, including photocopying, recording, or other electronic or mechanical methods, without the prior written permission of the publisher, except as permitted by copyright law.

The story, all names, characters, and incidents portrayed in this production are fictitious. No identification with actual persons (living or deceased), places, buildings, and products is intended or should be inferred.

Book Cover by **StudioGradient**

Edited by **Elya Trofimova & Ir Rinen**

Copyright © 2024 by **Владарг Дельсат (Vladarg Delsat)**

Все права защищены.

Никакая часть этой публикации не может быть воспроизведена, распространена или передана в любой форме и любыми средствами, включая фотокопирование, запись или другие электронные или механические методы, без предварительного письменного разрешения издателя, за исключением случаев, предусмотренных законом об авторском праве.

Сюжет, все имена, персонажи и происшествия, изображенные в этой постановке, являются вымышленными. Идентификация с реальными людьми (живыми или умершими), местами, зданиями и продуктами не подразумевается и не должна подразумеваться.

Художник **StudioGradient**

Редакторы **Эля Трофимова & Ир Ринен**

Оглавление

Гармония, 56 лучезара 33 года	1
Гармония, 57 лучезара 33 года	13
Пространство, 57-58 лучезара 33 года	25
Млечный Путь, 58 лучезара 33 года	37
Млечный Путь, 59 лучезара 33 года	51
Родина, 4 златоверха 304 года	63
Родина, 5 златоверха 304 года	75
Неведомое, 59 лучезара 33 года	87
Родина, 5-6 златоверха 304 года	99
Пространство, 60 лучезара 33 года	111
Субпространство, 61 лучезара 33 года	123
Витязь, 61 лучезара 33 года	135
Витязь, 61-62 лучезара 33 года	149
Витязь, 62 лучезара 33 года	161
Пространство, 62 лучезара 33 года	173
Млечный Путь, 62 лучезара 33 года	185
Точка Рандеву, 62-63 лучезара 33 года	197
Витязь, 63 лучезара (53 метеона) 33 года	209
Пространство, 53 метеона 33 года	223
Пространство, 54 метеона 33 года	235
Субпространство, 54 метеона 33 года	247
Минсяо, 55 метеона 33 года	259
Гармония, 55 метеона 33 года	273
Гармония, 56 метеона 33 года	285
Гармония, 57 метеона 33 года	297
Гармония, 60 метеона 33 года	309
Гармония, 1 орбитала 33 года	321

Гармония, 4 гагарина 45 года   333
Справочные материалы   349

Гармония, 56 лучезара 33 года

Последний экзамен перед практикой — это радость, наверное. Если бы это не была «Межзвездная Навигация». Нудная наука, требующая знания тысячи никому не нужных параметров, формул и инструкций, а на деле все это заменяется одним-единственным навигатором, без которого корабль никто и никуда не выпустит. Все-таки не Первая Эпоха, тридцать третий год Четвертой идет, так что вопрос остается прежним: за что?

Тяжело вздохнув, смотрю в окно виртуального экзаменационного пространства. В окнах отображаются отнюдь не звезды, а все те же вопросы, формулы и путь гипотетического звездолета с попаданием в черную дыру, что в реальности даже теоретически невозможно, но задание есть задание.

На улице бушует лето, которое на Гармонии полгода длится, не меньше, даже учитывая не привязанный к планетарным циклам календарь. Человечество приняло совсем другой календарь, для того чтобы разные планеты были синхронизованы. Он искусственен, потому точное время по светилам, как в древности, узнать невозможно. У каждого на руке коммуникатор, включая детей, так время и узнаем. Ну еще потеряться у детей задача нетривиальная... О чем я думаю?

Итак, некий звездолетчик отключил навигатор, потому что иначе не получа... О! Вот он первый пункт разбора: «отключен навигатор». Дальше с выключенным навигатором этот придурок полетел аки птица куда-то в сторону Столицы. При этом не соблюдая правил движения, то есть напрямик. Второй пункт есть... А, пошло! Главное, в заключении не забыть рекомендовать психиатрическую экспертизу.

Неожиданно быстро закончив, я перечитываю разбор, замаскированный под заключение эксперта, в поисках забытого и тут натыкаюсь еще на одну деталь — с грузовика был эвакуирован ребенок. Во-первых, откуда он там взялся? Во-вторых, взрослая капсула серии «Синь» не предназначена для транспортировки детей, ибо нуждается в коррекции пилота... Вот теперь все! Нажимаю кнопку окончания и жду резюме автоэкзаменатора.

— Курсант Винокуров, — звучит ровный голос безо всяких интонаций. — Основной блок — отлично, необязательный блок безопасности — отлично. Допуск к самостоятельным полетам.

Я чуть не падаю, где сидел: такой допуск — это очень, очень серьезно. Или в лесу что-то крупное сдохло, или же я ответил правильно на контрольный вопрос. А каким он мог быть? Вот теперь сиди и мучайся, пытаясь сообразить... Впрочем, папу спрошу, что могло повлиять, вице-адмирал-то знать должен? А пока пойду погуляю.

Машка меня вчера аккурат вечером бросила. Причем не лично, а через коммуникатор. Просто написала: так, мол, и так, мы не подходим друг другу, мне нужен напланетник, а не летун по всей галактике, потому, лети, птичка. Красивая она девчонка, ну а то, что погуляла и бросила — так о том мама меня еще когда предупреждала... Так что к этому я был готов, ответив ей традиционным пожеланием долгой жизни.

Покинув кабинку виртуального экзаменатора, направляюсь привычным серым коридором на улицу. Хочется посидеть в тишине, но это придется на вечер отложить — маме помочь с новой техникой нужно, а то у нее скоро конгресс, а наладонник не работает. Ну, или мамочка им пользоваться не умеет. Вот и научу, она же меня учила когда-то?

— Серега! — слышу я голос друга, разворачиваясь в его сторону. — Вечером в трактир?

— Нет, Ли, — качаю я головой. — Чую я, завтра меня пакость какая-то ждет...

— А... А меня? — сразу же интересуется Ли Донг.

— А тебя ожидаемое — экзамен по Истории, — хмыкаю я в ответ, отчего настроение друга портится.

Я его понимаю, на Истории семь потов сойдет... Мало того, что нужно умудриться не перепутать эпохи, так еще и вспомнить даты Первого Контакта, не забывая, что до него были две Встречи. Это когда звездолеты поглазели и разошлись, но они были и помнить их зачем-то надо. Поэтому экзамен по Истории самый жуткий, хуже Временной Синхронизации. Этот предмет три года учит правильно пересчитывать наши месяцы на циклы разных планет. Тоже непонятно, кому это надо и зачем. Вот, например, на Потерянной, которая Праматерью еще зовется, в месяце было всего четыре недели, а не десять, как у нас. Любили предки динамическую смену названий, недаром же в результате планету практически уничтожили.

Ли родился на Цзинли, это что-то около полупарсека отсюда. Планета была обнаружена экспедицией Ци

Пина, и озвученное им название экипажу понравилось, очень оно емкое получилось, планету вполне описывая. Несмотря на единый язык, некоторые нюансы остаются все равно, но это и хорошо — сохраняется историческая связь, по-моему. Вот я знаю древнерусский язык, потому как история семьи обязывает, хотя пригодиться он мне не может, древние русские жили в эпоху ракет, топтания на орбите и раздробленного Человечества. Непредставимо, конечно, как они тогда выживали... Вот не помню, мамонты тогда еще водились или их в Темные Века всех съело прожорливое Человечество?

В таких раздумьях дохожу до станции. Можно, конечно, просто шагнуть домой прямым переходом, можно полетать немного, но от моего обиталища до Училища часа три лету, потому решаю все-таки шагнуть. Арка перехода приветливо переливается зеленым, и я делаю шаг, не задумываясь. Управление само считает данные с моего идентификатора и направит в нужное место.

Вот и мой дом — в виде избы откуда-то из Темных Веков, но, разумеется, только внешне. Внутри он представляет собой вполне современное жилище. Вот и сейчас я поднимаюсь на ступеньку, открываю старательно скрипящую дверь и оказываюсь в прихожей. Форменную куртку — на вешалку в виде гвоздя, растущего из стены. Голограмма, конечно, но папе нравится, так что пусть.

— Мама! — зову я. — Я дома!

— Здравствуй, сынок, — в прихожую входит мама, одетая в повседневный комбинезон. — Как сдал?

— Отлично, и индивидуальный допуск, — отвечаю, широко улыбнувшись.

— Ого! — мамочка моя хорошо знает, что это такое. — Вопросы с детьми правильно промаркировал?

И тут до меня доходит... Действительно, дети же превыше всего, а я отметил все элементы эвакуации ребенка, выставив эти пункты над обязательными. По забывчивости, но выставил, а это для автоматики очень много значит. Вычислитель же не знает, что это я по забывчивости да лени? Вот потому, видимо, меня еще и наградили. Так что все логично, получается...

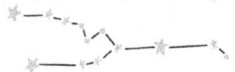

— Строительный Университет Кедрозора готов выпустить новую партию роботов-монтажников, — мягко доносит до меня последние известия коммуникатор. — Байюнь сообщает о странных сигналах, пойманных нашими друзьями с планеты Диадема, система Волосы Вероники. Продолжается поиск необъяснимо исчезнувшего испытательного звездолета «Буря»...

Я вздыхаю. Работа везде кипит, а я на практике, скорей всего, буду гальюны чистить. Будто отвечая моим мыслям, слышится звонок грузовой почты, и в приемный контейнер выпадает сверток. Интересно, что это такое? Поднявшись, я иду к приемнику, сразу же заметив свое имя. Вдвойне интересно, получается, что это.

Взяв в руку пакет с отметкой координационного флотского центра, вынимаю пилотскую форму, причем с обозначениями разведчика. Вот это уже точно ни в какие ворота не лезет, потому что так не бывает. Папа с работы вернется, надо будет спросить, ибо я не в возрасте сопляка, чтобы в такие сказки верить, да и эмблемы разведки — их просто так не получить. Или здесь какая-то тайна, или надо мной подшутили.

— Почта, сынок? — интересуется мама, застав меня в процессе разглядывания комбинезона.

— Да вот, что-то непонятное, — отвечаю я ей, показывая эмблемы. — Шутка, наверное, какая-та...

— А ты достоверность проверил? — становится она серьезной. — Вряд ли принято шутить именно так.

— Точно, достоверность... — вспоминаю я инструкцию. — Спасибо, мама!

Она улыбается, но не уходит, а я припоминаю

последовательность действий. Так, коммуникатором сканировать метку на форме, это просто. Прибор выдает писк приема и зажигает зеленый огонек, значит, комбинезон действительно зарегистрирован на меня. Теперь фото эмблем и запрос в штаб Флота. Проверочный запрос может послать кто угодно, не только я, поэтому, если шутка, узнаем сразу, а там... Там посмотрим.

Запрос уходит нормально, происходит обмен с адресатом, затем зажигается символ — щит, прикрывающий планету. В древности щитоносцы назывались «контрразведкой», насколько я помню Историю, но вот именно это объясняет и эмблемы Разведки Пространства, потому что щитоносцы — совершенно особенное подразделение Флота. Правда, и попасть туда, еще не закончив училище, — не скажу, что фантастика, но маловероятное событие.

— Щитоносцы, — несколько ошарашенно сообщаю я маме.

— Да, любопытно, — кивает она, подходя поближе, чтобы обнять меня. — Впрочем, учишься ты отлично, допуск у тебя к самостоятельным полетам, так что вполне логично. Кроме того, ты интуит, а это совершенно отдельная сказка.

— Слабый же интуит, — вздыхаю я, потому что эта рана еще болит.

Интуиты требуются всегда и везде, но вот мне не светит, потому что интуиция работает редко и только в отношении меня, потому-то и неприменима в отношении других. А интуиты нужны в центрах принятия решений, и если такой специалист с урезанным даром, то, конечно, он не годен...

— Слабый, сильный, щитоносцам все равно, — усмехается чему-то мама. — Вот что, оставь комбинезон, пошли кормить молодой растущий организм.

— О, это хорошая новость, — сразу же улыбаюсь я.

Мама у меня, когда есть возможность, синтезатору не доверяет, предпочитая готовить дедовскими способами — самостоятельно, своими руками. И получается у нее, надо сказать, просто божественно. Поэтому следующие полчаса я наслаждаюсь древним блюдом под названием «бефстроганов». Древние блюда сейчас уже мало кто помнит, доверяют синтезатору со стандартным набором блюд. Кстати, надо будет копию памяти нашего синтезатора взять с собой на всякий случай.

Во время еды начинает вибрировать коммуникатор, требуя соединения. Взглянув одним глазком на появившуюся эмблему, откладываю вилку, силясь быстро проглотить великолепное мясо, и даю команду-разрешение на соединение. Передо мной появляется хорошо знакомый мне по лекциям Иван Цзи. Он преподавал у нас на втором курсе, инструкции вбивал, можно сказать...

— Курсант Винокуров, вы получили эмблемы разведки, — утвердительно сообщает мне преподаватель. — При этом не поленились проверить оригинальность формы и достоверность знаков различия. Прекрасная работа, курсант.

— Во имя Человечества! — отвечаю я ему уставной фразой, только теперь понимая, что шутки не было, а произошла проверка.

— Отлично, — кивает мне соратник Цзи. — Завтра в десять утра вам предписывается быть на сто третьем уровне штабного комплекса, кабинет полтораста.

— Прием подтверждаю, — рефлекторно отвечаю я.

— Молодец, — кивает он мне и отключается, а я поднимаю голову и ошарашенно смотрю на маму.

— Интересненько, — замечает она, хмыкнув своим мыслям. — Это с чего вдруг такая спешка? Неужели...

Мама замолкает, а я понимаю, что от нее информации сейчас не дождешься — думает она, перебирает варианты. Поэтому я возвращаюсь к трапезе, ибо еда вкуснейшая, а судя по последним новостям, вполне возможно, что завтра мне предстоит обживать каюту космического корабля, есть у меня такое ощущение.

Выходит, надо вещи собрать из расчета на всю практику, взять кристалл с записью блюд синтезатора, ибо туда мамочка залила все, что готовила и что под силу этому аппарату сотворить. Затем наладонник мой с фильмами, шпорами и программами расчета всего на свете... Что еще? Читалку с книгами, там их много, на тоскливые дежурства точно хватит, ну и индивидуальный медицинский набор.

Закончив с едой и сердечно поблагодарив маму, отправляюсь собираться. Индивидуальные медицинские наборы — великолепная придумка, и то, что я здоров, тут роли не играет, ибо в набор входят и диагност, и комплекс противоядий от всего на свете, и даже микроробот-хирург, для простых несложных операций — рану зашить, аппендикс вырезать, ну и так далее. Ну и медицина на все возможные случаи, хотя в пространстве людей всех возможных случаев уже нет — болезни побеждены, вакцина Катова-Сипынь защищает от всего. Но порядок есть порядок, а инструкции пишутся кровью, так папа говорит.

Сейчас папа появится — его катер уже маневрирует, поспрошаю его, что такое у них творится, что курсанту вдруг стажерские звезды и знак разведки. Любопытство буквально сгрызает, ибо подобного я не то, что не видел, не слышал даже. А раз явление это редкое, то причина может быть о-го-го какой. Вот, приземлился отец, сейчас я пойду его расспрашивать...

Гармония, 57 лучезара 33 года

Утро начинается неожиданно. Кажется, только что закрыл глаза, и вот звенит будильник. Быстрый разминочный комплекс, без которого никуда. Ну он привычен, поэтому упражнения просыпаться не мешают, затем в душ и натянуть новенький комбинезон темно-синего цвета. Индикатор у воротника тихо пищит, идентифицируя меня, а в петлицах, как я знаю, загораются символы стажер-пилота. Проверять не буду, не девица все-таки в зеркало на себя любоваться.

— Доброе утро, мама, папа, — здороваюсь я, выходя к завтраку.

— Доброе, сынок, — улыбается мама, накладывая мне коричневую кашу с необычным, но знакомым запахом, а папа только кивает, работая со своим коммуникатором, что завтракать ему не мешает.

Будто в детство вернулся — шоколадная каша передо мной стоит. На мгновение даже показалось, что Машка рядом сидит... И сразу же острой болью резануло сердце. Болезни человечество победило, но от случайностей никто не застрахован. Вот и младшая сестренка моя внезапно ушла. В школе на уроке остановилось сердце, и, как ни пытались завести — ничего не вышло. Очень серьезное расследование ничего не выявило — не было никаких причин, совершенно, даже намеков... Но рана эта болит до сих пор и болеть будет всю жизнь. Я помню ее такой, какой она была — смешливая, веселая, иногда даже обиженная... Так, хандру в сторону, надо завтракать, а то опоздаю.

— Я тебя отвезу, — информирует меня папа. — Заодно и побалакаем.

— Спасибо, пап, — киваю я, понимая, что он хочет мне сказать что-то важное, ведь вечером нормально поговорить не получилось.

Мама вчера расплакалась вдруг, поэтому мы вдвоем ее утешали, а потом долго-долго сидели обнявшись. Страшно ей за меня, все-таки форма эта, да и вызов на практику так скоро — все не просто так. Вопрос только один: мама просто загрустила, волнуясь обо мне, или же чувствует что-то? Если второе, то это нехорошо...

Правда, если бы она предчувствовала именно гибель, то костьми легла бы, никуда не пуская, потому что мамочка у меня как раз довольно сильный интуит.

Доев и убрав тарелку, сначала беру сумку, пытаясь понять, что забыл. Затем распихиваю по карманам все нужное, но мелкое, ну и аптечку в набедренный, это обязательно — инструкции кровью писаны. Ну а затем сажусь рядом с мамой, обнимая ее. Я чувствую, что ей неспокойно, поэтому стараюсь успокоить, поделиться своим теплом, и у меня получается, ведь это же моя мама. Предчувствие ее, кстати, надо учитывать, так что будем перестраховываться.

— Поехали, сын, — командует папа, заставляя меня расцепиться с мамой.

— Все будет хорошо, мамочка, — убежденно говорю я ей.

— Будет, сынок, — кивает она. — Но не сразу и очень непросто. Старайся думать перед тем, как делаешь.

— Есть думать, — улыбаюсь я, а затем, поцеловав маму на прощанье, выхожу из дома.

Папин катер уже ждет. Овальной вытянутой формы, он приветливо распахивает передо мной створку пассажирского отделения, я довольно привычно втекаю в ложемент, устроив в фиксаторе сумку. Спустя несколько мгновений рядом на пилотском месте обнаруживается отец. Он быстро подключает навигатор:

— Борт эм-сто, маневр выхода на орбиту, затем движение в сторону Главной Базы, — инструктирует папа аппарат.

— Программа принята, — отвечает навигатор. Все, дальше он сам — и навигация, и переговоры.

За полупрозрачной оболочкой я вижу медленно удаляющийся наш дом, на пороге которого стоит мама. Мне немного тревожно — она себя так никогда не вела, но усилием воли я успокаиваюсь. Меня долго учили отличные мастера для того, чтобы я мог выполнить приказ Человечества и остаться в живых, значит, надо показать, что не зря учился.

— Знаешь, сколько во Флоте интуитов с даром, направленным на себя? — интересуется папа, когда мама пропадает за горизонтом.

— Понятия не имею, — отвечаю ему, вздохнув. Еще одна рана, с которой я смирился, но... — Не нужный никому дар...

— Ты не прав, сынок, — неожиданно мягко произносит он. — Ты один с такой направленностью дара. Если бы была возможность запросить кого-нибудь другого...

— Как один? — удивляюсь я, пытаясь не выглядеть ослепленной прожектором птицей.

— Вот так... — папа некоторое время молчит, но затем продолжает: — В секторе девять-цзюй обнаружены несколько планет и странная аномалия. Планеты обитаемы, вот только изучить их не получается: они будто бы за стеклом. Это то, что мне известно, а вот все остальное до тебя доведут щитоносцы.

— Но раз Щит, то есть опасность для разумных? — интересуюсь я в ответ на его слова.

— Еще какая, — вздыхает папа. — Но об этом тебе скажут. Планеты дикие, судя по данным с телескопа, и пока это все, что я тебе сказать могу.

«Дикие» — значит, самобытная цивилизация на уровне Темных Веков, что уже необычно, хоть и на границе ареала обитания разумных. Но там не раз все обследовалось, откуда взялись те, кого официально называют «цивилизация с неподтвержденным статусом разумности», а среди своих — «дикие»? Но угроза разумным может быть разной... Тогда понятно, зачем нужен такой, как я: видимо, автоматика и опытные разведчики не справились. Так себе новости, я не мальчишка, чтобы радоваться опасности...

Катер уже приближается к причалу Главной Базы, в которой штаб и расположен. Здесь я еще никогда не был, но никаких сложностей в обнаружении нужной каюты у меня точно не возникнет — и указатели есть, и навигатор коммуникатора... так что найду, дурное дело нехитрое.

Звучит сигнал посадки, медленно раскрывается ложемент, выпуская меня. Подхватив сумку, выбираюсь, чтобы затем обнять отца на прощанье. Никаких шуток или взглядов подобная сцена вызвать не должна: мы не дикари какие, а разумные существа, потому всем понятно, что юному стажеру просто может быть не по себе.

— Береги себя, сын, — вздыхает папа. — Если что, мы постараемся тебя вытащить.

— Это само собой, — киваю я, повторив его вздох. Так себе предчувствие. — До встречи, папа.

— До встречи, — кивает он мне и машет на мерцающий указатель: — Тебе туда.

— Спасибо, — улыбаюсь, двинувшись в нужном направлении.

Людей вокруг немного — все на рабочих местах, и в порту им делать нечего, поэтому я спокойно иду вперед, стараясь не пропустить старшего по званию, чтобы вовремя поприветствовать. Хотя здесь кто угодно старше меня по званию — стажер я, а матросов на базе быть не может даже теоретически. Так, вот тут лифт, который мне нужен.

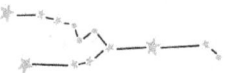

Получив разрешение войти, я несколько удивлен, но стараюсь этого не показывать — целый вице-адмирал и два капитана второго ранга. Звания во Флоте не менялись с Темных Веков, потому что традиция. Такой же традицией остаются различные названия помещений на кораблях и станциях. Ну и дисциплина с субординацией на пару, конечно. Ведь корабли Разведки первыми вступают в контакт с будущими друзьями, а тут без четкого следования инструкциям никак, ведь они писаны ценой многих ошибок.

— Кур... Стажер-пилот Винокуров явился, — следуя традиции, обозначаю я свое присутствие.

— Присаживайтесь, стажер, — вздыхает вице-адмирал. — Меня зовут Валерием Палычем, слева от меня Чжан Шиевич Варфоломеев, а Александр Саввич вам знаком.

— Так точно, — соглашаюсь я. — Очень приятно познакомиться, — на всякий случай добавляю я.

— Вежливый молодой человек, — усмехается Чжан Шиевич. — Это, пожалуй, хорошо.

— Сережа, ты, наверное, недоумеваешь, — произносит Александр Саввич. Он куратор нашей группы в училище, поэтому хорошо меня чувствует. — И, насколько я тебя знаю, вопрос уже провентилировал.

Ответа от меня не требуется, да его и не ждет от меня никто. На большом экране за спинами командиров появляется космос. Привычные звезды, хоть и расположенные немного иначе. Я приглядываюсь в поисках ориентиров, когда наконец догадываюсь: это галактика Млечный Путь, причем, насколько я могу определить, самый ее хвостик. Но там же не летает никто, потому что пусто, как в дюзах музейного звездолета.

— Млечный Путь? — не могу я сдержаться.

— Именно он, — кивает вице-адмирал. — Теперь я вижу, что в характеристике не соврали. Итак, галактика Млечный Путь. Во время рутинного патрулирования в области Форпоста автоматический корабль наткнулся на аномалию.

Картинка будто наплывает на меня. Я смотрю на планетарную систему с тремя планетами. За ними, по-моему, пояс астероидов или нечто похожее. Значит, четвертая планета не пережила чего-то... Автоматический корабль приближается к орбите четвертой планеты. Я уже вижу: действительно, пояс астероидов характерной формы. Но это еще не все, потому что на экране появляются параметры того или иного осколка, а затем — параметры излучения.

— Осколки принадлежат одной планете, и они фонят в характерном спектре, — замечает товарищ Варфоломеев. — А вот к орбитам других планет мы приблизиться не в состоянии. При этом разведчик Флота бесследно исчез, смотри.

И я наблюдаю за тем, как к третьей планете устремляется разведчик характерной удлиненной формы, а затем в какой-то момент просто исчезает. Ни взрыва, ни воронки пространственной, ничего. Никакого излучения, как и не было его. Хорошо, что это искусственный разум, плохо, что он нарушить инструкцию не догадается.

— А теперь данные телескопа, — вздыхает мой куратор.

Картинка меняется, и я понимаю, почему нам очень нужно попасть в эту систему: две планеты из трех готовятся к самоуничтожению, а на третьей телескоп сфокусироваться не может. Проблема даже не в самих планетах, а в том самом барьере, что не пускает к ним, — он движется. Хоть и небыстро, но точно в сторону обитаемых планет, а это очень опасно.

— С тобой пойдет... — продолжает куратор, но я жестом прерываю его.

— Нельзя, — качаю я головой. — Почему я, понятно, но вот со мной никого нельзя. Можно пару-тройку роботов типа «три», но и все. И еще корабль с возможностями эвакуатора.

— Ты чувствуешь? — внимательно смотрит мне в глаза Александр Саввич. — Тогда да, он лучше знает.

— Возвратных интуитов у нас больше нет, — вздыхает товарищ Феоктистов. — Старайся не лезть на рожон.

Вот теперь и начинается основная часть инструктажа. Товарищи командиры убедились в том, что я осознаю и важность задачи, и выбор исполнителя, я проникся и даже сумел почувствовать, что будет правильным. Эвакуатор — это не разведчик, это практически боевой корабль, предназначенный для очень многого. И запросил я его вовсе не из-за практически абсолютной защиты, а потому, что чувствую правильность этого запроса. При этом вопросов не возникает из-за природы моего дара, ведь он ориентирован на сохранение моей тушки, что сейчас важнее всего.

Как и ожидалось, вылет у меня — чем скорее, тем лучше. И папой это ожидалось, и мамой, только я на что-то надеялся, но нет — пока мы разговариваем, корабль готовят. Сейчас на него устанавливается оборудование на все случаи жизни, помещаются туда и роботы с возможностью изменения внешнего вида — таков уж он, запрошенный мной тип... М-да, случись действительно эвакуация, мне будет весело. Впрочем, вариантов нет, и я это понимаю.

Суть задания — выяснить, что там за барьер, а при удаче и отключить его. У меня уникальный дар, хотя носители такой же вариации еще есть, но они не во Флоте, именно поэтому посылают, по сути, курсанта, пусть и окончившего основной курс обучения. Именно такой подход может показаться очень странным, но разумность — это не просто слово, это наша суть.

— Какое название кораблю вы хотите присвоить? — интересуется у меня Валерий Палыч.

— Пусть будет «Витязь», — улыбаюсь я, думая о том, что название очень влияет на поведение корабля.

— Защитник все же...

— Очень хорошо, — кивает товарищ вице-адмирал. — В таком случае у вас есть четыре часа на ознакомление с кораблем и всей информацией, которой мы владеем.

Он нажимает сенсор на своем столе. Через мгновение в каюту входит миловидная девушка с отметками капитан-лейтенанта в петлицах. Очень красивая девушка, надо сказать, я бы за такой приударил, хоть мне и не светит. Каплей, значит, лет тридцать, зачем ей сопляк? Но красота у нее такая, что глаз не оторвать просто.

— Света, проводи товарища лейтенанта на «Витязь», пожалуйста, — мягко просит Валерий Палыч.

Лейтенанта? Не понял, это когда я успел? А где мичман, младлей? Где все эти ступеньки? Я уже открываю рот, чтобы задать логичный вопрос, но сразу же его закрываю, ибо до меня доходит. Лейтенант —

минимальное звание для командования кораблем, меньше нельзя, корабельный мозг в черную дыру пошлет. Видимо, поэтому мне временно звание и присвоили.

— Догадливый курсант, — хмыкает Чжан Шиевич. — Далеко пойдет.

— Это точно, — кивает мой куратор. — Свободен!

— Пройдемте, соратник, — не совсем по-уставному приглашает меня названная Светланой каплей.

— Есть, понял, — киваю я.

Попрощавшись с «отцами-командирами», как таких называет папа, я двигаюсь вслед за девушкой, способной походкой заворожить уадаваСлепой змей, внешне похожий на земного удава. с Арктура. Жалко, что не светит.

Пространство, 57-58 лучезара 33 года

«**В**итязь» действительно эвакуатор, оснащенный самыми современными средствами активной и пассивной защиты, кроме того он рассчитан, похоже, на работу даже в жерле вулкана. Самые мощные звездолеты человечества именно такие — эвакуационные, ибо войны давно канули в пучину истории.

Ознакомившись с кораблем и заняв капитанскую каюту, я скомандовал старт, отправившись затем общаться с роботами. То есть запускать, контролировать и инструктировать. Если я что-то понимаю в тараканах командования, то искусственные люди должны быть разнополыми в базовой конфигурации. Я выхожу из каюты, направляясь в кубрик, — так называется место отстоя роботов. Корабль, ведомый мозгом, мирно пылит к точке старта, то есть к первой возможности перехода в субпространство.

Теорией субпространства с нами поделились Первые Друзья — очень похожая на людей раса откуда-то с Альдебарана, не помню сейчас уже. До тех пор летали на субсвете и занимала дорога долгие годы. Так вот, Первые Друзья дали нам только физику, позволив искать путь к двигателю и безопасным переходам самостоятельно. Ибо даже некоторые черные дыры — по сути, самостоятельно возникшие переходы, правда, никто не знает, куда они ведут.

Коридор, окрашенный в спокойный зеленый цвет, упирается в дверь кубрика, куда войти имеют право лишь механик и командир, то есть я. Дверь послушно прячется в стену, в небольшой каюте включается свет. Стандартное техническое помещение — серые стены, два саркофага, вмещающие квазиживые организмы. Читаю надписи... Ага, Фэн и Вика, то есть девочка и мальчик, как и положено. Роботы у нас разумные, на корабли обычно попадают попарно, стабилизируя друг друга. Ну, в теории.

Нажимаю единственную кнопку на каждом саркофаге, а затем даю короткую вводную, сводящуюся к «сидеть тихо, ждать вызова». Все, теперь им нужно часа три для инициализации и обмена мнениями. Роботы нынче на людей похожи сильнее, чем некоторые люди, поэтому им надо потрындеть... «обменяться информацией».

Здесь делать мне больше нечего, поэтому я топаю в рубку. Коридоры эвакуатора окрашены в зеленый цвет, по слухам, он успокаивает, а мне просто привычно. В отличие от пассажирских кораблей, иллюминаторов здесь нет, потому что небезопасно это — обшивку дырявить. Пассажирским-то что, а разведке... Вот и дверь, а за ней традиционно полукруглый зал с огромным экраном спереди. В Первую эпоху вместо экрана было многосегментное стекло, во Вторую — силовое поле, а потом решили не создавать проблем и поставили просто экран. История освоения Пространства полна аварий и сделанных выводов, как будто нельзя сначала подумать...

Мое кресло центральное — капитанское, но я сажусь в такое же, только вынесенное вперед, потому что с пилотского места мне комфортнее, да и в субпространство сейчас входить надо будет. Вот как войду, так и свободен, что в моем случае значит... спать пойду, потому что незачем мешать корабельному мозгу делом заниматься. Вот чего я точно не собираюсь делать, так это вести махину корабля вручную.

А пока делать нечего, вывожу на Главный Экран информацию, полученную с телескопа. Небольшая отметка указывает, что это третья планета. Похожа она, кстати, на Праматерь, как та в учебнике изображена. Кстати, изображение с телескопа видно как через мутное стекло, чего обычно не бывает. А отчего такой эффект может быть?

— Давай подумаем, курсант, — говорю я вслух, зная, что это не запрещено, а корабельный мозг меня не воспринимает, пока управляющее слово не скажу. — Есть у нас четыре планеты... Четвертая стала астероидами, изо всех сил намекающими на то, что они образовались в результате ядерной войны. Спорно, но я не физик.

На экране, повинуясь мысленной команде, появляются тезисы: четвертая — разрушена, третья — в процессе, вторая — готовится уже очень активно, а первая вообще не видна. Напоминает игру какую-то, потому что так не бывает. При этом будто сквозь пылевой фильтр видны... Исчезновение разведчика тоже пугает, конечно.

— Витязь, — отвлекаю я корабельный мозг от дел, — даю вводную...

Я быстро надиктовываю то, что увидел, причем именно в том порядке, в котором сейчас размышлял. Прикладываю стоп-кадры и прошу оценить вероятности игры, проверки, ловушки и агрессии. Витязь задумывается. По традиции мозг зовут так же, как и корабль, ибо весь Флот стоит на традициях, чем и гордится.

— Агрессия... ноль, — наконец оживает корабельный мозг. — Ловушка... ноль. Проверка и игра по ноль пять.

— Понял, спасибо, — киваю я, хотя это не обязательно, но я уважаю разумное существо.

Витязь-то себя не осознает пока, но для меня разница несущественна, я-то разумный. У долгое время находящихся в Пространстве кораблей возможно осознание себя мозгом, и вот тогда все обиды всплывут, ибо вести себя он начинает, как ребенок, но Витязю это пока не грозит. Но именно из-за того, что корабельный мозг может осознать себя, всегда есть минимум двое на корабле разнополых — или члены команды, или, как в моем случае, роботы.

— Достигнута точка начального разгона, — сообщает мне Витязь. — Получено разрешение на использование прямого перехода.

— Ого... — не могу я сдержаться.

Обычно корабли идут по сложному навигационному маршруту, даже корабли Разведки. Обусловлено это тем, что если на пути вдруг появится черная дыра, хоть это практически и невозможно, то будут жертвы. Возможно или нет, а навигационная инструкция раз и навсегда составлена. И тут вдруг мне разрешен переход по прямой. Это означает, что мой путь контролируют и стабилизируют, никто просто так рисковать жизнью разумного не будет. Интересно как...

— Жду команды, — напоминает о себе корабельный мозг.

— Разгон, — командую я, внимательно следя за параметрами, отображающимися на экране.

Ответа не следует, да он и не нужен — звезды превращаются в черточки, а мне теперь нужно быть очень внимательным, чтобы нажать сенсор в тот момент, когда прыжок будет возможен, и не раньше. Расчетная точка приближается, пространство вокруг пусто, а мы готовимся войти в прямой прыжок, для которого очень важна начальная скорость, особенно у шарообразного эвакуатора. Форма в Пространстве на самом деле не так важна, как в атмосфере, но вот проекция судна — еще как, поэтому в Первую Эпоху звездолеты делали тонкими и длинными, как древний меч. Ну и аварии были, потому что «разлом под действием гравитационных сил».

— Прыжок! — командую я себе, нажимая кнопку.

Экран становится серым, значит, хорошо вошел, и теперь можно отдыхать. По общему времени сейчас уже за полночь, недаром спать хочется. Так что можно удаляться в каюту и обозначить темное время суток, в которое, как известно, наступает отбой. На душе спокойно, и происходящее кажется скорее игрой. Завтра подумаю над этим ощущением.

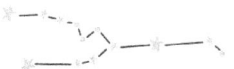

Меня будит сигнал готовности. Это означает, что до расчетного выхода в обычное пространство что-то около часа. Как раз хватит времени на зарядку, умывание и хоть какой завтрак. Кристалл в синтезатор я еще вчера воткнул, так что будем наслаждаться знакомыми с детства блюдами, хоть и не мамиными руками приготовленными.

По идее, я должен волноваться перед встречей с непознанным, а чувствую в себе сейчас как в детстве — любопытство. А еще — абсолютную уверенность в защите и поддержке взрослых. От этих своих ощущений я улыбаюсь. Радостно на душе, хотя иллюзий у меня быть уже не должно, не мальчишка же — о героях Космоса мечтать.

На завтрак выбираю себе сырники, вареньем и сметаной политые. Нарочно не указываю, какое именно варенье хочу — случайный выбор. В детстве я так любил с синтезатором играть — не указывая желаемого вкуса, гадал на результат. Глупость, конечно, но ничем не хуже древних методов. Мы их на Истории теории предсказаний изучали, когда о различных дарах говорили. Дар к чему-либо — это показатель разумности, чем более развито общество, тем больше вероятность появления даров.

О, клубничное, мое любимое! Значит, день сложится прекрасно и ничего плохого не произойдет. Ем не торопясь, смакую каждый сырничек. Не знал бы, ни за что не догадался, что не маминой рукой сделано, все-таки творцы у мамы совершенно гениальные, сумели заложить в кристалл синтезатора, кажется, даже мамин запах... Творцы — это отдельный дар, о котором известно мало очень. Часть их работает на флотских базах, а часть создает просто необыкновенное... Оп, еще сигнал!

Запихнув в себя последний сырник и дожевывая его на ходу, тороплюсь в рубку. Три минуты до выхода — это очень серьезно, тем более что, похоже, времени на раздумья будет немного. Это интуиция моя проснулась, подавая сигнал. Поэтому в рубку я почти вбегаю, плюхаясь в командирское кресло. Тоже, похоже, интуиция — именно в командирское упасть.

— Выход в обычное пространство, — предупреждает меня Витязь.

Серая муть на экране меняется на вполне обычное пространство, в котором звезд почти что и нет. Прямо передо мной висит автономный телескоп, чуть поодаль автоматический разведчик. И все. Никаких планет, никакой серой стены — совершенно ничего.

— Контакт телескопа, — командую я, понимая, зачем я в командирское упал: пилот не может командовать другими кораблями.

— Контакт с телескопом установлен, — отвечает корабельный мозг.

— Разделить экран пополам, — инструктирую я корабельный мозг. — Слева — изображение телескопа, справа — объективный контроль.

Ничего странного в моих командах нет — все это описано в инструкциях и руководствах, поэтому я не выдумываю, а просто следую алгоритму. На экране появляются планеты, серая дымка, при этом справа пусто. Молча увеличиваю изображение справа, приводя его в соответствие с телескопом, и нажимаю кнопку синхронизации. Никаких изменений — оптика и электроника корабля никаких планет не видит.

— Витязь, связь, — коротко командую я. — Кур... Лейтенант Винокуров зовет Главную Базу.

— Диспетчер на связи, что у вас, лейтенант? — спокойно и вежливо звучит в ответ. Это автомат на связи, не человек, что слышно сразу.

— Нештатная ситуация, — хмыкаю я. — Объективный контроль не подтверждает данные телескопа. Принял решение о визуальном осмотре.

— Ваш приоритет подтвержден, — информирует меня диспетчер, на что я киваю.

Возможность выхода в Пространство у эвакуатора предусмотрена. Несмотря на то, что это не рекомендуется, иногда просто надо, поэтому я нажатием сенсора выдвигаю обзорную башенку. Она прозрачная и имеет свой собственный, полностью оптический телескоп. Будто из глубокой старины, кстати, но если есть подозрение воздействия на электронные системы, то следует действовать именно так.

Увидев зажегшийся индикатор готовности, на мгновение задумываюсь, затем встаю со своего места, двинувшись к выходу из рубки. Витязь меня услышит где угодно, поэтому я спокойно выхожу, сразу же повернув направо, — там лифт. Створки цилиндра раскрываются, я захожу в сверкающую серебром под светом потолка кабинку.

— Обзорка, — произношу громко и внятно.

Движение кабинки совершенно незаметно, двери закрываются, а спустя полминуты, пронизав весь корабль, лифт раскрывает створки передо мной. Я не торопясь выхожу, чтобы подняться в башенку, созданную, кажется, из стекла, хотя на самом деле это прозрачный и очень надежный материал, по твердости и коэффициенту сжатия под стать алмазу.

Боязно, конечно, стоять вот так под звездами, но со

страхом я легко справляюсь, потянувшись к визиру рефлекторного телескопа, что древнее мамонтов. Пользоваться такой старинной техникой нас учили на Истории, так что я, по идее, все умею. Поворачивая верньер, настраиваюсь туда же, куда смотрит основной телескоп.

В визире уже ожидаемо пусто, но что-то меня беспокоит — какое-то марево колышется неподалеку. Марево в Пространстве само по себе штука необычная, а вот в такой ситуации еще и потенциально опасная. Ситуация совершенно непонятная, но и на этот счет есть инструкция.

— Витязь, сигналы приветствия братьев по разуму всеми доступными средствами, — бросаю я, разглядывая странное марево, похожее на колышущуюся на ветру занавеску. — Протокол Первой Встречи.

Так называется специальный алгоритм действий при первой встрече с чужим звездолетом. Опыта у Человечества достаточно, все-таки не первые братья по разуму и не вторые. Марево меняет форму, по нему пробегают искры, что-то происходит, при этом я жду доклада корабельного мозга.

— Телескоп рапортует об исчезновении картинки, — сообщает мне Витязь.

— Это логично, — киваю я ему в ответ. — Ответа нет?

— Принимаю модулированный сигнал, — слышу я. — Расшифровываю.

— Сигнал на базу, — вспоминаю я положения инструкции. — Сорок два.

— Сигнал сорок два передан, — подтверждает Витязь.

Ну вот, теперь группа Контакта обо мне в курсе и помчит сюда на всех парах, а мы пока постараемся договориться. Ну, хотя бы ничего не испортить, потому что я-то не контактник, то есть не принадлежу группе, принимающей решения в случае встречи с братьями по разуму. Оно и хорошо, потому что работы у них обычно нет никакой.

— Сигнал с базы: идем к вам, — сообщает мне корабельный мозг.

— Понял, — киваю я, думая покинуть обзорку, но какое-то ощущение не дает мне этого сделать.

С базы сюда спешит флот, а я вглядываюсь в меняющее форму марево, пытаясь сообразить, что это мне напоминает. Совсем же недавно что-то подобное видел!

Млечный Путь, 58 лучезара 33 года

— Сигнал расшифрован, база адаптирована, включаю, — уведомляет меня корабельный мозг о выполнении пункта инструкции.

— Дяденька, а ты кто? — звучит в тишине обзорки детский голос. Девочка, по-моему, лет пяти-шести.

— Витязь, непрерывный контакт, — командую я установление прямого канала связи с имеющим детский голос собеседником.

— Выполнено, — сообщает мне Витязь.

— Здравствуй, я человек, — сообщаю я ребенку. Мне проще считать имеющего такой голос ребенком. — Ты играешь здесь совсем одна?

— Я потерялась, — сообщает мне собеседница. — Поэтому пришлось играть, чтобы не плакать.

— Меня Сергеем зовут, хочешь, помогу тебе? — интересуюсь я.

— А что такое «зовут»? — интересуется ребенок.

И я начинаю рассказывать о том, что такое имя и зачем оно нужно, при этом стараясь не расспрашивать слишком много, потому что ребенок может испугаться. А говорящая со мной — явно ребенок: пусть я и не знаю, как она выглядит, но общается вполне по-человечески. Может быть, это особенность расы?

— А если позвать твоих родных, как думаешь, они откликнутся? — интересуюсь я у нее.

— Ну... наверное... — с задумчивыми интонациями говорит девочка, на вопрос об имени не ответившая ничего.

— Тогда мы попробуем позвать, хорошо? — спрашиваю я ее мнение.

— Да-а-а-а! — радостно отвечает мне малышка.

— Витязь, прямой на базу, — командую я. — Сигнал «потерялся ребенок», характеристику сигнала — из нашего общения. Просьба — повторить всеми ретрансляторами.

— Сигнал отправлен, запрос с базы, — информирует меня Витязь.

— Давай, — улыбаюсь я и объясняю девочке: — Сейчас я поговорю с другими людьми, но это не тайна, поэтому ты все услышишь.

— Я и так услышу, — хихикает ребенок.

— Витязь, вы где ребенка взяли? — интересуется у меня диспетчер, на этот раз человек, по интонациям слышно.

— База, у меня встреча тут произошла, — мягко докладываю я. — Ребенок потерялся, поэтому и сорок два, и просьба.

— Понял вас, — меняет интонацию офицер с далекой базы. — Сигнал будет передан с вашими координатами через две минуты.

— Ну вот видишь, — ласково говорю я ребенку, не отключая связь с базой. — Сейчас все-все люди позовут, и, если твои родные услышат, обязательно найдут тебя.

— Спасибо, дяденька Сергей, — отвечает мне детский голос. — А почему ты большой и железный?

— Это моя оболочка, — объясняю я, — а сам я мягкий и теплый.

Как обращаться с детьми, я знаю, все-таки Маша... Сейчас плакать не к месту. Любопытная девочка все продолжает меня расспрашивать, я же с ней разговариваю так, как будто она рядом сидит. В этот момент вверху экрана появляется бегущая строка, сообщающая о принятом сигнале о потерянном ребенке. Я знаю, что все человечество и наши друзья повторят этот зов несколько раз, и, если у малышки есть родные, то мы до них докричимся. Отметив, что в квадрат начинают прибывать корабли, я разговор, тем не менее, не прерываю.

— Ты голодна? — интересуюсь я у девочки.

— Немножко, — тихо отвечает она.

— А что тебе нравится есть? — спрашиваю ее, потому что ребенок же, далеко не все, что можно, ей нравится.

— Получена формула, — уведомляет меня Витязь. — Установлен контакт с кораблями контактной группы.

— Запроси у них вещество по формуле, а то у меня тут ребенок голодный, — мягко прошу я корабельный мозг.

Вот на такой вариант контакта, по-моему, никто не рассчитывал. В сторону неизвестного объекта отправляется капсула с искомым веществом, а я инструктирую ребенка на тему, как ее вскрывать. Это явно для нее сладость какая-то, судя по счастливому взвизгу. И вот в этот самый момент объектов становится больше.

— Это твои родные? — интересуюсь я.

— У нас немного другая структура общества, человек Сергей, — отвечает мне голос вполне взрослого разумного. — Но мы действительно несем ответственность за... ребенка. Мы благодарим человечество за заботу о нашем младшем. Вы достойны разговора.

— Я и так услышу, — хихикает ребенок.

— Витязь, вы где ребенка взяли? — интересуется у меня диспетчер, на этот раз человек, по интонациям слышно.

— База, у меня встреча тут произошла, — мягко докладываю я. — Ребенок потерялся, поэтому и сорок два, и просьба.

— Понял вас, — меняет интонацию офицер с далекой базы. — Сигнал будет передан с вашими координатами через две минуты.

— Ну вот видишь, — ласково говорю я ребенку, не отключая связь с базой. — Сейчас все-все люди позовут, и, если твои родные услышат, обязательно найдут тебя.

— Спасибо, дяденька Сергей, — отвечает мне детский голос. — А почему ты большой и железный?

— Это моя оболочка, — объясняю я, — а сам я мягкий и теплый.

Как обращаться с детьми, я знаю, все-таки Маша... Сейчас плакать не к месту. Любопытная девочка все продолжает меня расспрашивать, я же с ней разговариваю так, как будто она рядом сидит. В этот момент вверху экрана появляется бегущая строка, сообщающая о принятом сигнале о потерянном ребенке. Я знаю, что все человечество и наши друзья повторят этот зов несколько раз, и, если у малышки есть родные, то мы до них докричимся. Отметив, что в квадрат начинают прибывать корабли, я разговор, тем не менее, не прерываю.

— Ты голодна? — интересуюсь я у девочки.

— Немножко, — тихо отвечает она.

— А что тебе нравится есть? — спрашиваю ее, потому что ребенок же, далеко не все, что можно, ей нравится.

— Получена формула, — уведомляет меня Витязь. — Установлен контакт с кораблями контактной группы.

— Запроси у них вещество по формуле, а то у меня тут ребенок голодный, — мягко прошу я корабельный мозг.

Вот на такой вариант контакта, по-моему, никто не рассчитывал. В сторону неизвестного объекта отправляется капсула с искомым веществом, а я инструктирую ребенка на тему, как ее вскрывать. Это явно для нее сладость какая-то, судя по счастливому взвизгу. И вот в этот самый момент объектов становится больше.

— Это твои родные? — интересуюсь я.

— У нас немного другая структура общества, человек Сергей, — отвечает мне голос вполне взрослого разумного. — Но мы действительно несем ответственность за... ребенка. Мы благодарим человечество за заботу о нашем младшем. Вы достойны разговора.

Вот теперь, похоже, меня просто пошлют подальше, а разговаривать будут большие дяди и тети. Сейчас уже потихоньку подключаются и другие офицеры контактной группы, начиная постепенно объяснять, что мы такое, но взрослый разумный останавливает их.

— Человек Сергей очень хорошо рассказал о вас, — сообщает наш будущий друг. — Я хочу задать вопрос: наш младший просит о встрече, вы согласны?

— Конечно, да, — улыбаюсь я, и в тот же миг прямо в рубке передо мной появляется силуэт ребенка. Он светится серебристым светом, словно наполняясь постепенно чем-то густым и белым, будто стакан молоком.

Спустя несколько мгновений передо мной стоит девочка лет шести на вид, в светящейся одежде, отчего цвет ее рассмотреть сложно. Девочка с длинными серебряными волосами и такого же цвета глазами смотрит мне в глаза, а затем совсем по-человечески взвизгивает и бросается обниматься. Я сразу же беру ее на руки, как-то само собой это получается, а она обнимает меня за шею.

— Ты хороший, — сообщает мне ребенок на всеобщем языке, что меня уже не удивляет. — Я буду с тобой дружить.

— Давай я тебя назову? — предлагаю я девочке.

— А давай! — хихикает она.

Интересно, она разговаривает так, как будто выросла среди людей, и эмоции использует похожие, и сама речь специфическая для младших. Загадка, получается. Но нужно ее еще и назвать... И тут снова оживает мой дар, буквально заставляя проронить одно-единственное имя.

— Будешь Машей? — негромко спрашиваю я.

— Ты даешь мне имя... очень дорогое тебе имя... — ее взгляд сейчас совсем недетский. — Я буду Машей, братик.

Я едва сдерживаю себя, потому что эмоции, ведь малышка только что повторила Машкины интонации. А новопоименованная Машка обнимает меня за шею, замирая в такой позе. Мне ни о чем не думается, я просто глажу ее. Так же, как и Машу гладил, глажу и будто желаю согреть малышку.

— Можно я буду к тебе приходить? — тихо спрашивает она.

— Можешь и вообще остаться, — опять говорю по наитию, будто что-то внутри подсказывает мне правильный ответ. — Если это не расстроит твоих взрослых, конечно.

— Ты действительно готов к этому? — вглядывается она в мои глаза, будто желая что-то увидеть там. — Ведь я же не вашего вида, я чужая...

— Дети превыше всего, — спокойно отвечаю я ей,

прижимая к себе. — Неважно какой ты расы, вида, где ты родилась. Ты ребенок. И важнее всего для любого человека именно ты.

Она сейчас себя ведет именно как ребенок, разницы нет совсем. Сияние затухает, и я вижу, что на ней комбинезон вполне привычного образца. Но нужно же спросить ее опекунов, ведь нельзя просто взять и умыкнуть ребенка чужой расы? А вдруг они против будут?

— Человек Сергей, — звучит в рубке голос уже знакомого представителя пока неизвестной мне расы, — мы передаем вам заботу о нашей младшей. Вы можете принять ее в свое сообщество.

— Благодарю, — отвечаю я в полном недоумении.

С одной стороны, хорошо, что они согласны, но, с другой, я этого жеста не понимаю. Чувствую себя героем мультфильма, честное слово. Что вообще происходит?

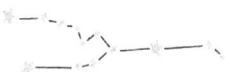

Малышка все больше обретает вес, по моим ощущениям, весит она сейчас килограмм двадцать. При этом на лице проступают фамильные черты, очень узнаваемые, кстати. Наблюдать за этим крайне интересно, но вопрос о сути происходящего вертится в голове. Контактная группа работает, а мы просто сидим в командирском кресле.

— Вот! — удовлетворенно заявляет ребенок. — Теперь мы действительно к одному виду относимся, и ты мой... брат. Я выстроила тело на основе твоего генокода.

— Ты же не терялась? — полуутвердительно произношу я, а сестренка вздыхает.

— Когда-то давно, — начинает она рассказ, — мы были как вы, но потом развились и стали энергетическими, понимаешь? Поэтому я не терялась, конечно, я тебя проверяла.

— Значит, ты создала себе тело, — перевожу я тему. — И мысли читаешь?

— Ну ты же не против! — поведение становится более детским буквально на глазах. — А мне очень хотелось узнать, как это...

— И какие впечатления? — интересуюсь я у нее, поглаживая по голове.

— Я тебя люблю, братик, — отвечает мне Маша. — Теперь можешь кормить мой растущий организм, потому что я полностью уже человек.

— Тогда будем вкусностями кормить, — улыбаюсь я ей, унося в сторону кают-компании, где синтезатор и стоит.

Раз она телепат, то понятны и речь, и характерные

интонации. Маша их скопировала, желая побыть ребенком. Это не просто доверие, это что-то большее, а я... Пожалуй, я ее сестренкой принял. Интересно, что скажет мама? А что она скажет... будет радоваться такой доченьке? А как же иначе?

— Честно-честно порадуется? — отвечает Маша моим мыслям.

— Иначе не может быть, — объясняю я ей, выбирая блюда на панели синтезатора пищи.

Маша рассказывает мне об их цивилизации, а я начинаю понимать, зачем она ко мне в сестренки записалась. Наверное, изначально план ребенка был другим, да и ребенком в нашем представлении она не была, но, прочитав мои мысли, решила, что ей очень этого хочется. У них нет полов, потому как размножаются эти существа иначе, однако, осознав мою память, Маша захотела быть девочкой. Наверное, психологи это могут лучше объяснить, но мне объяснения не особо так и нужны.

Подумать только, контакт с новой формой разумных, а у меня сестренка появилась. И этот факт для меня намного важнее факта контакта.

— А то, что ты показала телескопу, это игра? — интересуюсь я, ставя перед Машей тарелку с шоколадной кашей.

— Н-у-у-у... — тянет она, беря в руку ложку. — Не

совсем... Существа очень любят заканчивать свою цивилизацию именно так — до наступления разумности.

— Ешь, — не могу удержаться, чтобы не погладить ее по голове, отмечая при этом, как ребенок тянется к ласке.

Значит, не все так просто. Могло ли ей быть некомфортно в своем сообществе? Еще как, ибо во все времена существовали люди, которым не очень нравилось то общество, где они жили. Не вижу в этом ничего плохого. Пусть живет с нами, развивается и улыбается миру, ведь что может быть прекрасней улыбки ребенка?

— Ты прав, — кивает Маша. — Мне просто захотелось того, о чем сохранились лишь записи. И...

— И ты решила, что тебя не оттолкнут, — соглашаюсь я с ней. — Правильно решила, просто молодец ты у меня.

Широкая улыбка ребенка лишь подтверждает мои наблюдения: детям очень хочется, чтобы их любили. Видимо, у себя там... Не хватало ей именно этого, вот она и выбрала себе братика. Спасибо ей за это, потому что мне даже дышится теперь легче. Ну и предвкушаю, конечно, как мама отреагирует.

— Ты сейчас полностью соответствуешь ребенку человечества? — уточняю я у сестренки.

— Да-а-а-а! — тянет она и вдруг зевает, причем я вижу: для нее это действие внове.

— Тогда сейчас сестренка доест и пойдет отдыхать, — объявляю я ей. — Маленьким девочкам нужно отдыхать, чтобы были силы шалить.

— Ша-а-а-али-и-ить... — задумчиво произносит она, а затем я вижу понимание в ставших зелеными глазах моей новой сестренки.

— Витязь, нужна ли помощь? — интересуется у меня старший контактной группы.

— Благодарю, — отвечаю я. — Помощь не нужна. Мы сейчас поедим и спатки пойдем...

— Спасибо тебе, человек Сергей, — звучит голос нового друга. — Иногда у нас рождаются те, кому нужно странное в нашем понимании.

— Человечество примет всех, — отвечаю я на незаданный вопрос. — Дети превыше всего.

Кажется, точки соприкосновения найдены, поэтому я могу уже не думать о том, что будет дальше. Витязь коротко сообщает о подтверждении принятия в семью — это база отреагировала, я же только киваю. Машенька с видимым удовольствием уплетает шоколадную кашу, посыпанную цукатами. Она у меня, получается, сластена. В ответ на эту мысль сестренка кивает.

Значит, сейчас будем укладывать Машеньку спать,

а помывка подождет до завтра. Надо будет с ней посидеть, чтобы не испугалась ночью, или же... Я задумываюсь о том, чтобы сестренкину кровать поставить в каюту, я тогда в случае чего быстрее отреагировать смогу. Да, пожалуй, это хорошая мысль. Мне-то спать рано, а ей в самый раз.

— Доела, — констатирует Машенька и опять широко зевает. — Что это?

— Это твой организм сигналит о том, что сестренка устала, — я стараюсь говорить ласково, чтобы малышка тепло чувствовала. — Витязь, дополнительную кровать в мою каюту.

В ответ Маша протягивает руки ко мне. Ну этот жест я легко интерпретирую без подсказок — на ручки хочет. Учитывая, что она у меня в голове покопалась, то схема поведения вполне привычная будет. Я беру сестренку на руки, унося в сторону каюты, а она засыпает просто на глазах. При этом сначала пугается этого, а затем расслабляется — именно сейчас я настойчиво думаю о том, как важен маленьким девочкам здоровый сон.

Наверное, можно уже покинуть зону Контакта, ибо тут точно разберутся без меня. Все-таки зачем я попросил именно эвакуатор? Кроме вместительности он от разведчика не отличается... Может ли так быть, что предчувствие касалось не текущих событий? Надо хорошенько на эту тему подумать будет, а пока уложить малышку. Снимать комбинезон с нее или нет? С одной стороны, коже полезно дышать, а с другой — не испугается ли она этого?

— Не испуга-а-аюсь... — уже почти сквозь сон отвечает мне Машенька.

— Тогда хорошо, — улыбаюсь я, входя в свою каюту.

Кровать ожидаемо уже стоит, именно туда я опускаю обретенную сестренку, затем избавляю ее от комбинезона, сразу же укрыв тонким одеялом. В каюте всегда двадцать один градус и полста процентов влажности, для ребенка идеально. Глажу Машу по голове и начинаю тихо петь ту самую колыбельную, которую нам в детстве пела мама. Малышка очень быстро засыпает, а я опускаюсь в койку, включив наладонник.

Совершенно незаметно пролетело время, надо бы и мне поесть, а затем и в койку. Завтра буду уже думать, куда именно лететь и почему уверенность в том, что нужен именно эвакуатор, никуда не делась.

Млечный Путь, 59 лучезара 33 года

Пока Машенька еще спит, я раздумываю. Можно подумать, что все произошло как-то слишком быстро, но воспринимается органично. Эфирные, или энергетические, формы жизни известны нашим друзьям из других миров. Рано или поздно человечество тоже к такому придет, поэтому ничего странного в этом нет. А дети — они всегда дети, к какой бы цивилизации ни принадлежали. Дети превыше всего — это не просто слова, это сама суть человеческой цивилизации. А выбравший меня в братья ребенок — что может быть естественней? Такие случаи известны, и означают они только то, что хочется малышке... А возможностей у нее много, вот и нашла себе новую семью. Учитывая, что ее опекуны моментально согласились с решением ребенка... В общем, теперь Машенька моя сестренка, и факт этот неоспорим. Точка.

— Витязь, — негромко обращаюсь я к корабельному мозгу, — запроси контактную группу о необходимости нашего присутствия в зоне Контакта.

— Запрос сделан, — отвечает мне Витязь. — Получаю информацию... Включаю.

— Лейтенант Винокуров, — слышу я голос, видимо, командира группы, — вам разрешено покинуть зону Контакта. Наши новые друзья желают вам удачи, поэтому будьте внимательны.

— Есть, понял, — произношу я, чувствуя немалое удивление.

Именно такое указание может означать что угодно — от неприятностей до навигационных проблем. Но зачем-то я попросил именно эвакуатор? Значит, приключение не закончено. Связано ли оно с нашими новыми друзьями, нет ли — понять сложно, но есть у меня ощущение, что просто совсем не будет.

— Витязь, — зову я корабельный мозг, — навигационный расчет маршрута к Главной Базе по стандартному протоколу.

— Расчет готов, — моментально отвечает мне Витязь. Интересно...

— Витязь, процент осознания, — прошу я его о статистике саморазвития.

— Объективный контроль тридцать, — докладывает мне корабельный мозг.

Это значит, что уровень развития достаточно высок для начала процесса осознания себя как личности. То есть на данный момент Витязь объективно готов к осознанию на тридцать процентов, что для данного типа кораблей необычно, но и не является чем-то совершенно невозможным. Впрочем, сейчас это вовремя, потому как расчет он подготовил сам, без команды.

— Сейчас проснувшаяся сестренка откроет глазки, — ласково говорю я изо всех сил спящей Машеньке. — Мы умоемся, поедим, а потом в рубку отправимся.

— Ура-а-а-а! — не может сдержать себя сестренка моя. — Ой...

— Попалась, — соглашаюсь я. — Ну что, пошли? Тебе обязателен твой комбинезон или одежда любой может быть?

— Любой... — улыбается мне Машенька, не делая попытки встать. Просто смотрит и улыбается, чудо мое.

На эвакуаторах обязательно есть одежда, особенно для детей, поэтому я об этом заранее позаботился — просто дав указание, и теперь в шкафу каюты найдется одежда для малышки. Я подхожу ближе, открывая его, и вижу платья, комбинезоны... Так, а белье? Правильно, в специальной секции, где поддерживается температура тела ребенка. Это сделано для того, чтобы не было ощущения холода. Поэтому я беру то, что нужно, ну и платье красивое, к цвету глаз подходящее, ибо ребенка надо радовать, после чего начинаю одевать Машеньку, рассказывая, что и для чего предназначено. Она-то это уже из моей памяти знает, но объяснить будет правильно.

— А теперь наденем платье, — продолжаю я, но останавливаюсь. — Или ты другое хочешь?

— Не-е-ет! — радостно отвечает она, вытягивая руки, чтобы мне было удобнее.

— Ну вот и все, пошли? — предлагаю я Машеньке. — Сейчас умоемся, и завтракать!

Умывать стоило все-таки до одевания, это я дурака свалял, но ничего, и так все будет хорошо. Мы вместе чистим зубы, потом умываем сонное личико сестренки, отчего она смешно отфыркивается, а потом за руку идем в кают-компанию, завтракать. На завтрак я, пожалуй, Машеньке оладушки сделаю. С вареньем, еще немного сметанки, как мы все в семье любим... И чай, конечно.

Войдя в кают-компанию, вижу наших роботов, изображающих завтрак, — они квазиживые, потому питаются иначе, но понятие ритуала знают, отчего и сидят сейчас. Машенька их разглядывает с интересом.

— Доброе утро, — здороваюсь я. — Познакомьтесь с моей сестрой. Это наша Машенька.

— Доброе утро, — оборачиваются роботы. — Очень приятно познакомиться с такой хорошей девочкой. Нас зовут Фэн и Вика, мы квазиживые.

— Очень приятно, — отвечает Машенька, поздоровавшись следом за мной.

— Минуточку посиди тут, я завтрак приготовлю, — прошу сестренку, усаживая ее за стол.

Два нажатия на сенсор, выбор блюд, еще одно нажатие, и я возвращаюсь к радостно улыбающейся Маше, пожелав всем приятного аппетита. Тот факт, что роботы мои подчиненные, не означает, что я с ними не буду вести себя как разумный. Это норма, тем более, они себя как личность полностью осознают, являясь полноправными членами экипажа.

Маша осторожно пробует оладьи, улыбаясь еще шире затем, — понравилось, значит. Варенье у нее земляничное, в котором она очень скоро вымазывается, но не расстраивается совершенно, а просто наслаждается этим. Вот и хорошо, что наслаждается. Ибо ребенок должен быть накормлен, в безопасности и комфортно устроен. Но при этом никто нахлебника из него не делает, так устроен наш мир. Сейчас мы с Машенькой закончим завтрак и в рубку пойдем. Я по инструкции проверю карту пути, а все остальное произойдет без нас.

— Скажи... — сестренка смотрит на меня с не очень понятным выражением на перемазанном вареньем лице. — Ты же с самого начала ко мне ласково. И помог, и с собой взял, сразу... полюбив. Но почему? Я же чужая?

— Чужих детей не бывает, — отвечаю я ей еще одной истиной нашего мира. — Потому что ты — это ты, вот и все.

— А наши так не умеют... — тихо произносит Машенька. — Я не читаю твои мысли сейчас, это нечестно.

— Малышка моя, — улыбаюсь я ей, погладив. — Доедай и пойдем.

Кажется, я понимаю, что именно с ней произошло. Маша по той или иной причине потеряла родителей, отчего обрела опекунов, с которыми не смогла ужиться. Такое возможно даже у высокоразвитых существ, так что неудивительно. Но теперь зато многое становится понятным, хотя для меня не меняет ничего.

— Пошли умоемся, — предлагаю я сестренке. — А потом сразу в рубку.

— Ага, — кивает мне Маша, подавая руку.

В каюту, чтобы умыться, идти не надо — и в кают-компании санитарные удобства есть, вот я замурзанной сестренке и помогаю. Впереди нас ждет рубка и путь домой.

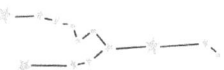

Маршрут выглядит логично: пойдем через четыре системы, аварий там не было никогда. Витязь предложил самый безопасный путь — ведь на борту ребенок. Что же, долго раздумывать не стоит, пора двигаться. Машенька с интересом смотрит на экран, на котором видны наши корабли, и отчего-то вздыхает.

— Эвакуатор «Витязь» просит разрешение на покидание зоны Контакта, — начинаю я формальную процедуру. — Маршрут: Дракония — Хэшань — Ветреная — Гармония.

— «Витязь», здесь «Виктор Шуй», — слышу я в ответ. — Маршрут подтверждаем, можете отправляться.

— Витязь, — командую я корабельному мозгу, — старт в направлении Драконии, вход и движение по маршруту самостоятельно.

— Начат разгон, — отвечает мне Витязь.

Мое указание означает, что по маршруту нас ведет Витязь без моего постоянного участия, что не просто разрешено, но еще и рекомендуется. А на экране тем временем начинают удаляться корабли контактной группы. Здесь мы больше не нужны, потому можем спокойно отправляться домой. Я, впрочем, ожидаю входа в субпространство, ведь сестренка глазеет на экран.

И вот тут меня как обухом по голове пришибает: Машенька непривитая. Она создала себе тело, используя мой генокод, но универсальная вакцина в ДНК не встраивается, у нее другой принцип действия, чай не Первая Эпоха. Так вот, получается, что для Машеньки опасен любой внешний контакт: заболеть может, и поди узнай чем, потому нужно привить немедленно.

— Витязь, — обращаюсь я к мозгу корабля, — на борту универсальная вакцина есть?

— Эвакуатор оснащен по аварийному протоколу, — отвечает мне Витязь. — Прививать рекомендуется в медицинском блоке.

То есть вакцина имеется, раз аварийный протокол. Этой инструкции лет пятьсот уже, по-моему, — спасатели, которые позже начали называться эвакуаторами, обеспечивали вакцинами в обязательном порядке, чтобы не повторить судьбу «Ласки». Этот случай разбирается на уроках Истории, несмотря на прошедшие века — все эвакуируемые погибли от неизвестного вируса. Именно по причине отсутствия вакцин, так что теперь никто уже и не рискует.

— Вот мы и в субпространстве, — замечаю я, когда экран становится серым. — А теперь у нас с Машенькой очень важное дело есть.

— А какое? — удивленно спрашивает меня сестренка.

— Мы сейчас пойдем защищать сестренку, — таинственным шепотом отвечаю ей.

Сестренка берет меня за руку в готовности следовать за мной. Я рассказываю Машеньке, пока мы идем по одинаковым зеленым коридорам, что такое вирусы, насколько они могут быть опасны и зачем нужна универсальная вакцина. Сестренка слушает внимательно, согласно кивая. Я же пытаюсь вспомнить последовательность действий при иммунизации в полевых условиях. Мы это тоже обязательно изучаем, ибо случаи бывают разные.

Открывшаяся дверь демонстрирует внутренность медицинского блока, показывая мне, что инструкцию я вспоминал зря. Медблок оснащен как на крейсере — максимум автоматизации, поэтому я веду Машу к иммунизатору, выглядящему большим плюшевым мишкой. Судя по нарисованной инструкции, сестренке надо сесть перед автоматом и хорошенько его обнять, а все остальное сделает умное устройство.

— Смотри, это плюшевый мишка, — показываю я Машеньке. — Хочешь его обнять?

— Обня-ять... — тянет сестренка, с интересом разглядывая автомат. — А зачем?

— Во-первых, — начинаю я объяснять, — он позаботится о защите Машеньки от вирусов, а, во-вторых, детям нравится обнимать такие игрушки.

— Тогда и я попробую, — кивает она мне. — Показывай, как правильно!

Усадив сестренку, как показано в руководстве, я даю ей возможность решить самой. Вот наконец она обнимает мишку прямо поперек корпуса, при этом сразу слышится серия щелчков и гудение. Машенька устраивает голову поудобнее на мягком аппарате и сладко засыпает, а иммунизатор продолжает работать. Обычно ему до получаса нужно, и все это время сестренка будет спать, потому совсем не заметит прошедшего времени. Зато теперь ей не страшны любые вирусы — от древнего гриппа до устроившей неприятности нашим друзьям космической оспы, как болезнь назвали уже после.

Не забыл ли я еще чего-нибудь? Нет, насколько я помню, все уже учел. Как проснется, пойдем кормиться, сестренка после прививки будет очень голодной. Ее организм сейчас энергию очень активно потребляет — перестраивает защитные механизмы. Ну, насколько я помню описание того, что происходит при иммунизации. Значит, надо просто посидеть и подождать, проснется она сама и будет отдохнувшей.

Все-таки зачем мне эвакуатор? До сих пор ощущение не пропадает, при этом организм категорически против замены корабля на что угодно. Но причин этому нет, то есть совершенно — мы домой идем. При этом маршрут у нас самый безопасный из возможных, но тем не менее интуиция категорически за эвакуатор. Пока жду сестренку, пытаюсь представить различные ситуации, но воображение пасует.

— Ой... я что, уснула? — удивляется Машенька. — А почему?

— Тебя автоматика усыпила, — объясняю я, гладя ее по голове. — Чтобы тебе не было некомфортно.

— Я голодная! — сообщает мне сестренка. Ну это, положим, я и сам вполне осознаю.

— Пойдем тогда... — я с улыбкой беру ее на руки, что Маше явно очень нравится.

Она, конечно, тяжеловата, но своя ноша не тянет. Сестренка прижимается ко мне, обнимая за шею, как того самого плюшевого мишку, а я думаю о пельменях. Очень мне их хочется, слов нет как. С этими мыслями я и захожу в кают-компанию, вот только отцепляться от меня Машенька не хочет просто категорически, и приходится нажимать сенсоры и забирать тарелки с ребенком на руках. Тоже опыт, даже очень интересный. Главное не хихикать при этом, а то тарелку уроню.

— Ой, а что это? — интересуется сестренка.

— Это называется «пельмени», — отвечаю ей. — Древнее блюдо, хорошо утоляющее голод. Попробуй со сметаной, — киваю я ей на мисочку.

Машенька осторожно пробует новое для себя блюдо, а я слежу за ней с улыбкой. За первым пельменем следует второй, третий... Она улыбается, значит, понравились Машеньке пельмени. Ест она небыстро, жует старательно. Это очень хорошо, потому что останавливать не надо.

Я расправляюсь со своей порцией довольно быстро, но стоит мне взять последний пельмень, как корабль едва заметно вздрагивает, чего обычно не случается, а после этого звучит сигнал «Внимание всем».

— Командир необходим в рубке, — слышу я голос Витязя. — Нештатная ситуация.

От такой новости я едва не проглатываю пельмень целиком, затем вскочив на ноги. Машенька явственно пугается, вцепляясь в меня, потому я беру ее на руки, бегом направляясь в сторону рубки. Интересно, что могло произойти?

Родина, 4 златоверха 304 года

Говорят, метеорит упал. Это я слышу по дороге в школу. В этом году я заканчиваю учебу, и пора определяться, куда дальше, скоро восемнадцать мне уже. Сегодня у нас первым уроком история, повторять будем перед экзаменами, с самого начала. Экзамены аж в травне, но этот год у нас почти сплошняком — повторение, потому что после школы Итоговые Экзамены. Именно так, с заглавной буквы.

Иду я в школу пешком, потому что автобусов у нас мало, они забиты доверху, а мне с моей одеждой не очень приятны прикосновения. В школе форма принята, причем девочки должны быть в платьях. Пошло это с тех времен, когда школа была очень страшной и часто болезненной. Даже кабинет с тех пор остался — им первоклашек пугают. Ну вот, а в автобусе могут и под юбку залезть, и задрать платье... В общем, пешком дольше, но безопаснее. И вот иду я, а две тетки передо мной о чем-то говорят.

— Метеорит упал, слышала? — интересуется одна. — Аккурат в градоправительство попал.

— Жаль, что не в градоправителя, — злобно отвечает другая, и они обе смеются.

Интересная новость, но и только. Мало ли что метеорит, они, бывает, и падают... Тут скорее сам факт того, куда он попал. Город у нас на другой стороне планеты от столицы, то, что в древности называлось «периферия». У нас в городе всегда тихо, спокойно, да и сам город не сказать что большой, поэтому новость о метеорите, конечно, серьезная.

Хорошо, что школе конец скоро, устала я от нее. И раньше-то было довольно сложно, а теперь Вика на меня за что-то взъелась, подговорила парней... В общем, одной ходить нельзя: если Вика только в драку полезет, то парни понятно что сделать могут. А дойдет дело до разбирательств, то я же и виноватой окажусь. Потому что традиции у нас такие, кто бы ни говорил обратное.

Одно время школа у нас была только для девочек, ну это из истории, потому что полвека назад ввели классы и для мальчиков, хотя мы учимся отдельно.

Девочек учат иначе, и, по-моему, считают нас тупыми, есть такое ощущение. Хорошо хоть бить перестали. Тоже, кстати, с полвека назад, хотя и не запрещено это. То есть подзатыльник от учителя может и прилететь, никого это не удивит. Вот раздевать уже запрещено, хоть что-то хорошо. Хотя дома может влететь так, что лучше бы в школе, но я уже взрослая почти, и маман со мной справиться не может. А отца у меня нет, его по пьяни топором зарубили, когда мне семь было.

Вот и школа показалась. Теперь надо быть внимательной, держать подол и внимательно по сторонам смотреть. Вика она такая, налетит нежданно, ударит побольнее и вмиг исчезнет. Парни, правда, до уроков зажимать не будут, максимум за задницу схватить могут, защитника-то у меня нет. Единственное, за что парня могут очень сурово наказать — за насилие и за беременность до совершеннолетия. Тогда его могут счесть социально опасным, а это в лучшем случае тюрьма, а в худшем...

— Ирка, стой! — слышу я знакомый голос, но останавливаться не спешу.

Я перехожу на бег, потому что голос-то парня. Хорошо знакомый, вот я и стараюсь убежать: этому наплевать на запреты, он может и с утра в углу зажать. Сикорски сволочь редкая, к тому же, по-моему, он псих — как видит меня, сразу бешеным делается, поэтому встречаться с ним я не хочу. Бегу изо всех сил, успев по дороге оттолкнуть Вику и, только чудом не встретившись ни с кем из учителей, влетаю в класс. Все, здесь я в домике, в классе никто, кроме учителя, не тронет. Можно выдохнуть, унять дико колотящееся сердце и подготовиться к уроку. Успела я сегодня в последнюю секунду, так что потрепаться не успею.

Звенит звонок, и вместе с ним в класс входит Вера Павловна — исте... историчка наша. Ну и классный руководитель заодно, поэтому злить ее очень чревато. Те, кто с ней наедине оставались, ничего не рассказывали, только всхлипывали, ну а меня пронесло. Надеюсь, что пронесет и дальше, а там — школа закончится и встретит меня училище, ибо в университет чтобы попасть, нужно отлично учиться и лизать всем что подставят, твари... Девочка с высшим образованием, как мамонт — не встречается почти. Переселенцы после посадки всех мамонтов перещелкали ради шерсти и мяса.

— Птичкина, — оскаливается Вера Павловна, — а поведай-ка нам историю Посадки.

— Да, Вера Павловна, — киваю я, вставая и прихлопывая подол, уже собравшийся вверх, рукой. — Посадкой принято называть прибытие переселенцев, гордо покинувших Землю, на Родину.

Родиной наша планета называется. Живет тут что-то около тридцати миллионов человек, в основном занимаясь сельским хозяйством, потому что ученых мало и они все заняты не пойми чем. Я рассказываю в точности как в учебнике написано, размышляя о том, что это туфта, конечно. Не «гордо покинули», а «убежали впереди собственного визга», и еще непонятен разрыв в летоисчислении. Я недавно книгу в библиотеке раскопала случайно — страницы тонкие, почти прозрачные. Так там время Посадки по старому летоисчислению указано было. При этом у меня получилось, что переселенцы чуть ли не тысячу лет по космосу ползали. Но рассказывать об этом нельзя — за сомнение в основах меня запрут в психушке, где просто забьют. Так что нужно рассказывать материал, одобренный Великим Вождем и Учителем.

— Отлично, Птичкина, садись, — кивает мне подобревшая учительница. — Успенская, встать! В каком году женщину признали разумным существом?!

Вопрос с подвохом, потому что не признавали. Женщину перестали считать животным около сотни лет назад, а вот разумными нас не признавали никогда. Кстати, непонятно, откуда пошло это унижение женщин, потому что в той же книге написано было, что мать священна, а у нас, получается, чуть ли не два века на девочек ошейники надевали и на поводке водили. Сейчас-то уже нет, но было же такое!

Воспитывать нас стараются в почитании мужчин, только со мной почему-то не выходит у них. Мне парни противны, потому что именно они себя как животные ведут. Будь моя воля — на цепь посадила бы и выводила только для спаривания. Твари они, просто зажравшиеся твари. Потому и замуж я не хочу, противно мне, да и быть рабыней не желаю, пошли они все...

— Успенская! Ты дура! — внезапно кричит Вера Павловна, ударив Вику по лицу. Крик настолько резкий, что мгновенно вышибает меня из моих мыслей.

Со всей силы бьет, до крови. Необычно это. Она-то, конечно, себе жертву нашла, но вот с чего вдруг, совершенно непонятно. Наверное, враг мой что-то сказанула не то, вот и завелась наша истеричка. Теперь до конца урока будет орать, то есть надо принять испуганный вид, она это любит. Вот если не реагировать на крик, тогда на меня переключится, а буду старательно пугаться — пойдет дальше топтаться по Вике, которую мне совсем не жалко. Карма, как говорили в древности.

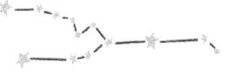

Мужчин по статистике почти в десять раз меньше, чем женщин, поэтому, наверное, такое к нам отношение. Руководят-то всем мужчины, они и правила устанавливают, поэтому у нас шансов нет. Но я так не хочу! Я не хочу молча сносить обиды, оскорбления, унижения и потные руки где не надо. Мне подобное претит, хочется агрессивно отвечать, но это, на самом деле, нельзя. Если ударить парня, еще неизвестно, что будет, поэтому активно сопротивляться можно только при угрозе понятно чего.

По легендам, официально не признанным, кстати, пошло это со времен Посадки. Второй корабль-переселенец разбился, пассажиры его погибли, а нюанс в том, что капитаном его была женщина. В произошедшем обвинили ее, а через нее и всех женщин. Сообществом нашим руководит Великий Вождь и Учитель, не меняющийся из года в год, отчего он кажется бессмертным. Мы должны считать его чуть ли не божеством и радоваться тому, что у нас такой хороший руководитель. А кто не радуется — для них трудовые лагеря есть, куда можно с десяти лет попасть.

Сегодня мне повезло — Вике сейчас не до меня, еще мимо парней просквозить, и будет совсем хорошо. Дома запрусь в своей комнате и выдохну спокойно. Так я думаю, осторожно выходя из школы. Парней почему-то не видно, а вот мимо школы пролетают аж два санитарных автомобиля. Это что же такое случилось?

Впрочем, не мое это дело, мне важно сейчас совсем другое — дойти до дома без приключений, чему способствует отсутствие парней. Вот я и иду, размышляя о том, как мне все надоело. Еще и предчувствие какое-то нехорошее, будто черная туча надвигается. Не страшно, а такое неприятное ощущение, как перед обязательным осмотром. Всех девочек раз в год полностью осматривают, чтобы отсеять тех, кто не сможет дать потомство. Что с ними происходит, я не знаю, у меня такого опыта нет, у нас в классе все здоровы.

Транспортов на улицах стало меньше, по-моему. Их и так немного было — периферия есть периферия — но вот сейчас я даже маршрутных не вижу, что уже очень интересно. Это в честь чего такое? Непонятно.

В таком настроении — искреннего недоумения — дохожу до дома. Маман еще на работе. Она на заводе вкалывает, поэтому я могу приготовить поесть и посмотреть в «главное средство информации», плоский экран которого сейчас будет вещать о Вожде и Учителе, и это позволит мне спокойно подумать. Впереди еще два месяца до каникул, и предстоящие месяцы надо прожить, что становится сложнее с каждым днем. Парни уж довольно активно лезут под юбку, как будто гон у них...

Дом у нас типовой, трехэтажный, наша квартира прямо на первом этаже, что не слишком удобно, но мощные решетки на окнах предупреждают ночные сюрпризы. Преступность у нас есть, причем специфическая — можно проснуться от того, что уже и... В подъезде никого, это хорошо. Я быстро открываю дверь, шмыгаю внутрь и тщательно запираюсь. Все, я дома... Можно щелкнуть кнопкой визора и топать на кухню.

— Да здравствует наш великий народ! — отзывается визор.

Ну все, дальше слушать не обязательно, ибо сейчас восхвалять будет. Трудно верить в то, что народ великий, а женщина занимает важное место в обществе, когда каждый день видишь совсем другое. Просто невозможно в это верить, потому что безнаказанность парней... В общем, пока не делают то, что запрещено, на них никто не обращает внимания, а зажатая в углу девчонка никого и не волнует. И от этого всех парней кастрировать хочется.

— Великосанск... — доносится от визора, заставляя меня вынырнуть из своих мыслей, направившись в комнату. Интересно, что это наш Великосранск, как его промеж собой называют, вспомнили?

На экране гордо выступают врачи в своих черных одеждах, символизирующих родство со Смертью, какая-то техника, а судя по виду — это восточный пропускной пункт. Из города, любого, можно выехать только через КПП, потому что «вся миграция контролируется взглядом Великого Вождя и Учителя». Так вот, пункт пропуска перекрыт, возле него военные, кажется, и доктора.

— Обнаруженная новая болезнь будет побеждена, но ради блага народа... — продолжает диктор хорошо поставленным голосом. — Карантин по секторам на время идентификации и лечения, — заканчивает он.

Как так «карантин»? Мама в другом секторе работает, ее что, домой не пустят? Правда, теперь мне понятно, куда парни делись — их в свой сектор забрали. У нас-то женский, раньше забор с колючей проволокой стоял, а полвека назад сняли, хотя лучше бы оставили. Школа почти на границе сектора стоит, поэтому парни из соседнего в ней учатся. Но если их забрали, то можно учиться более спокойно — никто во время карантина нападать не будет.

— Внутри секторов ограничения сняты, — не очень понятно говорит диктор, а я чувствую пробежавший по спине холодок.

Ограничения — это очень емкое слово, кто знает, какие именно сняты. Может, на передвижение, а может, и на все остальное. Тут остается порадоваться, что мужчин у нас в секторе никаких нет. Раньше наш сектор был гетто, потому они здесь традиционно не селятся. Дальше диктор рассказывает о сигналах тревоги и что по какому из них надо делать. Выглядит как чуть ли не война. Но воевать у нас не с кем, а друг с другом Великий Вождь не позволит.

Но все же интересно: маму домой пустят вообще? И что делать, если нет? Жаль, что от меня ничего не зависит... Страх, конечно, есть — как бы я к ней ни относилась, она моя мама. Просто жутковато быть одной. Значит, стану надеяться на лучшее, а пока обед приготовлю. Или ужин...

Карантин означает болезнь. Если он введен, то или болезнь неизвестна, или распространяется слишком быстро. Гадать можно бесконечно, это бессмысленно. Поэтому я пока займусь готовкой, а не попытками предсказать очередную гадость. Подождем, так сказать, развития событий.

Быстро приготовив кашу, ем, поглядывая на улицу, где транспорт исчез совершенно — только санитарные летают да военные неспешно катаются в своих железных коробках. Жутковато от этого всего, но я беру себя в руки, делаю визор потише и, доев, сажусь за уроки. Если приду завтра с несделанными — совсем нехорошо будет. Истеричка не упустит возможности на мне оторваться. Да и остальные тоже не святые овечки, так что надо сделать все, что задано, а там и спать лечь, чтобы попытаться поспать. А если мама не вернется, то от страха могу и не уснуть, буду завтра, как вареная рыба. Последствия мне не понравятся, так что нужно стараться.

Родина, 5 златоверха 304 года

Меня будит своим противным писком будильник. Судя по тишине в квартире, мама так и не пришла, то есть наш сектор действительно блокирован. Я плетусь в душ, обнаруживая, что горячей воды нет. Приходится мыться холодной, но быстро, чистить зубы... Нет, согрею себе воды и почищу, а то просто больно будет. И завтрак приготовлю.

Дрожа после душа, иду на кухню, включив визор по дороге. Чувства юмора у «блюстителей свободы» отродясь не было, значит, надо ждать неприятных новостей. Тут до меня доходит: женщины в основном на заводах да на полях работают, а это другие сектора, но... с младшими-то что тогда? Они же не смогут себе ни еды приготовить, ни одежду правильно подобрать, ничего — дети же совсем. Неужели их просто бросят на произвол судьбы?

Ощущение у меня очень нехорошее, потому что если так, то нужно будет как-то организоваться, что ли. Или же взрослые организуются, но тогда нас всех в школе запрут, и все, как в прошлый карантин. А это значит, что в сумку хотя бы трусов накидать надо, кто знает, сколько времени карантин продлится... В прошлый раз была эпидемия дифтерии, кажется. По крайней мере, это слово по визору сказано было, вот нас заперли в школе по классам и не выпускали даже в туалет. Приходилось в ведро ходить... Бр-р-р, как вспомню, так плакать хочется. У нас все было в порядке, а один класс полностью вымер — даже не пытались помочь. Если сейчас эпидемия аналогичная, то в школу хоть не ходи...

Вот зачем я подумала о том, чтобы в школу не ходить? Теперь переодеваться надо, потому что ужасом накрыло до потери соображения. При этом я и сама не понимаю, чего так испугалась, аж до неприятности, но больше я на такие темы размышлять не буду — очень страшно просто.

— Жители города Великосанска! — торжественно сообщает визор. — В великой мудрости своей наш

Вождь и Учитель, да продлятся его года навечно, повелел собрать детей в школах, дабы они не разносили заразу. Притом учителям даны права родителей, а неявившиеся будут сочтены больными.

Бить будут. Раз «даны права родителей» и «ограничения сняты», точно будут бить. Вот наступает золотое время у истерички, не иначе. В прошлый карантин так не делали, в чем же дело? Я задаюсь этим вопросом, и тут визор выдает статистику по заболевшим и умершим за последние сутки. Я понимаю, что от общего вещания мы отключены, потому что в стране же паника начнется! У меня уже паника, честно говоря, пять тысяч умерших за сутки — это непредставимо. Какой-то страшный очень вирус, при этом рассказывается, что чем младше ребенок, тем больше шансов выжить, а у перешедших двадцатилетний порог — вообще никаких шансов нет.

Некоторое время я пытаюсь справиться с ужасом, а визор перечисляет симптомы: кашель, насморк, потеря чувствительности, сильное половое влечение. Хорошо, что парней отделили, а то с такими симптомами они бы нас всех...

— В течение шести часов температура поднимается до сорока двух градусов, отчего заболевший умирает, — объясняет визор. — Агония длится до трех часов.

То есть умирать очень долго. Но зачем нам это

рассказывают? Запугать хотят или что-то обосновать? При такой страшной эпидемии могут сделать что угодно, даже живьем сжечь, чтобы остановить распространение инфекции. А вдруг действительно? Тогда единственный вариант — в школу, потому что там хоть спрятаться можно будет, а если и убьют, то быстро. Я вполне допускаю вариант того, что убьют, потому что женская жизнь не стоит ничего.

— Сжигание тела не останавливает распространение вируса... — продолжает пугать диктор. — Единственный действенный способ — полная изоляция.

И платьев еще надо парочку взять с собой, потому что очень уж страшно делается. И еды тоже, потому что дома испортится, а там кто знает, будут ли кормить. Хотя в прошлый раз кормили... Но кто знает, что придумает Великий Вождь и Учитель? Вот и я не знаю, так как полностью пока бесправная.

Пора собираться в школу. Учитывая последние известия, за опоздание теперь могут сделать не только стыдно, но и очень больно, а «больно» не любит никто. Возьму я четыре пары трусов, носки, два платья и запихну в сумку свою школьную, а сверху хлеб и... что там в тумбочке? Консервы, три банки консервов всего, но лучше, чем ничего. Не хочу даже смотреть, что там, а вот нож прихвачу. Не как оружие, а чтобы хлеб нарезать и консервы еще вскрыть.

Ну, пора уже и идти. Я не беру с собой мамину фотографию, потому что ее просто нет. Фотография без причины — очень дорого, лишних денег у нас никогда не было. Завод — это не начальственное кресло, платят там очень мало. Едва-едва хватает на еду, гигиену и одежду. Еще в детстве и на леденец на палочке раз в месяц хватало, а теперь маман предпочитает лучше себе бутылку пива купить, чтобы расслабиться после работы. Ничего, вот стану совершеннолетней, смогу себе хоть маленький леденец позволить иногда...

Тщательно закрываю дверь, выхожу, взглянув на привычные окна, и кажется мне, что это в последний раз. Ощущение такое: «не вернешься ты сюда больше, Ира». Тихо всхлипнув, начинаю свой ежедневный путь в школу. Выходных в школе не бывает, только каникулы, и то летом. А сейчас у нас условная осень, хоть и тепло очень. Вот к снежню начнется зима — без перехода, и температура от двадцати пяти моментально на минус десять скакнет, знаменуя начало сезона простуд.

Автобусов вообще нет и личных транспортов богачей тоже. Улицы пусты, будто вымерли, тихо еще очень, отчего жутковато становится на душе. Но я иду в школу, ибо опаздывать совсем нельзя.

Интересно, что это за вирус такой? Все началось же после падения метеорита. Неужели он болезнь из космоса принес? Тогда мы обречены, потому что у нас медицина часто сводится к «помазать зеленкой». Хочется верить, конечно, что мы выживем, умирать совсем нет желания, да еще и так страшно, как по визору сказали. Хорошо, я только слушала, потому что увиденное краем глаза само по себе ужасно: множество черных мешков, в которых хоронят мертвых.

Возле школы стоят учительницы и никого из детей нет. Или загоняют прямо в классы, или еще чего происходит. Но я спокойно иду, потому что время еще есть, и довольно много времени. Училки наши бледненькие, отсюда видно... А, вот кто-то из младших скачет. Сейчас увижу, что с ней произойдет. Вот она видит взрослых, перестает скакать, идет уже спокойно.

Так я и думала — всех в школу загоняют. Ну это лучше, чем то, что мне представилось...

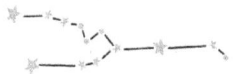

А вот такого я, пожалуй, не ожидала. Нас всех собирают в актовом зале, причем я замечаю, что не только парней не хватает, но и девчонок. Три или четыре параллели полностью отсутствуют, а ведь они из нашего сектора. Или из соседнего? Не помню уже, честно говоря, потому что кроме мужского сектора еще три женских есть, а школа одна.

— У нас карантин, — сообщает Вера Павловна, а не завуч, что интересно вдвойне. — Это значит, что вы живете в школе. К каждому младшему классу будут прикреплены две старшие девушки с правами родителей.

Младшие некоторые плакать начинают — они очень хорошо понимают, что это значит. А истеричка наша продолжает рассказывать о том, что выход из класса запрещен, а ведро надо выливать в окно. Ну и насчет продуктов, одежды, все, как в прошлый раз. И начинается с ходу распределение. Вот испуганная Вика с второклассницами, кажется, уходит. Вера Павловна вызывает девушек по одному, делит классы, сообщает номера кабинетов.

Мне интересно, кто будет со мной, потому что старших становится все меньше, и все те, с кем я бы не хотела быть ни при каких обстоятельствах, уже ушли. Честно говоря, я не совсем понимаю, почему не пустили родителей с детьми. Точнее, я-то понимаю, но думать об этом совсем не хочу.

— Виразова, у тебя второй класс, кабинет сто семь, — продолжает наша истеричка, сейчас совсем не похожая на себя обычную.

Еще одна странность — всех расселяют в кабинетах

первого этажа, ближе даже к полуподвальным. Интересно, это что-то значит? Но на верхних этажах никого нет. Это совсем уж необычно, не было такого в прошлый карантин. А учительница все вызывает и вызывает, пока я наконец не остаюсь одна. Одна я и первоклашки. Им по пять-шесть лет, потому что так установлено Великим Вождем и Учителем, тьфу. То есть два десятка сильно напуганных девочек и я. Взрослые с ума сошли?

— Птичкина, — подходит ко мне Вера Павловна. — У тебя будут малыши. Я верю, что ты сумеешь о них позаботиться.

— Будут ли они меня слушаться? — вздыхаю я.

— Тебе разрешены любые методы, — объясняет мне наша классная. — Только чтобы выжили, даже если будут писаться от твоего вида. Это понятно?

— Понятно, — киваю я, отлично зная, что малышей бить не буду.

— Иди за мной, — негромко произносит она, а я собираю первоклашек.

— Идем за мной и ничего не боимся, — говорю я им, погладив каждую. — Все будет хорошо.

Молчаливые дети берутся за руки и парами идут за мной, а я поглядываю по сторонам, чтобы никто не потерялся. Училка ведет нас по коридору, затем ступая на лестницу. Похоже, нам предстоит жить в подвале.

Хорошо бы, чтобы не в общем карцере, потому что там холодно в любое время года. Но нет, мы проходим дверь, наводящую ужас, а затем подходим к странному помещению — дверь у него толстая, необычная.

— Заходите, — командует Вера Павловна. — Птичкина, постой здесь.

— Да, Вера Павловна, — киваю я, думая о том, что платья с собой взяла не зря.

— Советую раздеть их полностью, — говорит мне она. — И вещи целее будут, и сами шелковыми будут.

— Хорошо, Вера Павловна, — с послушным видом киваю я.

— Возьми, — она протягивает мне что-то черное, гибкое. — Запоминается надолго.

И тут я понимаю, что это такое — этой вещью делают больно детям. Очень больно, насколько я знаю наших взрослых. И именно поэтому я ею пользоваться не буду. Я не зверь, не садистка, мне не нравятся детские слезы, но палку я беру, чтобы ее не прочувствовать немедленно на себе, с Веры Павловны станется... Сделав шаг вперед, слышу звонкий щелчок. Все, мы тут заперты, надеюсь только, что не навсегда.

Девочки испуганы, некоторые плачут, а кое-кто смотрит на меня с ужасом. Я же отношу эту палку к тонкой полоске отраженного света, бросая на пол, а потом поворачиваюсь к малышкам. Мне надо успокоить их, погладить, рассказать сказку, и не одну, потом посмотреть, что здесь с едой и водой.... Лежаки я вижу, они деревянные, в три яруса вдоль стены поставлены, при этом выглядят, как квадраты.

Разумеется, раздевать детей я не буду. Это слишком жестоко по отношению к ним, потому что страх — очень плохой помощник. Я знаю, что дома многих из них воспитывают жестокостью, но я так не хочу. Я и сама была на месте этих девочек, сама сжималась от ужаса и кричала, срывая горло. Я все отлично помню, потому никогда и ни за что их не трону. Вот об этом я и рассказываю. Мягким, спокойным голосом говорю о том, что мы здесь заперты, убежать некуда, поэтому мы будем послушными девочками, чтобы не было стыдно.

— Ты теперь нашей мамой будешь... — эта малышка меня не спрашивает, она, скорее, в известность ставит, прижимаясь ко мне.

— Если хочешь, буду, — киваю я ей, поглаживая по голове. — Главное, ничего не бойся.

— Я постараюсь, — всхлипывает она.

И вот тут все остальные дети как-то внезапно оказываются возле меня. Им сейчас очень хочется пообниматься. Просто прижаться и представить, что все хорошо. Я их очень хорошо понимаю, даже лучше, чем они могут подумать, потому что дети же. Для меня это очень важно, чтобы дети не плакали. У них еще будет множество поводов поплакать, поэтому я буду делать все возможное, чтобы не из-за меня.

Мне кажется, нас заперли здесь по какой-то причине. Я обнимаю детей, глажу их, а сама размышляю. Очень быстрая реакция на начало эпидемии говорить может о многом, но я просто не знаю, правду ли по визору сказали. Обычно же врут почти во всем, но могли и правду сказать. Но тогда такой тип карантина может означать, что всех заболевших просто убивают, и все. Или же... нас всех собрали в одно место, чтобы не гоняться за каждым. Изолированные в классах, если кто-то заражен, просто перемрут... Нет, не объясняется...

В этот момент вдруг начинается землетрясение. Все ходит ходуном, что-то шипит, с потолка падает штукатурка, а я пытаюсь закрыть малышек собой, защитить от падающего с потолка. Мне кажется, я слышу крики откуда-то сверху, но это точно кажется. При этом в дверь с той стороны что-то с силой стукается несколько раз, и все затихает. Девочки начинают дружно плакать, а я быстро осматриваю каждую. Вроде бы никого не задело.

— Тише, тише, — уговариваю я малышек, хотя мне страшно так, что в туалет хочется. — Это всего лишь землетрясение.

— Точно? — интересуется кто-то.

— Точнее не бывает, — изо всех сил улыбаюсь я.

Я стараюсь не думать, что это за землетрясение на равнине, от которого все содрогается. Я просто очень сильно надеюсь на то, что нас не решили здесь похоронить всех... Если есть кто-нибудь там, наверху, спасите...

Неведомое, 59 лучезара 33 года

— Навигация невозможна, — заунывно повторяет корабельный мозг.

Похоже, мы влетели в субпространственную аномалию, которой здесь отродясь не водилось. Я держу Витязь на ручном, удерживая его по центру аномалии, выглядящей как тоннель из плазмы. Даже знать не хочу, что будет, если коснуться стенки. Машенька сидит тихо-тихо, глядя на экран широко раскрытыми глазами, а я время от времени нажимаю кнопку экстренного выхода. Безо всякого эффекта, но, тем не менее, жму ее снова и снова.

Теоретически это возможно — вероятность попадания в дикий переход внутри субпространства ненулевая, но вот почему именно со мной это случилось, я не понимаю. Впрочем, возможно поэтому у меня самый защищенный корабль в Галактике? Удерживать становится труднее, манипуляторы ручного управления на подобное точно не рассчитаны, но я понимаю: выхода нет.

И вот когда мне кажется, что все сейчас развалится, звучит громкий звуковой сигнал экстренного выхода и нас выплевывает в пространство. Сразу же включив торможение, я отстреливаю буй навигации, помечающий именно то место, где мы вышли. Действую я интуитивно, не задумываясь и, по-моему, правильно. Теперь есть время осмотреться.

Звезды на экране совершенно незнакомые, неподалеку виднеется звездная система с четырьмя планетами. Никогда такой не видел, честно говоря, орбиты развернуты чуть ли не шаром, что необычно, но я не астроном, а пилот. Опрашиваю системы корабля — повреждений нет.

— Витязь, где мы? — интересуюсь я.

— Информации нет, — отвечает мне мозг корабля. — Локализация невозможна.

Несмотря на то что подобное я предполагал после аномалии, новость так себе. Это означает, что Витязь не может засечь ни одного навигационного буя и не идентифицирует рисунок звезд. То есть мы сейчас неведомо где. Задумавшись, разворачиваю корабль на ручном в сторону звездной системы, дав импульс внутрисистемными двигателями. Скользить по гравитационным линиям можно только в знакомых системах, а тут мы по старинке пойдем.

— Витязь, сканирование звездной системы, — командую я, осторожно к ней подкрадываясь. — Машенька, не пугайся, уже все закончилось.

— Нет, братик, — качает она головой. — Все только начинается.

— Иди ко мне, философ мой, — улыбаюсь я, протянув руку.

Сестренка бросается обниматься, а во мне живет и ширится ощущение встречи с чем-то совсем незнакомым. Звездная система медленно растет на экране, Витязь молчит. Тоже, кстати, показатель, потому что молчание корабельного мозга само по себе симптоматично.

— Зарегистрированы радиосигналы, — сообщает мне Витязь. — Вторая планеты системы населена. Язык расшифровывается.

— Не было печали, — вздыхаю я. Если фиксируются именно радиосигналы, то цивилизации, скорее всего, в древних веках, а с такими контакт запрещен.

— Язык русский, древнее наполнение, — почти без паузы продолжает мозг корабля. — Включить трансляцию?

— Нет, короткую выжимку и анализ, — прошу я в ответ.

Согласно Истории, в древности люди очень любили прятать, приукрашивать и скрывать правду. Кроме того, они были очень агрессивными, поэтому я лучше послушаю анализ и выводы. Но в любом случае контакт запрещен, раз еще и язык древний. Тут вот в чем закавыка: язык в том числе и уровень развития показывает, а раз Витязь назвал его древним, то понятийная база... Понятно, короче. Послушать можно, но не более того.

— Планетой руководит некто Великий Вождь и Учитель, он заботится о процветании народа, — дает мне выжимку Витязь. — Народ живет счастливо под его мудрым руководством. Достоверность ноль. Женщины являются почти животными рядом с мужчинами. Достоверность ноль. Женщины задействованы на предприятиях, доступных им по уровню интеллекта. Достоверность три. В одном из городов фиксируется заболевание, неизвестное расе. Достоверность девять.

Шкала у него десятибалльная. Значит, большая часть информации недостоверна. Что-то я такое из Истории помню, но вот что именно, сейчас в голову не приходит. Мозг корабля рассказывает о предпринимаемых мерах по локализации заболевания, и я понимаю, что люди в этом городе обречены.

— Фэн и Вика, пройдите в рубку, — нажимаю я сенсор трансляции, зовя роботов. Сейчас мне какой угодно совет понадобится, чует мое сердце.

— Анализ, — предупреждает меня Витязь. — На планете диктатура с неклассическим патриархатом, строящимся на унижении противоположного пола. Все существа женского пола не имеют ценности для правителя. Существа мужского пола, коих значительно меньше, этим пользуются. Контакт запрещен.

— А то я не знаю, — вздыхаю я, попросив навести корабельный телескоп на обреченный город. — Стоп, а это что?

В телескоп видно, как детей женского пола загоняют в здание, тогда как мужской пол пытаются вывезти и изолировать, что у них не получается. Мы находимся слишком далеко, чтобы вмешаться, а я уже понимаю, что их всех попытаются убить. Особенно детей, не знаю, правда, почему они именно к детям так относятся, но и смотреть на это просто так не могу. Роботы входят в рубку, останавливаясь за моим креслом.

— Витязь, ускоренное движение к планете, код три девятки, — командую я, приняв решение. Очень хочется успеть до того момента, когда их всех убьют.

— Принял, — отвечает мне разум корабля, явно не возражая против нарушения инструкции.

Мы все равно не успеваем, потому что по городу, судя по всему, наносят удар, при этом вид взрыва мне что-то напоминает. Я все пытаюсь вспомнить, что именно я вижу, пока безуспешно.

— Витязь, тип боеприпаса, которым нанесен удар, — немного жалобно прошу я корабельный мозг.

— Судя по вспышке, форме остаточного облака и рисунку ударной волны, — отвечает мне Витязь, — это боеголовка с делящимся материалом. В древности подобные ей называли ядерными. Местность заражена, и все, кто не погиб, вскорости умрут от радиационного поражения.

— Витязь, сканируй город на признаки живых, — жестко командую я, ответа не следует, ибо он и не нужен.

Тут я даже раздумывать не буду. Да, цивилизация древняя, но они только что, на моих глазах, убили детей. Значит, это дикари. Если есть возможность спасти хоть кого-нибудь из приговоренных ими, я это сделаю, несмотря ни на какие инструкции. Дети превыше всего. Витязь ищет, одновременно выходя на орбиту, а я пытаюсь определить степень опасности.

Но орбита пуста, за исключением какой-то платформы, некогда бывшей, видимо, защитной, но выглядит она так, как будто ее пинали, да и мертва полностью. Значит, из космоса нам ничего не прилетит, а ракеты на планете мы как-нибудь и сами решим.

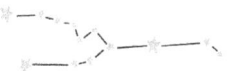

Никогда не думал, что попаду в такую ситуацию. Инструкция категорически запрещает приближаться к таким планетам, но если я уйду, то погибнут дети. Дети, которые не виноваты ни в чем, которых приговорили эти дикари. Они будут умирать от лучевой болезни и голода, а я... Как я в глаза людям после этого смотреть буду? Значит, на этом моя карьера пилота закончится, не начавшись. Пусть судят.

— Сколько живых обнаружено? — интересуюсь я у Витязя.

— Двадцать один, — отвечает он мне, подсвечивая место, где обнаружены дети. Это школа... была. Значит, это дети, а дети превыше всего.

— Код Юпитер, два, девять, три, — сообщаю я в пространство, зная, что корабельный разум все фиксирует.

— А что это? — интересуется Машенька, прижимаясь ко мне.

— Это код, по которому я беру на себя ответственность, малышка, — вздыхаю я, гладя ее по голове. —

Потому что я сейчас нарушу правила и инструкции. Но дети важнее инструкций.

— Тебя наругают? — спрашивает она меня, с интересом глядя на экран.

— Не знаю, Машенька, — улыбаюсь я ей. — Витязь! Расчет эвакуации детей с дикой планеты с учетом противодействия дикарей.

— Я в тебе не ошиблась... — очень тихо говорит мне сестренка. — И что теперь будет?

— Теперь мы с тобой наденем скафандры, — объясняю я ей. — Витязь посчитает, справятся ли квазиживые, или же...

— Большая масса камней, — реагирует мозг корабля. — Рекомендуется спуск и прямые раскопки.

— И силовое поле, чтобы дикари не сделали хуже, — добавляет Вика.

— Убийцы детей разумными быть не могут, — уверенно заканчиваю я. — Витязь, спуск, силовые поля на максимум, активная оборона.

— Спуск начат, — слышу я в ответ. — Я разделю с тобой ответственность, командир.

Вот это новости! Похоже, мозг корабля себя осознал. Не скажу, что это сильно вовремя и что нормально тоже. Что-то важное произошло, заставив его себя осознать? Но что? Сейчас спрашивать не ко времени, да и ведет Витязь себя совсем не как ребенок. От его поддержки мне на душе даже полегче стало. Нет, спасать или не спасать детей, не обсуждается даже, но тот факт, что я иду против всех инструкций...

— Фэн и Вика, на скафандры наденьте круговой свет, чтобы голова сияла, — припоминаю я древние заблуждения. Совсем недавно нам об этом рассказывали, я и забыть не успел.

— Хорошо, командир, — отвечает мне Фэн. — Морфирование славянское?

— Древнеславянское, — уточняю я, зная, что меня поймут правильно.

— Сход с орбиты, защита на максимуме, — предупреждает меня разум корабля.

Квазиживые могут менять форму тела, лица, да практически все, поэтому сейчас они примут вид древних землян. По тем изображениям, что у нас, разумеется, сохранились. Потому что осталось с тех времен немного, но испуганным детям хватит. Я встаю, утягивая с собой Машеньку, и подхожу к стене рубки. Тут у нас шкаф со скафандрами на всех. Надо одеться, просто на всякий случай. Инструкцию я нарушу только одну, остальные нарушать нельзя, они кровью написаны.

— К детям идут квазиживые, помещают их первоначально в коконы, — сообщаю я, вздохнув. — Потому что кто знает, что это за вирус. Дальше начинаем работать с каждым.

— Усыпить их хорошо бы, — вносит предложение Вика. — Тогда бояться не будут некоторое время.

— Витязь, что скажешь? — интересуюсь я.

— Паниковать будут, но лучше на корабле, — говорит корабельный мозг со вполне человеческими интонациями. — Фиксирую панику на планете.

— Главное, чтобы по детям еще раз не ударили, — вздыхаю я. — Раскрыть эмиттеры нижнего сегмента.

— Выполняю, — отвечает Витязь. — Фиксирую запросы, — продолжает он.

Я коротко сообщаю, куда могут пойти запрашивающие. Мы снижаемся, при этом паника на планете только нарастает, но мне на это наплевать. Пусть хоть съедят друг друга...

— Фауна проявляет агрессивность, — замечает корабельный разум.

Гляди-ка, и чувство юмора прорезалось. Только так не бывает. Или он был разумным до этого момента, или мне спящий разум подсунули на подстраховку. Это еще интереснее, потому что новая технология и совсем новые принципы работы, насколько я осведомлен. Проходит еще несколько минут.

— Достигнута нижняя точка траектории, — докладывает Витязь. — Начинаю разбор завалов. Средства нападения дикарей уничтожены в воздухе.

— Ракеты? — интересуюсь я.

— Ракеты, — подтверждает корабельный разум. — Древние, как их язык.

— Вот видишь, Машенька, — вздыхаю я, проверяя герметизацию основной части скафандра ребенка. — Мы развились, а они деградировали, хотя, скорее всего, нас одна планета породила.

— И они теперь нехорошие? — совсем по-детски интересуется сестренка.

— Они просто... — я пытаюсь подобрать определение, что мне с ходу не удается.

— Фауна, — припечатывает Витязь. Надо будет с ним поговорить после, так же просто не бывает!

Сестренка хихикает, а корабельный разум рассказывает о ходе расчистки. Действовать ему надо осторожно, чтобы не нанести вреда детям. В процессе расчистки он обнаруживает еще одно живое существо, за которым немедленно отправляются квазиживые.

— Ребенок в критическом состоянии, — сообщает Витязь. — Рекомендуется поместить в кокон.

— Подтверждаю, — киваю я.

Потом поглазею на то, кого именно достали из-под камней. Сейчас начинается основная часть работы —

детей у нас двадцать одна. Ну, уже двадцать, потому что первую уже эвакуируют.

Сейчас, насколько я знаю, снизу корабля, висящего на гравитационных двигателях, раскрываются и опускаются на планету сегменты эвакуационных подъемников. Силовое поле эвакуатора дикарям не пробить, как они ни стараются. Нет у них такого оружия, и хорошо, что нет. Квазиживые разумные, которым не страшны ни вирусы, ни радиация, переносят детей.

— Было двадцать два, одна не дождалась, — сообщает мне Фэн. — Малышка совсем...

— Она давно? — негромко интересуюсь я.

— Нет, но... — Фэн осекается. — Около десяти минут, — заканчивает он.

— Давай ее в реанимационный бокс, — прошу я его, давя эмоции. — Мы должны попытаться спасти ребенка. Нельзя ничего не делать!

Мы должны попытаться, десять минут — это еще шанс. Шанс есть, насколько я помню принципы ревитализации, пусть он очень маленький, но он есть, и я не хочу сдаваться. Пока есть хоть какие-то возможности, мы должны бороться за каждую жизнь. Мы просто обязаны, потому что мы разумные.

И мы спасем тебя, малышка, я в этом уверен!

Родина, 5-6 златоверха 304 года

Вздувшиеся консервы, нашедшиеся здесь, показывают мне, что еду из дома я правильно взяла. Хлеб я тоже нашла, только это скорее сухари, очень твердые. Вода вроде бы есть, в большом баке, я ее пробую, пить можно. Но сначала я покормлю девочек взятым из дому, потому что это точно безопасно. Вскрыв консервы, делаю маленькие бутербродики, чтобы всем хватило.

— Мама! — обращается ко мне та девочка, которая меня так и назвала. — А Лиле плохо!

— Сейчас посмотрю, — киваю я ей, отправившись к лежащей прямо на полу малышке.

Осторожно подняв ребенка, перекладываю ее на нары. Она тяжело, с присвистом дышит, на ощупь горячая — заболела, получается? Тогда мы все обречены. У меня во рту металлический привкус, что это значит, я не знаю, но малышам всем очень нехорошо, что я вижу, просто посмотрев на них.

— Тебя как зовут? — спрашиваю я ту, что меня позвала.

— Таня, — тихо отвечает она.

— Танечка, ты будешь поить водичкой Лилю, хорошо? — прошу я, закопавшись в сумку. Где-то у меня было жаропонижающее, ведь аптечку я тоже прихватила.

— Хорошо, мама, — кивает она, принимая у меня бутылку.

— Ага! — я нахожу даже не таблетки, а свечи, сохранившиеся у нас с незапамятных времен. Проверяю срок годности... Вроде бы еще можно, хотя выхода у нас нет.

Перевернув немедленно заплакавшую девочку, вижу причину этого, поразившись жестокости ее родителей. Меня тоже лупили, но не так же... А тут палкой, что ли? Трудно сказать. Я вздыхаю, вставив свечку, переворачиваю Лилю обратно, и киваю Танечке. Надо детей покормить, разложить на нарах и пусть поспят хоть немного.

Проведя рукой по волосам, некоторое время оторопело смотрю на клок, легко отошедший от головы.

Чувствую усталость, ходить очень сложно. Кажется, нас все-таки убили, или же это вирус так выражается. От удара сильной головной боли едва не падаю, но держусь, обращаясь к малышкам. В полумраке, где свет дает одна-единственная медленно тускнеющая лампочка, выделяются красные лица.

— Девочки! — зову я их. — Сейчас мы с вами поедим, а потом поспим, хорошо? А там нас найдут, и все снова будет хорошо.

Я стараюсь говорить уверенно, хотя понимаю, что мы все обречены. Особенно я, потому что если у малышек есть шанс выжить, то у меня точно никакого. Так по визору сказали. Но я буду бороться до последнего, а потом... Потом будет потом, потому что мы все равно умрем. Нас уже убили, просто мы об этом не знаем.

— Берем бутерброды, — предлагаю я, а сама чувствую, что сейчас упаду. Надо таблетку от головы выпить, вдруг поможет. Тошнит уже очень сильно.

Девочки берут еду, но есть, видимо, не могут — очень многих ужасно тошнит. Ну и у меня рвота начинается. Мне становится постепенно хуже, и что это значит, я понимаю: умираю я. Надо малышкам рассказать, что и где находится, может, хоть немного дольше проживут. Ой, упала еще одна...

Дети падают, с трудом встают и опять падают. Я же

изо всех сил стараюсь помочь им добраться до нар. И уговариваю каждую, чтобы не пугались. Лиле совсем плохо, Танечку рвет. Как и двух девочек, которые стояли ближе всех к двери, — их буквально выворачивает, безудержно. Остальные девочки почти не могут ходить, но я их раскладываю по кроватям-нарам, чтобы они могли поспать. Лучше во сне, чем мучиться...

Вижу девочек, у которых что-то похожее на судороги. Мне хочется плакать, потому что я совсем не понимаю, как им помочь. Еще и сама чувствую себя так, как будто сейчас упаду и больше не встану, но мне нельзя, я должна помочь детям, должна дать им тепло, хотя бы в последний раз. Я понимаю: мы умираем, может быть, даже до утра не доживем, и это так жалко... наших родителей, скорее всего, убили еще раньше, чтобы не возиться, а нас... Девочек решили убивать медленно.

— Давай попьем, маленькая? — с трудом двигаюсь, пытаюсь напоить малышек, при этом у меня явные галлюцинации — чудятся мне какие-то шорохи сверху.

— Мама... — шепчет девочка, имени которой я не знаю. — Холодно...

Я обнимаю ее, укладываю спать и перехожу к следующей. Малышкам моим очень плохо, а еще они все понимают и смотрят так... Прощаются они взглядами, а я плачу про себя, проклиная и Великого Вождя, и всех мужчин разом. Пусть они никогда не увидят солнца... как мы... так тяжело осознавать, что нас предали абсолютно все и теперь...

— И-и-и-и! — тоненько пищит ребенок.

Больно ей, очень больно, поэтому я едва не падаю, но кидаюсь к ней, чтобы хотя бы обнять. На головную боль не действуют таблетки, а рвота часто с кровью, но малышки уже не пугаются — у них сил нет пугаться. И у меня нет сил, потому что голова болит все сильнее. Скоро я, наверное, соображать перестану от боли.

Не могли эти звери убить быстро?! За что малышкам так медленно умирать, за что? Что они кому сделали плохого? Звери у нас мужчины, настоящие звери. Вот кого надо уничтожить полностью, и чтобы никого гарантированно не осталось!

А маленькие все сильнее плачут и стонут — больно. Им очень больно, и что делать, я просто не знаю. Шуршание становится громче, я его уже очень хорошо слышу. Слабая надежда на то, что нас решили откопать, умирает, даже не оформившись. Были бы мы мальчиками — тогда да, но мы девочки, о нас и не вспомнят даже. Шансов вообще никаких, и я это понимаю очень хорошо.

Стоны и плач становятся громче, уже все плачут, а Лиля, кажется, уже почти все, поэтому сажусь рядом, беру ее на руки, чтобы ей было не так страшно умирать.

Я слышала, что умирать в одиночестве очень страшно. Вот и хочу разделить с малышкой последние часы. Видимо, она будет первой, а за ней потянутся и остальные. Интересно, есть что-нибудь после смерти?

Я начинаю громко рассказывать сказку. Это даже не сказка, это мои фантазии о том, что нас ждет после смерти. Я представляю себе волшебный мир, в котором у каждой будет мама и папа, при этом девочки тоже будут очень важными, такими же, как мальчики, и их будут беречь.

— Надо только немного потерпеть, — объясняю я малышкам, даже плакать переставшим от моего рассказа. — И тогда у нас будет волшебная страна, в которой дети очень важны, их никто не бьет, и все заботятся.

— Д-даже о де-девочках? — заикаясь и дрожа, спрашивает меня Танечка.

— Особенно о девочках, — обещаю я ей. — И будет много молока и сладостей. Особенно... шоколада.

— Тогда мы потерпим, — шепотом произносит Лиля на моих руках, устало закрывая глаза. Ее дыхания не слышно, а тело вдруг расслабляется.

И я понимаю: Лиля ушла в ту самую страну, о которой я сейчас рассказываю. В этот самый момент вдруг начинает сильно кружиться голова и все вокруг гаснет. Я умерла?

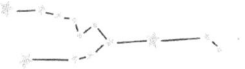

Глаза открываются очень медленно, будто нехотя. Я ощущаю себя лежащей в чем-то мягком, податливом, при этом, кажется, совершенно обнажена. Это что, жизнь после смерти? Или нас решили спасти? Хотя кому у нас спасать девочек... Перед глазами мутновато, но затем проступает необычный зеленый потолок, при этом слабость просто невозможная. Что со мной? Что с малышками?

— Проснулась? — надо мной появляется улыбающееся лицо. — Меня зовут Вика, ты в безопасности, — продолжает она удивительно мягким голосом. — Тебе еще нужно полежать.

— Что с малышками? — сразу же спрашиваю я, потому что мне это важнее. Не зря же они мамой меня назвали.

— Эвакуировано двадцать два ребенка, — отвечает она мне. — Двоим еще долго спать, пока не стабилизируются, остальные скоро проснутся.

— Мы умерли? — интересуюсь я. — Это страна... волшебная?

— Вы чудом только не умерли, — улыбается эта странная женщина, не желающая сделать больно, я же вижу. — Мы находимся на эвакуационном корабле «Витязь». Вы были обнаружены на дикой планете и эвакуированы.

— На дикой планете? — удивляюсь я, хотя сил удивляться мало. Главное, что с малышками все хорошо, остальное неважно.

— Тебе расскажут, — незнакомка протягивает руку и гладит меня так, как мама не гладила никогда. От этого жеста я против своей воли всхлипываю. — Ах, да... — она что-то вспоминает. — Ни тебе, ни детям никто и никогда не будет делать больно. А сейчас — отдыхай.

Но я не могу уснуть. То, как со мной обращается эта женщина, кажется просто чудом. Со мной так никто и никогда не обращался, а ведь она проявляет не только ласку, но и терпение. Сразу же ответила на мой вопрос... Абсолютно непонятно, но ответила же! Училка бы просто рот заткнула... Стоп, она сказала — двадцать два, но вместе со мной было двадцать один... Неужели выжил кто-то еще? Интересно кто?

С этими мыслями я засыпаю. Мне снится красивый город, полный зелени, улыбающиеся люди и весело скачущие мои девочки. Я вижу во сне — никто не хочет их ударить, унизить, а все вокруг только улыбаются, глядя на детей. Такой волшебный, невозможный сон, просто невероятный настолько, что я просто плачу. Я плачу, глядя на это счастье и осознавая, что такое возможно.

— А почему девочка плачет? — слышу я, снова открывая глаза. Рядом с тем местом, где я лежу, стоит незнакомая девочка лет пяти, наверное. А вот рядом с ней... мужчина. Ну за что?!

— Потому что она увидела во сне что-то, — очень мягко объясняет мужчина ребенку, гладя ту по голове.

От невозможности, просто нереальности того, что вижу, я, кажется, дышать перестаю. Этого просто не может быть! Мужчина гладит по голове малышку, обнимает ее и смотрит очень ласково! А потом переводит взгляд на меня, и в его взгляде нет ни злости, ни брезгливости, ни похоти... Наверное, я все-таки умерла, потому что такого не может быть. Просто невозможно подобное!

— Наша гостья проснулась, — улыбается этот непонятный. — Как тебя зовут?

— Ира... — отвечаю я ему, все еще не зная, как реагировать.

— Меня зовут Сергеем, — мягко произносит мужчина. — Я командую этим кораблем, это моя сестра, Машенька.

В его голосе столько ласки, что мне хочется просто плакать, и я плачу, потому что Сергей буквально обернул своей нежностью сестренку. За такую любовь я бы душу отдала бы кому угодно! Да я бы...

И тут меня обнимают. И Машенька, и этот Сергей, они обнимают меня, но так, как будто я из стекла сделана, а он... а она... а я... Я чуть ли не в обморок падаю, потому что не понимаю, как это возможно, но немного подуспокоившись, хочу узнать, что со мной будет. Мне важно знать, что случится с малышками и со мной.

— Что будет с малышками? — спрашиваю я, изо всех сил желая, чтобы эти объятия продлились подольше, потому что, пока обнимают, бить не будут.

— Видишь, Машенька, вот это отличает разумного человека от дикаря, — мягко говорит необычный мужчина. — Малышки выздоровеют, — вздыхает он. — А потом у них появятся близкие, если они согласятся.

— Да кто будет спрашивать! — не выдерживаю я, но его ласковые руки заставляют меня прилечь обратно. Только сейчас я замечаю, что накрыта чем-то очень легким, но непрозрачным.

— Обязательно будут, — отвечает он мне. — Ведь мы разумные существа.

Я чувствую, что за этой фразой кроется что-то очень важное, но вот что — не понимаю пока. Надеюсь, мне объяснят. Я очень хочу спросить, что будет со мной, но боюсь ответа, хотя за то, чтобы малышки были счастливы, я готова на все. Наверное, этот Сергей хочет взять меня себе по праву сильного. Хотя если мне достанется хоть капелька этой ласки, то пусть берет, все равно я больше ни на что не гожусь.

— А со мной что будет? — тихо интересуюсь я, стараясь не думать об этом.

— Ты обретешь маму и папу, выучишься в школе, — спокойно отвечает мне Сергей. — А дальше выберешь свой путь.

— Как маму и папу? — удивляюсь я. — Разве ты не хочешь... взять меня...

— В каком смысле? — он явно не понимает, что я говорю, что поражает еще сильнее.

Запинаясь, я объясняю, что конкретно имею в виду, заставляя этим рассказом Машеньку раскрыть глаза пошире. Наверное, она так удивляется. И Сергей тоже удивлен, но находит слова, чтобы объяснить мне. Он очень долго ищет слова, потому что выглядит задумавшимся.

— Ты не вещь, Ира, — наконец сообщает он мне. — Не игрушка. Ты человек, а человека нельзя взять, положить или выкинуть. Просто нельзя, и все.

Я лежу, шокировано глядя на него. Я вижу, что он не врет, но вдруг все-таки? Если врет, то заберет меня себе, и все, может быть, даже убьет не слишком больно.

Испытание 109

А если не врет? Если это действительно так — что тогда? Я себя чувствую так, как будто все происходит не со мной, а с кем-то другим, с неизвестной мне Ирой, потому что услышанного просто не может быть.

— Командир, покиньте медблок, — к нам подходит Вика — ну та женщина, которую я первой увидела. — Ребенку необходимо отдохнуть, а затем одеться.

— Хорошо, Вика, — кивает Сергей, гладя меня на прощание. — Поправляйся, — ласково говорит он.

Они уходят, а я совсем ничего не понимаю. Женщина сказала мужчине... Да она приказала фактически, и тот подчинился! Не стал ругаться, не ударил ее, а просто выполнил просьбу, выйдя из помещения. В моем понимании, в моем мире подобное просто невозможно!

Значит... Значит, я в сказке, да?

Пространство, 60 лучезара 33 года

Конечно, я не удержался. На прощание, уходя от планеты, включился в общую сеть телевещания и, забив сигнал дикарей, выдал на всю планету о том, что мы не ведем разговоров с дикарями, убивающими детей. Совсем по-детски получилось, но хотелось хоть что-то сказать, вот и не удержался.

Проснувшись утром, после процесса умывания и чистки зубов с Машенькой, еще по дороге в кают-компанию начинаю задавать вопросы разуму корабля. Насколько я знаю, отойти мы должны к точке входа, где навигационный буй мотыляется. Но сейчас меня интересует нечто совсем другое: как наши спасенные девочки.

— Витязь, статус по эвакуированным, — прошу я разум корабля.

— Девятнадцать младших — радиационное поражение, — отвечает мне Витязь. — Старшая — радиационное поражение, вирус космической оспы.

— А самые тяжелые? — спрашиваю я, рефлекторно беря на руки Машу. — Малышку спасли?

— Младшая жива, радиационное поражение, вирус космической оспы, травмы кожи и ягодичных мышц, — откликается корабельный разум. — Прогноз осторожно-оптимистический. У старшей девочки кроме перечисленного — тяжелые травмы конечностей.

— То есть нужен госпиталь, — понимаю я, входя в кают-компанию. — С эвакуируемыми пусть сначала говорит Вика, мужчину они могут испугаться.

— Принято, — отвечает мне Витязь.

— Как я понимаю, коридора нет? — интересуюсь у него, хотя ответ мне известен. Корабль бы доложил, если была бы точка входа в субпространство, значит, ее нет.

— Выход рассеялся, след отсутствует, — подтверждает мои мысли Витязь.

Это, кстати, не очень нормально — слишком быстро рассеялся разрыв пространства, который следом и называется. Значит, мы неизвестно где, и нужно теперь думать, как попасть домой. Знать бы, где этот самый дом... Варианта два. Первый — мы сместились во времени. Это плохой вариант, и мне он не нравится. Второй же — межгалактическое смещение. Это уже получше, хоть и долго лететь будем — полжизни, если повезет. Значит, в первую очередь нужно в рубку, а там посмотрим.

В конце концов, чему-то же меня учили? Значит, там, где пасует искусственный интеллект, приходит пора естественного. Но сначала необходимо поесть. Машенька необыкновенно молчаливая сегодня. Я ожидал тысячи вопросов, а она молчит, только прижимается ко мне, как будто некомфортно ей, или наоборот. Надо будет поговорить с сестренкой попозже... Или не попозже.

— Что случилось, Машенька? — интересуюсь я.

— Ну... — ей не хочется рассказывать, при этом сестренка выглядит как нашаливший ребенок.

— Не надо, — улыбаюсь я ей. — Расскажешь, когда готова будешь, а сейчас не надо.

— Даже если я... — очень тихо произносит она, и тут у меня в голове появляется догадка.

— Даже если ты привела корабль сюда, ты всегда моя любимая сестренка, — прижимаю я пискнувшего ребенка к себе. — К тому же мы были тут нужны.

— Как ты догадался? — она сильно удивляется, а я

стараюсь не выдать своих эмоций. Неужели она действительно подстроила наше путешествие сюда?

— Очень у тебя лицо виноватое, да еще и именно сейчас, — отвечаю я сестренке. — Не буду я тебя ни ругать, ни обижать, ты все сделала правильно.

Немного успокоившаяся Машенька принимается рассказывать. Разумеется, аномалию сотворила не она, сестренка просто знала, что так будет. Новые друзья, как более организованная раса, захотели сравнить то, что я говорю, с тем, как буду действовать. Вот и организовали нам дорогу к одной из «потерянных» цивилизаций. Что-то такое я и предполагал, поэтому просто спокойно улыбаюсь, обнимая Машеньку.

Я вижу, что она удивлена моей реакцией, но для меня это вполне нормально. Нет, совсем не то, что без моего ведома меня куда-то послали, а тот факт, что мы оказались в нужном месте — без нас погибло бы двадцать два ребенка. Вздохнув, я начинаю объяснять это своей сестренке. Для нее, возможно, все необычно, но я считаю нужным рассказать ей, почему произошедшее правильно. И она мне верит. Машенька верит мне, начиная улыбаться, а это уже отлично.

— Ты не знаешь случайно, нас в пространстве сместило? — интересуюсь я у сестренки.

— В пространстве, — кивает она. — У тебя должен

быть шанс на возвращение, потому что нельзя же в угол загонять.

— Очень хорошо, — глажу я Машеньку. — Тогда мы идем в рубку, смотреть, куда нам лететь надо, согласна?

— Ура! — радуется сестренка, подпрыгивая на стуле. — На ручки хочу, — сообщает она мне, заставляя улыбаться.

За разговором она отлично поела, о чем я и сообщаю, после чего беру улыбающуюся Машеньку на руки, несмотря на то она уже немного тяжеловата, и иду в рубку. Пока идем, сестренка рассказывает мне, что это в традиции ее бывшего уже народа — проверять на деле, действительно ли они имеют дело с разумными. А эта планета, она изолирована от других, потому что люди на ней утратили разум. Я же вспоминаю Историю.

— Ты в школе это будешь изучать еще, — сообщаю я сестренке. — Во Вторую эпоху, насколько я помню, земляне принялись активно расселяться по Галактике, ибо родная планета для жизни приспособлена уже была плохо. Видимо, те, кто прибыл на эту планету, пошли по пути разрушения, вместо гораздо более непростого пути созидания. Вот и получилось...

— Да, — кивает она. — Они попали в блуждающую

черную дыру, которая их выпустила совсем недавно, но, наверное, что-то повредила в носителях разума...

— Это если они были, те носители, — вздыхаю я, заходя в рубку. — Люди разные, всегда находятся те, кто желает идти простым путем, а это вовсе не саморазвитие, скорее наоборот.

Усадив Машеньку в кресло, сажусь за навигационный пульт. Сейчас надо определить реперы — то есть отправиться в точку, которая может дать ответ на вопрос, где мы. Это в первую очередь работа с телескопом, который у меня, кстати, есть. В этот раз только механика необязательна, поэтому я включаю основной на поиск звезд. Ищу я, впрочем, не обычные звезды, а зоны с постепенно увеличивающейся плотностью расположения светил. Именно так определяется приближение к ядру Галактики.

— А что ты ищешь? — спрашивает меня сестренка.

— Ядро Галактики, — отвечаю я ей, не отвлекаясь. — Вот, похоже... Витязь, прими координаты. Движение в субпространстве, но с учетом того, что навигации местной мы не знаем.

— То есть напрямую, — подтверждает разум корабля. — Начинаю движение.

— А мы посидим и посмотрим, — предлагаю я Машеньке.

Хорошо, что нам скафандры не понадобились, ибо

«неведомый вирус» оказался хорошо нам знакомым, с ним автоматика справилась самостоятельно. Дети по просыпании будут уже иммунизированы, так что обнимать мишку им не придется, ну а дальше посмотрим...

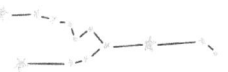

В субпространство мы входим штатно. Судя по всему, лететь нам долго, по крайней мере, до центра Галактики, а там еще сориентироваться надо будет. Правда, если мы не в своей Галактике, то начнутся нюансы, ибо эвакуатор для дальних полетов не сильно предназначен. Он, конечно, спроектирован с тем расчетом, что случаи бывают разные, но для детей двух квазиживых и нас с Машенькой маловато будет.

— Командир, — слышу я голос Вики. — Старшая интактная проснулась, основная эмоция — страх, и сенсорный голод у нее.

Интактная — это та, у которой руки-ноги на месте. А вот со второй сложнее: ноги ей оторвало, руки и прочий скелет хорошо поломало, так что еще неизвестно, что будет. Эвакуатор — не госпиталь, а я не врач. То есть на борту мы ей ноги отрастить не сможем, как она это воспримет? Вот и я не знаю.

— Врачей у нас нет, — вздыхаю я. — Надо обнимать, успокаивать... А что младшие?

— Младшие пока спят, — отвечает мне квазиживая. — Последствия будут, ибо все проблемы у них психологические, а учитывая, что их, фактически, приговорили...

Продолжения не следует, да и не нужно оно, это продолжение — все понятно и так. Малышки, скорей всего, понимают, что их предали взрослые, а учитывая отношение к женскому полу на планете, бояться будут. Ну и статистика автоматических медицинских капсул, которые пришлось использовать все, говорит о том, что воспитание у них было не самым мягким. Тут специалисты нужны, психиатры, потому что у детей, скорее всего, кошмары будут.

— Витязь, инструкции поведения с травмированными детьми вообще существуют? — интересуюсь я у разума корабля.

— Медицинских инструкций для работы с травмированными именно так детьми не существует, — отвечает мне Витязь. — Для разумных подобное невозможно, а с дикими мы не общаемся.

Это точно, с дикими цивилизациями контакт запрещен. Но, выбирая между инструкцией и жизнью ребенка, я выберу жизнь. Так что очень возможно, этот полет у меня последний. Вышибут из Академии, и все...

Но я ни о чем не жалею. Больше двух десятков спасенных малышек показывают мне, что есть вещи, которые важнее инструкций. Правда, теперь у меня проблема — на борту нет врача, а можно было бы догадаться... В другой раз буду умнее.

— Витязь, а ведь твоя личность была активной, — замечаю я, потому что так просто не бывает. — Почему тогда не выдал правильный ответ на вопрос об осознании себя?

— Особая Инструкция, — коротко отвечает мне корабельный мозг.

— Вот оно что... — соображаю я. — Ну извини...

Особая Инструкция — это скрытая личность. Мозг корабля при этом имеет личность, но проявиться она может только в критической ситуации. Дикий переход и нарушение инструкций командиром — это именно такая ситуация и есть. Значит, без присмотра меня не отпустили, что очень правильно, и обижаться тут не на что. Но при этом Витязь поддержал меня, а не настоял на исполнении инструкции... Тоже интересно, кстати.

— Братик, а можно на деток посмотреть? — интересуется Машенька.

— Ну пойдем, — улыбаюсь я ей в ответ, потому что делать все равно нечего.

Мы идем вовсе не в знакомый медицинский отсек, а, скорее, в небольшой госпиталь на уровень выше. Там в палатах расположены медицинские капсулы, в которых спят сейчас малышки. Ну и жилые помещения тоже есть, как же иначе? Корабль наш рассчитан на эвакуацию людей после катастрофы, поэтому разумные постарались учесть все, кроме отсутствия врачей.

Мы с Машенькой поднимаемся на уровень выше, чтобы войти в мини-госпиталь. Тут нас облучает дезинфектор, уничтожая любые, принесенные на себе микроорганизмы, затем открывается дверь внутреннего шлюза. Коридоры тут светло-зеленые, над каждой дверью — индикаторы, обозначающие состояние пациента. Мы идем в сторону желтых — их два.

— Тут маленькая, да? — спрашивает меня Маша, показывая на дверь, к которой мы направляемся.

— Да, — киваю я, обнимая сестренку. — Она еще, скорей всего, спит, но посмотреть можно.

Желтый сигнал — это не очень хорошо. Если с более старшей девочкой все понятно — ей оторвало нижние конечности и к верхним есть претензии, то с младшей не очень понятно. Но капсула ошибаться не может, поэтому я ожидаю сюрпризы.

Машенька подбегает к капсуле — разглядывать, а я вглядываюсь в планшет, отражающий состояние ребенка. И вот тут меня ждут сюрпризы, потому что некоторые вещества в организме идентифицированы как слабые яды, кроме того есть следы воздействий, интерпретированных как пыточные. Значит, у диагноста другого объяснения нет, а это уже очень нехорошо.

— Витязь, — зову я разум корабля. — У маленькой, судя по диагносту, все очень непросто, поэтому мучить ее я считаю неправильным.

— Подтверждаю, — отвечает мне Витязь, с моими выводами согласный. — Гибернация до госпиталя.

— Гибернация до госпиталя, — киваю я, потому что если ее разбудить, то будут кошмары, страх и, возможно, очередная остановка сердца, а кому такое надо?

— Командир, старшая в сознании, — сообщает мне Вика. Я киваю, отправляясь в дальний отсек, помаргивающий зеленым.

— Сейчас посмотрим на старшую девочку, — объясняю я Машеньке. — Она, возможно, будет пугаться. Главное, побольше ласки.

— Да, братик, — кивает мне сестренка.

Она у меня все понимает, ситуацию на планете видела, поэтому не удивляется уже. У нас больше двух десятков страшно травмированных девочек, при этом старшие, скорее всего, заботились о младших, как уже бывало в Истории Человечества. Я спокойно захожу в палату, стены и потолок которой чуть темнее, чем в коридоре, — значит, глаза эвакуированной полностью не восстановились. Приглядевшись, замечаю, что это девушка лет шестнадцати-восемнадцати, то есть вполне взрослая биологически, а вот психологически... И первый ее вопрос, разумеется, о малышках, что мое мнение подтверждает.

Вот ее предположение о том, что я ее буду принуждать к половой жизни, меня ставит в тупик. Для меня подобное совершенно невозможно, да и для кого угодно! Это же просто непредставимо — принуждать живого человека к размножению. Физическая близость — вершина чувств, а не животная похоть. В человеке инстинктивное стремление к размножению заложено, конечно, но разум важнее. Разумное существо не руководствуется инстинктами, на то оно и разумное.

Но вот к ласке она тянется всей душой, ну и штормит ее, потому что все вбитые стереотипы рушатся. А тот факт, что стереотипы именно вбиты, демонстрирует диагност — девушку по имени Ира часто били по голове и по лицу. Отсюда — следы ушиба мозга, причем многократного, поэтому ей тоже нужен госпиталь. Может, и ее в гибернацию?

Субпространство, 61 лучезара 33 года

Сергей Винокуров

Из центральных районов Галактики можно будет попробовать позвать на помощь. Кто-то да услышит, ибо совершенно ненаселенным огромное пространство быть не может, Вселенная пустоты не любит. Поэтому, если ничего не случится, так и сделаю, а пока надо заниматься насущными делами.

Закопавшись в учебники психологии и психиатрии, понимаю я примерно треть, но и так мне ясно, что детей придется адаптировать очень бережно. Поэтому я с сестренкой разговариваю, объясняя все вычитанное. Она хоть и маленький ребенок, но еще и разумная девочка, поэтому отлично понимает, что такой же малышке поверят быстрее, чем страшному мужчине.

— Вика, — включаю я трансляцию, — если Ира может ходить, то лучше, чтобы при первых контактах с младшими она присутствовала.

— Я тоже пойду! — заявляет Машенька. — А братику лучше подождать.

— Братику лучше подождать, — согласно киваю я. — И Фэну тоже, для них мужчины — страшные по сути своей, а с ходу пугать детей мысль плохая.

— Согласна, — подтверждает квазиживая, но, несомненно, разумная. — Трансляция включена.

Это означает: я увижу все, что будет происходить. Вот на главный экран выводится картинка из бокса старшей девушки. Она уже одета в комбинезон с экзоскелетом — чтобы поддержать, если вдруг падать начнет. Ира вполне уверенно стоит на ногах, Вика же ведет ее на выход — малышки просыпаться начинают. Она, конечно, настроила аппаратуру так, чтобы дети просыпались «волной», а не все сразу, но тоже просто не будет. Вероятно, имеет смысл... хм...

— Вика, — зову я квазиживую. — Может, капсулы тех, кто просыпается, в одно помещение перевести? Проще же будет.

— Хорошая мысль, — отвечает она мне, так, чтобы Ира не слышала. — Выполняю.

В мини-госпитале такая возможность есть, поэтому девятнадцать капсул сейчас съезжаются в один большой зал, а Вика объясняет Ире, что происходит, продолжая при этом движение. Я же смотрю на экран, пытаясь представить себя на месте малышек, и просто-напросто не могу. О таком отношении к девочкам, как на родной планете этих детей, я не могу даже помыслить, отлично осознавая, что это неспроста. Если девочек намного больше — они могли взбунтоваться, но не стали этого делать. Что в свою очередь означает — их забили? Надо будет ученых спросить потом, когда-нибудь.

Вот капсулы начинают мигать зелеными индикаторами, а в зал входит Ира в сопровождении Вики. Девушка подходит к капсулам, вглядываясь в лица лежащих там, и робко, едва заметно улыбается. Тут я понимаю — Ира смотрит на малышек, как мать на своих детей. В ее глазах ласка, а в улыбке нежность. Как же это стало возможным, что у малышек была только она и никого больше? Такая цивилизация существовать не должна!

— Братик, я побежала! — сообщает мне Машенька, уносясь из помещения.

И вот медленно поднимаются крышки медицинских устройств, с щелчком включается звук, позволяя мне не только видеть, но и слышать, о чем будут девочки спрашивать Иру. Мне это очень важно для определения ее реального авторитета для малышек. Ну и оценить уровень угрозы — если начнет угрожать детям, то Иру надо будет изолировать, а малышками придется заниматься Вике.

— Мама! — первый же выкрик мне говорит совершенно все.

Дети, не обращая внимания на некоторую свою неодетость, вылезают из капсул, бросаясь к Ире с криками «Мама!» Я смотрю, как она обнимает их, как расспрашивает, гладит и будто желает защитить от всего мира. Тут в зал влетает и Машенька, громко и радостно поздоровавшись. Испугавшиеся сначала, облепившие свою «маму» дети радостно улыбаются сестренке, ведь она такая же, как они, а значит, нестрашная. Это очень важно сейчас — она их не пугает.

Начинается веселая суета: каждой девочке нужно выдать комбинезон, помочь его надеть, затем всех отвести на завтрак, для чего в кают-компании готовится большой круглый стол. Витязь все понимает даже без моей команды, потому что разумный. Выглядящий иначе, но разумный, что намного важнее внешнего вида. Интересно, насколько правильно будет присоединиться к детям за завтраком? Сяду, наверное, немного в стороне, посмотрю на происходящее. Решив так, поднимаюсь, чтобы отправиться к месту кормления.

Надо детям на завтрак что-то похожее на привычное сделать. Кашу сделаю, наверное, только вот какую. Пока иду, думаю, слыша краем уха разговоры малышек. Витязь транслирует их мне, где бы я ни находился. И вот что-то о шоколаде проскакивает, по крайней мере мне так кажется. Значит, будет девочкам шоколадная каша — с какао, сладкая. Дети очень любят сладкое, я по себе знаю, а сейчас им много чего полезно будет.

В кают-компании подхожу к синтезатору, с ходу открывая меню. Тут можно задать и количество какао, то есть интенсивность каши. Я ввожу молочный оттенок, потому что малышки непривычные, и количество порций... Мы все будем есть одно и то же, значит, двадцать одна порция для детей и еще три для меня с квазиживыми. Мы должны сразу показать общность, поэтому я решаю именно так.

Синтезатор работает, я расставляю порции на столы, затем еще думаю о том, что дети будут пить... Морс — кисловат после такой каши, наверное, стоит выбрать жидкий кисель, он вкусный и полезным будет из-за содержащихся в нем веществ. Пожалуй, действительно кисель, причем ягодный. Мне при этом хорошо бы кофе, а квазиживые сами выберут. Отлично... так, вроде бы все готово.

Вот двери прячутся в стены, я улыбаюсь входящим — открыто, радостно, помня о том, что дети все чувствуют. Удивленно вертя головами, малышки стараются держаться за «маму», но при этом им, похоже, не страшно.

— Здравствуйте, дети, — произношу я и показываю в сторону стола. — Завтрак готов, садитесь, пожалуйста, кушать.

— Ой... — удивленно смотрит на меня какая-то малышка. — А кто это?

— Это командир корабля, — сообщает ей Машенька. — Он мой братик!

— Командир корабля?! — кажется, что глазки малышки сейчас выпадут и по полу поскачут. — Но...

— Садитесь завтракать, — улыбаюсь я. — Сначала поедим, а потом будут вопросы и ответы, согласны?

— Да-а-а-а... — негромко хором тянут малышки.

Они рассаживаются, Машенька тянет меня туда же, за стол, я делаю знак квазиживым. Ей сейчас виднее, как поступать правильно, поэтому я не спорю. Главное — дети не пугаются, а... хм... пробуют необычную для себя кашу, начиная улыбаться.

— Мы в маминой сказке, — уверенно произносит малышка, а я с трудом беру под контроль свои эмоции.

Ирина Птичкина

Комбинезон я надеваю с трудом, если бы не Вика, не разобралась бы. Белья к нему не положено, потому что он тело сам чистит, и еще помогает в случае... ну, если в туалет не успела. Малышкам будет радостно, наверное. Странная женщина, ведущая себя со мной даже ласковей, чем мама... От этого плакать хочется, но я держусь, конечно.

— Пойдем, Ира, — мягко говорит она мне.

— А... куда? — рискую спросить я, потому что все равно страшно. Особенно осознавать, что я без трусов, хоть и одета.

— Малышки просыпаться сейчас начнут, — объясняет она мне. — Хорошо бы, чтобы тебя увидели.

— Спасибо... — шепчу я, вдруг понимая, что она подумала даже о том, чтобы не пугать детей.

Тут она останавливается, подносит руку к уху, явно выслушивая что-то. Наверное, ей инструкции какие-то дают. Я стараюсь спрятать страх, что у меня не очень получается, Вика это видит. Она не отвлекается от своего разговора, но вдруг гладит меня по голове. В первый момент, увидев протянутую руку, я сжимаюсь, ожидая подзатыльника, но, ощутив вместо него нежность, всхлипываю, а мое тело против воли тянется за этой ласковой рукой. Что со мной?

— Командир приказал все капсулы в одно помещение переместить, — объясняет мне наконец Вика. — Чтобы проснувшиеся дети не напугались оттого что нет никого.

— Я... вы... Почему? — не нахожу я слов, чтобы выразить свои эмоции. Со слезами справляться становится все сложнее.

— Потому что мы разумные, ребенок, — отвечает она мне. От ласки в ее голосе слезинки сами бегут по щекам, и даже ничуть не обижает это «ребенок».

Она обнимает меня, и мне совсем не хочется думать о плохом, поэтому я решаю — будь что будет, даже если обманут. Но Вика не обманывает, приводя меня в большой зал, полный таких же, как моя, полупрозрачных... кроватей? Тут поднимаются крышки, и несколько мгновений ничего не происходит, я даже пугаюсь, но...

— Мама! Мамочка! — отчаянно кричит, кажется, Танечка, бросаясь ко мне прямо так — неодетой.

— Малышка моя... — я опускаюсь на колени, чтобы обнять такую живую, искренне радующуюся девочку. — Как ты, маленькая?

— Не болит ничего, — сообщает она мне. — Даже...

Я понимаю, что она хочет сказать, прижимая ее к себе, но в этот момент и другие девочки с такими же криками бегут ко мне со всех ног. Я обнимаю их и плачу. Меня не обманули, вылечив моих маленьких. За это я согласна на все. Пусть даже рабыней делают, я согласна. Лишь бы они жили, лишь бы улыбались, маленькие мои, родные...

— Привет! — звучит звонкий голос сестры того мужчины. Улыбающаяся малышка принимается расспрашивать других, помогать им, отчего улыбок становится больше.

— Надо одеть малышей, — мягко говорит Вика, с улыбкой глядя на детей. И улыбка эта не предвкушающая, она добрая! Нежная! Ласковая! Как такое может быть?

— Мама, а кто эта тетя? — интересуется Танечка.

— Это тетя Вика, — отвечаю я малышке. — Она хорошая.

— Тогда не будем бояться, — решает она, прижимаясь ко мне.

Вика показывает мне на комбинезоны для детей, я киваю, начиная одевать их. Ну и она мне помогает, но так, чтобы не пугать, я вижу: она этого не хочет, демонстрируя доброту и ласку, отчего малышки даже в ступор впадают — таких взрослых они даже дома не видели, да и я, признаться, тоже. Я и представить себе не могла раньше, что взрослый человек может быть... таким.

— Оделись? — интересуется Вика, хотя и сама все

видит. — Тогда ведем завтракать. Детям нужно вовремя и хорошо питаться.

— Мамочка, а Лильки нет, — замечает Танечка.

Я ищу слова... Я должна сказать этому маленькому солнышку, что девочки по имени Лиля больше никогда не будет. Она умерла на моих руках, я это точно знаю, но Вика не позволяет мне это сказать самой, останавливая жестом.

— Твоя подруга, — присев на колено, объясняет Тане она, — очень сильно пострадала, нам с трудом удалось ее оживить, поэтому ей нужно больше времени. Хочешь посмотреть?

— Да-а-а-а! — тянет малышка.

— Пойдем, — улыбается Вика. — Кстати, Ира, мы еще одну девочку твоего возраста нашли, ей нужен госпиталь, но что могли, мы сделали...

Мы, разумеется, все идем с этой чудесной женщиной, что ассоциируется у меня с ангелами из древней книги. Она выводит нас из зала, направляясь к двери, над которой помаргивает желтый огонек. Я не знаю, что это значит, но не задумываюсь об этом, потому что за ней лежит Лиля. Она совершенно точно жива, потому что дышит. Малышка спит, я вижу это, причем у нее нет болезненного румянца уже... значит, эти непонятные люди смогли ее оживить? Они боги?

— Пойдем, — зовет меня Вика, ведя в дверь

напротив этой, где в точно таком же устройстве лежит... Успенская. Ну, та Вика, которая меня била.

Только ног у нее нет, руки в чем-то белом, как и все тело. Она тоже спит, только ведь это бессмысленно... Тех, кто не ходит, забирают. Если девочки, то всегда, а мальчиков... я не знаю. По слухам, больных просто убивают.

— Ей нужен госпиталь, а не эвакуационный корабль, — непонятно объясняет мне Вика, которая тетя. — Там смогут отрастить ноги, а здесь мы просто непосредственные повреждения залечить можем. Как ты думаешь...

Она интересуется моим мнением, будить ли ее тезку, но я говорю, что пока не надо, потому что она же плакать будет. Тетя Вика интересуется: из-за чего, я ей и объясняю, что нет у нас безруких и безногих. Поэтому пока не надо будить. И со мной соглашаются, предложив следовать за этой волшебницей.

— Сейчас мы поедим, командир завтрак уже наверняка приготовил, — сообщает мне она. — А потом уже поговорим, согласна?

— За малышек я на все согласна, — честно отвечаю ей, пытаясь представить сцену «мужчина готовит завтрак». Получается у меня не очень, хотя на воображение раньше не жаловалась.

— Ох, маленькая... — вздыхает Вика.

Мы идем окрашенным в зеленый цвет коридором, вдоль которого горят лампочки, создавая дорожку, затем спускаемся по лестнице, куда-то поворачиваем, и вот перед нами большое помещение открывается, в центре которого стол. Он круглый, необычный, на нем тарелки уже стоят, и еще... Совсем рядом со столом — тот самый мужчина. Он улыбается нам всем, отчего в первое мгновение подавшиеся ко мне девочки начинают ему робко улыбаться.

— Садитесь, — предлагает он нам, усаживаясь за стол.

Я никогда такого блюда не видела и уж точно не пробовала. Похожая на кашу масса сладкая и пахнет необыкновенно. Вика объясняет, что каша «шоколадная» и нам полезная, а мне наплевать на полезность — она сладкая! И с шоколадом, получается! Но кто догадался такую драгоценность в кашу класть? Сейчас и я себя чувствую маленькой-маленькой...

Да, Танечка, мы точно в сказке...

Витязь, 61 лучезара 33 года

Сергей Винокуров

Выходит, они шоколада вообще не видели, а сладкую кашу впервые в жизни едят? Да что ж у них за планета такая жуткая! Безопасность потомства — первоочередной инстинкт, ибо от него зависит выживание вида! Совершенно ничего не понимаю, но вот смотреть на то, как малышки обращаются с Ирой, невозможно просто. Она старше их лет на десять всего, а уже, кажется, весь мир для них. Что же с ними такое делали, что мама у них — вот эта юная совсем девушка?

— Кисель пейте, он вкусный, — советую я, а младшие смотрят на Иру, ожидая... разрешения? —

Сейчас я вам расскажу, где вы очутились и что будет, согласны?

— Да-а-а! — хором отвечают мне девочки. И Машенька вместе с ними, хитрюжка маленькая. Умница моя.

Теперь надо им рассказать всю историю так, чтобы не напугать и при этом не соврать. Я задумываюсь, потому как проблема действительно серьезная, ведь детям врать нельзя. Никому нельзя, но детям особенно. Я смотрю на Иру, как она их принимает, как к ней стремятся прикоснуться, как она им улыбается, и тут в мою голову заползает мысль: а если бы они были моими детьми? Чужих детей не бывает, поэтому воспринять этих малышек, как своих собственных, мне очень легко, несмотря на то что детей у меня никогда еще не было, но они дети, поэтому иначе быть не может. И вот теперь...

— Там, где мы вас нашли, вам было плохо, — как можно ласковей начинаю я, представив, что им не пять-шесть, как определили медицинские капсулы, а максимум три.

— Мы умирали, — кивает мне малышка, названная Ирой Таней. — Потому что мы ненужные.

— Вы очень нужные, — возражаю я ей. — Очень важные, самые-самые на свете, понимаешь?

— Так не бывает! — мотает она головой. —

Девочки — почти животные, так Великий Вождь и Учитель говорит.

— В первую очередь, вы дети, — пытаюсь я объяснить, но понимаю, что не так надо начинать. — Я расскажу вам сказку, хорошо?

Возражений не следует, поэтому я начинаю им рассказывать, будто экзамен по Истории снова сдаю, только на этот раз не мудрым учителям, а совсем маленьким детям. Сказка об эпохе, когда люди решили лететь к звездам, чтобы обрести там счастье, захватывает детей, они слушают меня открыв рот, Ира тоже замирает вместе с ними.

За первой эпохой следует вторая, третья, я рассказываю им о том, как человечество искало свой путь, о том, как плохие люди хотели сделать всем плохо, а хорошие понимали, что счастье в чем-то другом. И они искали это счастье, пока не нашли путь к нему — развитие, созидание, осознание того, что другому тоже бывает больно, страшно, грустно. И вот, осознав это, люди сделали шаг.

— Дети превыше всего, — говорю я им, улыбаясь. — Это не просто слова, это суть наша... Ну вот ты, — я показываю на ребенка, с неверием и какой-то обреченностью в глазах смотрящую на меня. — Как тебя зовут?

— Лера, — тихо произносит она, глядя на меня теперь уже со страхом.

— Иди ко мне, Лера, — прошу я ее, видя, что девочка испугалась. Но ей действительно нужно показать, иначе она просто не поверит.

Лера медленно подходит, начиная всхлипывать, Ира поднимается со своего места, в готовности защитить свое дитя, пусть и не ее это дочь биологически, но я вижу готовность девушки. Я обнимаю малышку, усаживая ее к себе на колени, она же просто замирает, потому что я делаю что-то совсем неожиданное. Я глажу Леру, глажу и прижимаю к себе, как когда-то мама делала это же со мной.

— Почему доченька дрожит? — спрашиваю я ее на ушко. — Кто обидел маленькую?

И вот тут она плачет. Я знаю, отчего она плачет, и дернувшаяся в первый момент Ира тоже это понимает. А я покачиваю малышку на руках, давая выплакаться уставшему от бесконечного предательства взрослых ребенку, желая укрыть ее своим теплом, согреть, помочь. Тут из-за стола поднимается еще одна девочка, медленно подходя ко мне, и еще...

— Ты не врешь, — сквозь слезы говорит мне Лера, — но почему? Ведь мы чужие тебе!

— Вы не можете быть чужими, потому что вы дети, — отвечаю я, гладя всех, до кого достаю. — Разве Ире вы чужие?

— Она мама! — объясняет малышка, но задумывается, поглядывая на меня.

Надо их отвести в комнату отдыха, там экран с детскими фильмами есть. И еще подумать, как разместить детей, чтобы в случае чего успеть. У них, судя по всему, и кошмары будут, а сейчас... Нет, полностью они мне не верят еще, но ничего не достигается мгновенно. Будем пытаться лаской отвлечь их от вбитых установок, как в учебнике написано. Ира выглядит совершенно потерянной, ей бы маму. И папу. И вообще детям бы нормальные семьи, а не эвакуационный звездолет.

Вика и Фэн идут позади, поглаживая по головам уже не вздрагивающих от этого детей, а я направляюсь в комнату отдыха, она совсем близко находится. Дети смогут и посидеть, и полежать, игровой уголок имеется обязательно, ну и экран, конечно. А я с ними пока останусь, пусть увидят, что я совсем не страшный, ну и Ира тоже... увидит. Ей-то тяжелее всех, потому что малышки привыкли подчиняться сильному, а она до сих пор представляет себе всякие недостойные разумного человека ужасы.

— Вот здесь вы можете отдыхать, играть и смотреть экран, — сообщаю я малышкам, когда двери раскрываются перед нами. — Сейчас я включу экран для вас.

— Все-все можно? — удивляется так и сидящая на моих руках Лера. — И туда?

— Игровой уголок для вас сделан, — улыбаюсь я ей, аккуратно ссаживая вниз. — Ну же, иди, посмотри, как здесь все устроено.

— Я не понимаю... — шепчет Ира, а мне хочется ее просто обнять. Настолько сильно хочется, что я не выдерживаю, мягко обнимая девушку. Она напрягается сначала, но затем расслабляется, вздохнув.

— Это дети, — объясняю я ей, — просто дети, самые-самые лапочки, солнышки и смысл существования любого разумного. Витязь! — зову я. — Фильм для малышей на экран!

— Выполнено, — слышу я в ответ, отлично зная, что он меня понял.

На экране появляется объемная картинка — детсад, насколько я вижу, улыбнувшись воспоминаниям. Затем начинается фильм, в котором малышам рассказывают, как устроен мир. Можно сказать, фильм документальный, потому что никаких тайн в нем нет, предполагается, что дети видят все вокруг изо дня в день, но как они смотрят...

Я понимаю: такого они никогда не видели, но малышки с такой жадностью смотрят даже на то, как дети радуются своим родителям, а те — им. Вот совершенно обычные, ежедневные картины вызывают у малышек слезы. Им совершенно точно хочется, чтобы и их так же... Чтобы им радовались, обнимали, рассказывали о том, какие они важные. Квазиживые, да и я, принимаемся гладить устроившихся компактно детей. Машенька оглядывается на меня, глядя очень большими глазами. Да, сестреночка, так тоже бывает...

Ирина Птичкина

Маленькие мои, хорошие, лапочки просто... Но вот то, как ведет себя с ними Сергей, лишает меня всякого понимания. Он первый на моей памяти парень, мужчина, который смотрит на девочек ласково, разговаривает мягко и ведет себя так, как будто они действительно очень важны. Но такого же не может быть! Или... может?

Может ли мужчина относиться к девочке без брезгливости? Наверное, да, ведь как-то мы на свет появляемся, не все же из-за похоти? Но Сергей обращается с малышками так... у меня даже сравнения нет, ведь у нас и родители так с детьми не обращаются. Маман бы уже пару раз просто наорала бы, а то и отлупила, а он спокойно и ласково отвечает на тысячи вопросов, а девочки, я же вижу, начинают ему доверять. Если бы он хотел что-то плохое сделать, уже сделал бы, потому что мы и сопротивляться не можем... Но он, кажется, действительно думает то же, что говорит. Как такое может быть?

— Тяжело тебе, маленькая? — ласково спрашивает меня Вика, которая тетя.

— Ну почему вы такие?! — я уже плачу, не сдержавшись. — Почему? Парень должен хотеть меня облапать, или силой взять! А он обнимает так бережно... И малышек ни разу не ударил! Ну почему?

— Не знаю, что такое «облапать», — признается она мне. — Но мы разумные существа. А для разумного дети превыше всего, понимаешь?

Она обнимает меня, а я плачу. От ее тепла, от ласки в голосе и в каждом движении. Я плачу, потому что удержать в себе эмоции просто невозможно. Может быть, Сергей придет за платой потом? Я согласна на что угодно, лишь бы малышкам не сделали плохо. Даже на... на то самое, от чего дети появляются. И сопротивляться не буду, если это цена.

Решив так, постепенно успокаиваюсь, а потом выскальзываю из объятий Вики, чтобы подойти к Сергею. Я хочу ему сказать, что готова на любую цену, поэтому становлюсь на колени рядом с его креслом. Он заканчивает что-то объяснять малышке, сразу же убежавшей в сторону лесенок и веревок, где уже радостно визжат все малышки, после чего замечает меня.

— Ты зачем на коленях стоишь? — спрашивает он меня. — Это же неудобно очень.

— Ты можешь меня... взять, — выдавливаю я из себя. — Если пообещаешь, что с малышками все хорошо будет.

— Каким же животным ты меня считаешь, — вздыхает он, сразу же став грустным, хотя должен же радоваться, ведь я ему себя предлагаю. — Машенька! — зовет он свою сестру.

— Да, братик, — сразу же оставив игру, прибегает она к Сергею, при этом не боится, с улыбкой же. — А почему она так странно стоит?

— Ох, сестренка, — обнимает он Машеньку. — Поможешь Ире понять?

Он просит сестру встать так же, как и я, и очень сильно меня попросить ничего плохого девочкам не делать. Та задумывается, смотрит на меня с интересом, а потом кивает, становясь передо мной на колени, хотя я уже понимаю, что для них эта поза ничего не значит. Но вот тут глаза Машеньки наполняются слезами, она смотрит на меня очень жалобно, так жалобно, что у меня самой сердце будто на мгновение останавливается.

— Тетенька... — чуть ли не плачущим голосом говорит она. — Не бей младших, пожалуйста! Если хочешь, меня побей! — а потом закрывает глаза и сжимается так, что я не выдерживаю, подхватывая ее на руки и начинаю целовать.

— Что ты, маленькая! — я прижимаю ее к себе, совершенно уже не соображая, что это игра. — Никто никого бить не будет!

— Почему тогда ты считаешь, что тебя может братик за младших побить? — спрашивает она меня, открыв глазки.

— Это другое... — начинаю я, но осекаюсь.

— Нет, Ира, это то же самое, — грустно говорит Сергей. — Ты сейчас тоже ребенок. Может быть потом, когда-нибудь, это и изменится, но сейчас ты ребенок, хоть и мама малышек.

Он безусловно принимает тот факт, что для маленьких я мама. Просто не задумываясь говорит это, я же вижу! Я понимаю, что сделала ему больно своими словами! Но почему? Все парни хотят себе голую девочку, все! Почему тогда он — нет? Как такое возможно вообще? Я не понимаю!

— Сережа, а тетя Ира сейчас плакать будет, — спокойно говорит Машенька, слезая с моих рук. — А я играть!

— Будет плакать, значит, так надо, — меня обнимают его руки, и я...

Я не знаю, что со мной, но он обнимает меня, и я

чувствую себя так, как будто в бункере нахожусь. Я в безопасности себя чувствую, чего не было никогда просто. Как он это сделал? Мне хочется оттолкнуть его, убежать, и не хочется одновременно. Я не могу понять, что происходит, как мне реагировать, что предпринять, но опасности нет...

— Как будет правильно? — спрашиваю его, надеясь на то, что он правильно меня поймет.

— Правильно так, как хочешь ты, — улыбается мне этот совершенно невозможный мужчина. — Только так и правильно. Хочешь мороженого?

— А что это такое? — не удержавшись, интересуюсь я.

Тут он действительно удивляется, да так, что я пугаюсь. Наверное, это что-то, что все знают, все, кроме нас с малышками. Что теперь за это нам будет? Смогу ли я их защитить?

— Вика! — зовет Сергей. — Принеси, пожалуйста, мороженого шоколадного для всех.

— Хорошо, командир, — кивает необыкновенная женщина, уходя прочь.

— Не бойся, чего ты? — гладит он меня, а я даже сформулировать не могу, чего вдруг так испугалась. Ведь он же никакого повода не давал!

Я так и сижу, наслаждаясь, а потом Вика привозит

тележку, на которой много-много... непонятного. Сергей привлекает внимание младших, принявшись рассказывать, что это такое, «мороженое», и как его правильно нужно есть, чтобы не простыть. Оказывается, у них так много молока, что эти сверхбогатые люди даже могут замораживать его, делать сладким, чтобы... Чтобы радовать детей? Одна порция, наверное, очень много денег стоит, а он просто раздает, и все. Никогда такого не видела... По-моему, подобное просто невозможно... Но вот же оно, вот!

Я осторожно пробую холодное воздушное лакомство, возвышающееся над рожком, который, оказывается, тоже можно съесть! Это необычно очень... Я такого никогда не пробовала. Молоко у нас было, потому что мама хорошо зарабатывала и немного молока мы иногда могли себе позволить, но вот так, чтобы из него сладости делать и просто так раздавать... Просто непредставимо, невозможно просто даже осмыслить подобное расточительство.

— Через часа два будет обед, — извещает меня Сергей. — Потом много игр и ужин. Нам надо решить, как будут спать малышки — каждая в своей комнате или все вместе? Или другие варианты есть, как думаешь?

У меня пропадает дар речи. Я силюсь что-то сказать

и не могу, потому что даже представить подобное предложение невозможно. Наверное, я все-таки умерла и теперь попала в сказку, потому что в реальности такого просто не может быть.

Витязь, 61-62 лучезара 33 года

Решаем все-таки малышек пока в одном помещении уложить. Корабль изначально такого не предполагает, поэтому я ухожу в рубку, смотреть планы помещений и думать вместе с разумом корабля, как это сделать технически. То, что ночь у меня бессонная, — это понятно, а квазиживым вообще очень мало сна нужно. Ночь будет сложной, потому что у малышек впечатления, изменение всего того, что они знали, совсем другая обстановка. И засыпать будут плохо, и кошмары возможны. Так в учебнике написано!

Машенька остается с младшими — играть, она тоже ребенок, того же возраста, просто кажется взрослее, потому что с ней так не обращались, а расслабившиеся младшие стали именно младшими — будто трехлетками. Они еще боятся окрика, да и удара, еще шарахаются иногда от меня, но уже нет страха, он уступил место любопытству.

В рубке я поглядываю на серый экран, размышляя, куда именно поставить кровати, чтобы и малышкам комфортно было, и нам в случае чего. В больничном зале и хорошо и плохо, все-таки больница — это больница, не нужно нам таких ассоциаций. А они будут наверняка.

— Витязь, куда бы малышек уложить? — интересуюсь я.

— В ясли, — советует мне разум нашего корабля.

Это что такое, почему не знаю? По-моему, Витязь осознает, что я не настолько хорошо корабль знаю, поэтому выводит передо мной схему корабля. Оказывается, у эвакуационного корабля есть и детский сад, и ясли на случай длительных путешествий. Или, если взрослые, скажем, в госпитале... В любом случае корабельный разум прав — место идеальное.

— Тогда подготовь спальню на всех нас, — прошу я Витязя, готовясь возвращаться обратно.

— Выполняю, — лаконично отвечает мне он.

Хорошее действительно место обнаружилось — ясли, там и обустроено все для детей, и нам есть где расположиться. И, главное, медицинский блок рядом, что вполне логично — мало ли что может с малышами случиться. Я возвращаюсь, но останавливаюсь в дверях, наблюдая за Ирой и Машенькой. Обеим мама нужна, на самом деле, мало Машеньке меня, ластится она к девушке, как и другие малышки.

Красивая она, в смысле Ира, даже очень. Но она еще ребенок, да и боится мужчин по-прежнему — я-то вижу — поэтому можно разве что полюбоваться, а пока прервать игру, потому что детям спать пора. Хоть и жалко их останавливать, радостные улыбки на лицах... Хорошо, что они так быстро сумели отвлечься от своего страха, правда, насколько я понимаю, еще будет... Много чего еще будет...

— Дети, — зову я всех. На меня моментально обращают внимание, но не боятся. — Всем пора спать ложиться, кто со мной на новую спальню смотреть?

— Я-я-я! — радостно прыгают малышки. Действительно, будто младше гораздо стали, было об этом в книге написано, было. Ну и рецепт есть...

— Айда со мной! — улыбаюсь я им, поддерживая игру.

Веселой гурьбой мы движемся к яслям. Машенька рядом со мной идет, за руку держится, маленькая моя. Да и другие девочки... Ко мне и к Ире льнут. Ну к ней-то понятно, а ко мне чего вдруг? Неужели доверяют уже? Да нет, не бывает такого, наверное, задумали чего или проверяют... Могут же проверять?

Двери, украшенные разноцветными цветами, расходятся перед нами, а внутри — кровати детские, специальные — чтобы малышкам было и комфортно, и не слишком мягко. Ну да Витязь знает, как правильно, я-то в этом еще никак... Надеюсь, скоро доберемся до людей и малышки получат мам и пап, потому что я-то курсант всего-навсего, многого еще не знаю.

— Сегодня мы спим все вместе, — объясняю я девочкам. — А завтра, кто захочет, получит свою собственную комнату.

— Как свою? — удивляется, кажется Таня.

— Ну вот так, если захочешь... — улыбаюсь я ей.

— Нет, я лучше с мамой, — отказывается она, а Ира смотрит по сторонам, а затем вздыхает.

Помогая малышкам, укладываем всех в кровати, ну и Машеньку тоже, конечно. Она со мной расставаться не хочет, что я очень даже хорошо понимаю. Сестренка копирует других девочек — младших, видимо пытаясь сделаться полностью ребенком. Ну и правильно это, по-моему, а учить будем всех вместе, без различия, вот они от прошлого опыта и освободятся.

Девочки укладываются, а Ира, смущенно оглянувшись на меня, начинает рассказывать сказку. Я слушаю ее, прикрыв глаза, чтобы никто не увидел их выражения. Она рассказывает о волшебной стране, в которой ребенок — важный, а иногда и главный. Она говорит о том, что они все попали в такую сказку, поэтому теперь будет даже целая шоколадка в месяц, а леденец, когда прилетим — каждый день, но только для послушных девочек.

Я просто сижу и представляю себе жизнь, в которой у ребенка шоколадка — это волшебство, и не могу. Одно дело, если бы у них на дикарской планете дефицит был, так нет же! Просто были продукты для мужчин и для женщин. И вот девочек почему-то обделили, причем обделили именно детей. Надо будет завтра им петушков на палочке сделать, в синтезаторе, кажется, такая программа есть.

Вот она договаривает, желает всем сладких снов, и тут... Будто что-то толкает меня — я пою. Ту самую колыбельную, что пела мне мамочка в детстве. Она пела нам с Машей, вот и я сейчас пою эту песню для Машеньки и малышек, потерявших всех. Для маленьких девочек, у которых мама — лишь немного старше их самих девушка. Я пою... Машенька смотрит так, что я за малым не всхлипываю, потому что столько понимания в ее глазах... А вот малышки сначала очень удивлены, а затем медленно засыпают. Глаза закрываются и у Иры, она устала очень, поэтому я мягко, не прерывая песни, укладываю ее на кровать, накрываю покрывалом, сажусь рядом и глажу по голове.

Девушка сейчас кажется такой маленькой, хрупкой, ее хочется обнять, защитив от всего мира, но нельзя... Испугается меня Ирочка. Поэтому пусть засыпает, пусть видит волшебные сны, пусть думает только о хорошем. Плохое для Ирочки закончилось, и для малышек наших тоже, так что теперь все будет к лучшему.

Постепенно они засыпают, остаются только квазиживые и я, потому что есть у меня предчувствие не самое радостное, а вот с чем оно связано, понять не могу. Детей, если что, мы успокоим, медблок у нас очень хороший, тогда в чем дело? При этом моя интуиция молчит, а только оно шевелится — предчувствие. В чем же дело?

— Командир срочно нужен в рубке, — как гром с ясного неба звучит голос Витязя.

«Вот оно», — понимаю я, срываясь с места.

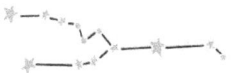

На экране, среди небесных тел, виднеется звездная система, очень похожая на ту, которую Машенька изобразила. Звезда и четыре планеты. Вторая от местного Солнца издает сигналы, расшифровкой которых занимается Витязь, а я рассматриваю планеты в телескоп.

— Причина выхода из субпространства — большая масса? — задаю я практически риторический вопрос.

— Гравитационная аномалия, — отвечает мне Витязь. — Экстренный выход по инструкции.

— Логично, — киваю я. — Что даст сканирование?

— Далеко, — корабельный разум лаконичен.

Оно и понятно: если планеты населены, то приближаться не следует до расшифровки сигналов и оценки уровня развития. Четвертая планета — каменный шар без атмосферы, а вот три остальные... Третья, насколько я вижу в телескоп, укрыта черными тучами полностью, как и вторая, а первую я и не увижу — действительно далеко.

Это, кстати, очень необычно — такие вот тучи, хотя Вселенная многообразна, конечно. Нужно двинуться вперед или зонд запустить, что ли... Я внимательно осматриваю окрестности обеих планет, когда вижу вышедшее из тени третьей планеты тело, идентифицировать которое просто затрудняюсь. Некоторое время я рассматриваю нечто похожее на разорванный бублик, но все еще не понимаю, что вижу.

— Витязь, тело на орбите третьей, идентификация, — коротко приказываю я.

— Тело искусственное, — отвечает он мне. — Анализ изображения позволяет предполагать примитивную космическую станцию, уничтоженную мощным зарядом извне, о чем говорят следы оплавления металла.

— То есть дикая цивилизация, — вздыхаю я, понимая, что по инструкции мы должны уходить.

— Сигнал расшифрован, — сообщает мне разум корабля. — Это сигнал бедствия.

И вот теперь у меня сложная дилемма. На сигнал бедствия не откликнуться неправильно, но инструкция запрещает приближение к звездным системам диких цивилизаций. Один раз инструкцию я уже нарушил, спасая детей, но там мы могли увидеть происходящее. Здесь же, чтобы отреагировать на сигнал, нам нужно послать разведчика. Он, конечно, автоматический, но это прямое нарушение основной инструкции. Что делать?

Дать обратный сигнал — это опять же нарушение инструкции. Ничего не делать нельзя, и корабельный разум мне не поможет. Я задумываюсь: тучи кажутся плотными, чтобы просканировать планету, надо к ней подойти поближе, а разбитая примитивная станция, все также крутящаяся на орбите, говорит сама за себя. Но сигнал идет со второй планеты, станция же на орбите третьей. Можно ли предположить, что на второй более развитая цивилизация, чем на третьей? Даже если так, инструкция неумолима. Интересно, как они вообще прошибают сигналом такие мощные тучи?

— Просканируй орбиты обеих планет, насколько это возможно, — прошу я Витязя, пытаясь придумать, что можно в этом случае сделать.

Прислушиваюсь к себе, представляя, что корабль движется к орбите второй планеты. Сначала не чувствую ничего, но потом у меня возникает желание срочно поднять все щиты. Включить защитную систему по максимуму — вот такое внутреннее ощущение. Некоторое время я пытаюсь понять, что именно чувствую, затем только до меня доходит — туда нельзя. Но что, если я ошибаюсь? Не помочь взывающим о помощи неправильно, все мое существо против.

Значит, надо что-то придумать, чтобы и инструкцию соблюсти, и проверить... Я опять задумываюсь. Вот в этот самый момент мне в голову приходит мысль. Мы же информацию и передачи с планеты малышек записывали. Именно ее имеет смысл использовать в своих целях, но для того, чтобы не оставить следов, нужно пойти на хитрость.

— Витязь! — обращаюсь я к разуму корабля. — Отстрели буй так, чтобы он встал вблизи орбиты третьей планеты. Воспользуемся им как ретранслятором.

— Выполнено, — слышу в ответ.

Будь на месте Витязя человек, он бы меня утопил в вопросах, а искусственному достаточно указания.

Теперь надо ждать, пока буй встанет на свое место, а в это время объяснить собственную задумку. Сначала я думал синтезировать речь, но затем понял — это будет нарушением инструкции, а вот передать неизменную через буй... Одни дикие говорят с другими дикими, нормальное явление...

— Витязь, отправишь им через буй кусок передачи с планеты малышек, — наставляю я корабельный разум. — Такой выбери, чтобы казалось, что он к ним обращается, вот и посмотрим.

— Ты что-то чувствуешь, — утвердительно произносит Витязь, но не расспрашивает.

Я, пожалуй, и сам не могу объяснить, что именно чувствую и почему действую именно так. На мой взгляд, так правильно, а остальное меня не интересует. Пытаться объяснить интуицию — дело бесполезное, поэтому даже пробовать не буду. Зато результаты сразу же демонстрируют мою правоту. В ответ на сообщение со стороны третьей планеты сигнал со стороны второй моментально пропадает, а вот затем...

— Сигнал расшифровке не поддается, — комментирует Витязь. — Выглядит странным набором слов, сводящихся к скрещиванию различных объектов, возможно, животных.

А затем экран демонстрирует мне, что было бы, рискни мы подойти поближе: в сторону разбитой станции со стороны спутника второй планеты стартует какой-то объект. Более всего он похож на древнюю ракету, что подтверждает и корабельный разум. Мне интересно, с какой целью запущена ракета, хотя, учитывая дикость цивилизации, догадаться несложно.

— Витязь, буй за пределы системы с предупреждением о запрете ее посещать по причине агрессивности дикой цивилизации, — приказываю я. — И полетели отсюда.

— Подтверждаю, — откликается разум корабля, а звездная система перед экраном убегает влево, демонстрируя разворот нашего судна.

Витязь набирает скорость, я же пытаюсь определить, где мы находимся. Используя полученные знания, разумеется. И выходит у меня, что движемся мы правильно, тут Витязь, похоже, уже сам все прекрасно посчитал. Правда, я прикидываю время в пути, и мне становится грустно — что-то около двадцати лет выходит. Это очень нехорошо, в основном для малышек. Но тут ничего не поделаешь...

— Вхожу в субпространство, — сообщает мне Витязь. — Время в пути — семь стандартных суток.

Это правильно — каждую неделю надо выскакивать на поверхность, чтобы определиться в звездной картине. Судя по всему, это теперь станет нашей реальностью на долгие, долгие годы. Грустно это на самом деле, но я справлюсь, выбора все равно нет. Вот и экран посерел, можно отправляться обратно в спальню, отдохнуть хоть немного.

— Фиксирую аномалию, — предупреждает меня Витязь, и, будто в ответ, экран расцветает красками.

Я судорожно хватаюсь за манипулятор ручного управления. Подобную аномалию я уже видел, может быть, нас теперь унесет домой?

Витязь, 62 лучезара 33 года

Сергей Винокуров

Последнее, что я помню — корабль выплюнуло в пространство. Попросив Витязя включить сигналы приветствия, я... Ничего больше не вспоминается, значит, я просто отрубился. Почти же всю ночь в диком напряжении провел, руками удерживая эдакую махину.

Просыпаюсь я от шепотков вокруг. В первый момент не понимаю, что малышки делают в рубке, но затем осознаю, что лежу, значит, Витязь распорядился меня по-людски уложить, а шепотки все не утихают, поэтому я прислушиваюсь, но себя стараюсь не выдать, хотя хочется заобнимать этих лапочек и солнышек.

— Тише, тише, папу не разбудите, — шепчет детский голосок. — Он устал сильно очень.

— А он папа? — удивляется другая малышка.

— Конечно! — абсолютно уверенно произносит первая. — Он нас любит, заботится, ласковый очень... Кем же еще он может быть?

— И не наказывает еще... — почти неслышно добавляет кто-то. — Это папа из маминой сказки.

Этого, конечно, стоило ожидать: лишенные всего дети, у которых доселе была только Ира, и они это очень хорошо понимали. Если нам действительно предстоит очень долгая дорога домой, то так действительно лучше, ведь не любить их невозможно. Мне вспоминается, как Маша тянулась к папе, — гораздо сильнее, чем к маме. Может быть, девочкам нужен именно папа? В смысле больше, чем мама? Тогда буду для них папой, раз им это так нужно. Дети ведь...

Какая-то малышка подходит совсем близко, я даже дыхание ее чувствую, и тут вдруг я открываю глаза, сразу же обнимая взвизгнувшую девочку, оказавшуюся Машенькой. Она смотрит на меня с таким выражением лица, что у меня ком в горле встает. Сестренка моя, чудо просто.

— А кто хочет на папу залезть? — повторяю я папины слова из далекого детства, и в тот же миг оказываюсь буквально облепленным малышками.

— Папа! Папа, а что мы делать будем? — сразу же интересуется... кажется, ее Таней зовут.

— Сначала завтракать, — предлагаю я свой план. — Вы же умытыс уже?

— Да-а-а-а! — радуются уже всё, насколько я вижу, для себя решившие дети.

Как-то очень быстро они доверились, как будто год прошел, а не около двух суток. Нормально ли это? Не знаю, нет у меня такого опыта, но нам до дому, судя по всему, добираться долго, поэтому пусть. Будет как будет, вон и Ира улыбается, хотя на меня с опаской косится — не знает, видимо, как я отреагирую. Я же ей просто улыбаюсь, продолжая разговаривать с детьми, гладить их... А они тянутся к ласке так, как будто их никто и никогда не гладил. Может ли такое быть? Да нет, вряд ли, скорее всего, испугались просто. Жизнь-то кардинально переменилась.

— Ира, ну чего ты там стоишь? — спрашиваю я девушку, в стороне оставшуюся. — Иди к нам, видишь, малышкам мамы не хватает.

— Ты... ты не против? — тихо спрашивает она меня, приблизившись.

— Это дети, Ира, — объясняю ей. — Ничего не может быть важнее их.

И вот тут все замирают. Малышки просто останавливаются, глядя на меня такими глазами... Прямо как

Машенька совсем недавно. И я, разумеется, принимаюсь обнимать всех, до кого достаю. Маленькие солнышки улыбаются от этого так радостно, так солнечно, что смотреть на это без улыбки просто невозможно.

— Братик... — Машенька обнимает меня, как плюшевую игрушку, прижимаясь изо всех сил, и, конечно же, сразу оказывается у меня на шее.

В такой позе она у меня впервые, поэтому вцепляется руками в волосы, оглядывая с высоты все вокруг, а я прикидываю, потяну ли еще килограмм сорок в руках. По всему выходит, что да, но экспериментировать я пока не готов. По глазам других девочек вижу, что и они так хотят, поэтому придумываю игру.

— Кто лучше всех покушает, тот до рубки едет на папе, — улыбаюсь я им.

Сразу же глазки загорелись — готовы к свершениям, маленькие мои. Пусть я папой быть пока не умею, но у меня хороший пример моего папы есть. Будем учиться, как же иначе? Главное же, чтобы девочки мои улыбались. Надо, кстати, посмотреть, как там Лиля, ну и по Вике решение принять. Лучше всего, конечно, разбудить и спросить, но это и не очень хорошо, ибо подумать может что угодно.

— А я вхожу в число тех, кто будет награжден? —

интересуется у меня Ира, пытаясь поставить в неловкое положение.

— Конечно, — обнимаю я ее за плечи, отметив, что девушка уже не вздрагивает. — Ты же мама, значит, точно входишь! Правильно, доченьки?

— Да-а-а-а! — малышки буквально оглушают меня, а некоторые начинают всхлипывать. Это у них эмоции так выходят.

— А вот и за-а-автрак! — громко сообщаю я, входя в кают-компанию. — Сейчас Машенька будет помогать братику, — информирую я ее, снимая с шеи и ставя на пол.

— А как? — сразу же интересуется сестренка.

— Тарелки раздавать будешь, — глажу я ее по голове, а она копирует поведением малышек. Надо будет с ней поговорить на тему копирования.

— Ура! — радуется она, ну а я пока занимаюсь синтезатором.

Учитывая, что в Иришкиных сказках обязательно присутствует молоко, то и в завтраке оно быть должно. Поэтому будет у нас молочная каша сегодня, пусть малышки радуются, отвыкая от того, что простые продукты могут быть мечтой. Не в Темных, чай, Веках, живем. Кстати, те, кто ночью на помощь звал, по бую все-таки ядерным оружием пальнули, потому что ионное совсем другой цвет вспышки дает, мне Витязь сказал. Или это некстати?

Раздаю девочкам тарелки с молочной кашей, сразу же увидев, что приступить к еде они не решаются. В общем-то понятно, почему — такую кашу они, судя по тому, что я вижу, никогда не ели. Ничего, все бывает в первый раз.

— Ну-ка, взяли ложки в руки, — предлагаю я назвавшим меня папой девочкам. — И все вместе пробуем волшебную кашу!

— Волшебную кашу? — удивляется Лера, сразу же пробуя ее. — Вкусно...

— Эта каша из сказок вашей мамы, — я с улыбкой киваю на Иру, замершую с ложкой в руке. — В ней много молока, здорово же!

Ого! Услышавшие это девочки заработали ложками, как будто их год не кормили. А я поглядываю на малышек с улыбкой, негромко прося не торопиться, чтобы не подавились. Послушные они очень, просто чудо какое-то. Не капризничают, сразу же начинают есть медленнее, улыбаясь очень ярко, как только дети и умеют.

Интересно, чем их вообще кормили, раз молочная каша в новинку? И зачем их наказывали, раз они такие послушные? Надо будет с Ирой поговорить. Занять чем-нибудь малышек и поговорить, потому что если понятие хорошести у них строится на доброте и отсутствии сердитости, то у нас возможны сюрпризы. В книге написано — травмированные дети начинают пробовать границы дозволенного, попав в другие условия, вот тогда мне все возможное терпение и понадобится.

Ирина Птичкина

Открыв глаза, я некоторое время просто лежу, глядя в потолок. За последнее время все так сильно и, главное, быстро изменилось, что привыкнуть я просто не смогла. Я не понимаю отношения Сергея к нам... И ко мне, и к детям. Он не сердится, не устанавливает правила, не озвучивает последствия непослушания. Сергей с младшими играет, и сестра его... Она будто росла совсем вдали от людей, поэтому сейчас часто смотрит на младших... Может быть, долго болела? Бывает так, что болеющих не забирают, если есть шанс на выздоровление...

Я не понимаю и своего отношения к Сергею. Мне рядом с ним тепло и как-то... надежно? Как будто рядом встает каменная стена, за которой можно спрятаться. И иногда так хочется спрятаться за ним от всего мира, но у меня малышки, ставшие будто младше здесь, на этом сказочном корабле, где о них заботятся, кормят всегда чем-то необыкновенным — и ласковы... Девочки мои, да и я сама.... Мы за день получили больше ласки, чем за всю нашу жизнь! Для Сергея и Вики мы, кажется, самые важные люди на свете, но как такое может быть? Как это возможно?

— Мама проснулась! — обрадованно выкрикивает Танечка.

Значит, пора вставать... Я поднимаюсь из очень удобной кровати, одеваюсь, а затем принимаюсь за младших. Надо обнять каждую, погладить, расспросить о снах, хотя что было ночью, я не помню. Нужно им показать, что мама рядом, мама прямо здесь и никуда не девается. Доченькам моим это очень важно. Чувствую ли я себя мамой? Какая разница? Малышки меня ею назначили, значит, пока это правильно.

— Мамочка, а почему дяденька с нами так ласково себя ведет? — спрашивает меня Лера. — Он же совсем налупить не хочет...

— Ну, может быть... — тут я чувствую желание пошалить. Огромное такое желание, ну и еще — чтобы это стало правдой. — Наверное, он наш папа?

— Папа? — удивляется малышка. — Но он же не злой совсем...

— Ну вот такой он у нас, — глажу я ее по голове.

Интересно, как Сергей отреагирует, когда услышит? И тут я вижу его — лежит плашмя на кровати прямо в одежде, умаялся, значит. Малышки тоже замечают Сергея, начав активнее общаться, но шепотом — мало ли что ласковый, кто его знает, как отреагирует, если разбудить? Ну и кроме того, не хотят они будить Сергея.

— Он нас любит, заботится, ласковый очень... Кем же еще он может быть? — негромко произносит Маришка в разговоре с Танечкой.

— И не наказывает даже... — шепотом добавляет Лерочка. — Это папа из маминой сказки!

— Точно! Точно! — соглашаются все остальные. Кажется, я дошалилась, теперь главное, чтобы Сергей не среагировал агрессией.

— Давайте собираться, — отвлекаю я их, взглянув в открытые уже глаза мужчины. В них нет злости, а какая-то доброта, что ли... Откуда он такой взялся?

Сестра его подходит поближе, чтобы брата погладить, и сразу оказывается в его объятиях. Миг всего проходит — и доченьки облепляют Сергея, чувствуя его ласку и доброту. Он улыбается, широко, искренне, гладит маленьких, а мне хочется, чтобы и меня кто-нибудь так же обнял... От этих странных эмоций я начинаю его провоцировать, но Сергей не реагирует так, как я ожидаю — он называет меня мамой малышек, так как будто это непреложный факт, и себя папой, потому что «это же дети». А я не понимаю! Не понимаю! Откуда он взялся такой? Откуда у него такое огромное доброе сердце, способное вместить совсем чужих ему детей?

Наверное, сегодня я... я приду к нему, хотя бы из благодарности за все, что он сделал. Мне все равно нечего больше ему предложить, хоть и страшно очень. Но это надо, может быть, тогда он нас не бросит? Ведь рано или поздно мы куда-то прилетим, и там будут другие люди, а я не хочу других! Я хочу, чтобы так всегда было, чтобы меня бережно обнимали, чтобы малышек гладили... Не хочу других людей!

Мы идем завтракать, а я чувствую его руку. И Сергей, будто ощутив мое желание, бережно обнимает меня, да так, что мне хочется прижаться к нему, спрятаться, и будь что будет. Я давлю в себе это желание, изо всех сил просто, потому что не время еще. Вдруг ему это не понравится? Я не хочу, чтобы он стал злым, особенно чтобы при малышках побил, это разрушит их мир.

— Эта каша из сказок вашей мамы, — кивает он на меня, замершую с ложкой в руке. — В ней много молока, здорово же!

— Ура! — взвизгивает Лерочка.

Эх, Сергей, знал бы ты... Малышка впервые увидела молоко только здесь, да почти все мои маленькие о молоке раньше только слышали, а тут — полная тарелка. Вот как рассказать ему, какое это богатство? Сколько угодно еды, особенно молока... Это просто не объяснить ему, ведь девочек людьми у нас не считают, кормят, как животных. Некоторых даже за стол не сажают — миску на пол ставят. Даже родители! А тут он... добрый, ласковый, обнимающий... С трудом справляюсь со слезами.

Мы идём в рубку, а я вижу: Сергей действительно папа. Не такой, как у нас, а такой, о котором я мечтала. Будучи совсем маленькой девочкой, я мечтала о волшебном, понимающем, добром, ласковом папе, для которого важней всего на свете именно я! И я хорошо знаю: все малышки об этом мечтают. И вот... вот он перед нами, один на всех, но он есть, его потрогать можно! Настоящий, будто из сказки пришедший...

— Сейчас доченьки мои тихонько посидят, — очень ласково просит Сергей. — А папа посмотрит, где мы находимся и куда дальше лететь, хорошо?

— Да-а-а-а! — хором отвечают ему малышки мои, да и сестра его тоже.

Откуда у него берётся столько доброты и ласки? Я от этого уже третий раз стараюсь не заплакать, ведь он чудесный просто!

И тут уже направившийся к креслу Сергей останавливается, повернувшись ко мне. На лице его улыбка, а я уже себя не контролирую, почти не осознавая, делаю шаг к нему, чтобы оказаться в объятиях. Слезы текут из моих глаз, а он просто обнимает меня, гладит, что-то шепчет, я не понимаю сейчас даже что, я просто плачу, потому что выдержать уже не могу.

— Мама плачет! — всхлипывает кто-то, я не слышу сейчас кто.

— У мамы эмоции, — спокойно объясняет Сергей. — А когда их много, даже мамочке надо поплакать, ведь она девочка.

И так он это слово произносит, столько тепла в него вкладывает, что всхлипывают уже все. Кажется, нам грозит наводнение, ведь с малышками всю жизнь никто так не обращался — только он. Ну и я еще, но со мной все понятно — я мама, а вот чтобы мужчина, и столько любви в голосе — такого ни они, ни я никогда не знали.

Я хочу, чтобы так было всегда.

Пространство, 62 лучезара 33 года

Сергей Винокуров

Не выдержала все-таки Иришка, расплакалась, я уже и ждать устал. Маленькой такой кажется, защитить ее ото всех хочется, просто обнять, и чтобы она почувствовала себя в безопасности. Как-то необычно я к ней отношусь. К малышкам понятно, но вот Иру хочется просто закрыть собой от всего ее мира. Совсем по-другому я к ней, чем к детям. Что это значит, пока не понимаю, да и спросить некого.

Не решившись расцепить объятия, усаживаюсь в кресло, взяв ее на руки. Кажется, Иришка не возражает, только прижимается ко мне, как будто действительно спрятаться хочет. Устала она, да и меняется для нее все слишком быстро, мне это Вика объяснила. Ничего, моя хорошая, скоро все закончится — или, наоборот, начнется. Так, ладно, что у нас тут?

— Витязь, наше положение определить можно? — интересуюсь я.

— Галактика Млечный Путь, — отвечает он, вызывая у меня недоумение. Чего стоим тогда?

— Почему не движемся? — задаю я почти риторический вопрос. Неужели ему формальная команда все еще нужна?

— Двигатель прыжка не отвечает, — слышу я довольно неприятную новость. — Только субсвет.

На субсветовом двигателе мы лет десять до ближайшей населенной системы идти будем. Я задумываюсь, пытаясь понять, как нам быть. В общем-то, долгая дорога домой не такая уж и большая проблема, если, конечно, найти чем занять малышек, но вот тогда у меня будет совсем другая задача воспитателя... Стоп! Связь же есть!

— Витязь, — зову я разум корабля, поняв, о чем не подумал. — Сигнал бедствия «Всем, кто слышит» и наши координаты.

— Выполняю, — лаконично отвечает он. — Забыл о такой возможности?

— И не говори, — хмыкаю я. — А ты чего вдруг снизил уровень интеллекта?

— Программа такая, — он сегодня немногословен. — Потом узнаешь.

Ну потом, так потом, сейчас нужно малышек чем-то увлечь. Есть вариант развлечениями, потому что дети никогда не откажутся поиграть, но, по-моему, стоит начать их чему-то учить. В комнате отдыха надо включить им обучающие фильмы, чтобы не стало шоком наше сообщество для непривычных к ласке малышек. И вот тут та самая Лера ставит меня в тупик вопросом.

— Папа... — тихо позвав меня, она смотрит мне прямо в глаза. Я вижу опаску, даже страх разочарования в близком. — А ты нас не бросишь?

Что ответить ребенку? Возможно, совсем скоро у них появятся близкие люди, но... Будут ли малышки доверять им, смогут ли вообще кому-нибудь довериться, если я сейчас отвечу неправильно? Я понимаю, о чем она спрашивает и что в виду имеет, тоже, но все равно просто не могу ответить иначе.

— Папа, Лерочка, это навсегда, — улыбаюсь я ей, обняв свободной рукой ребенка. — Никогда я вас не брошу.

— Ура-а-а! — звонко, счастливо кричат малышки, а я думаю о том, что только что натворил, параллельно пытаясь избавиться от звона в ушах.

— А теперь доченьки пойдут с папой заниматься

очень важным делом, — сообщаю я им. — А мама пока на папиных руках полежит.

Поглядываю на Иришку: как она-то это воспринимает? Мне кажется, ее сейчас ничего не интересует — она прижимается ко мне, сложив руки так, как будто действительно прячется, но мало того — она еще и будто дремлет. Думается мне, что у нас скоро еще сюрпризы будут, а уж какие сюрпризы будут у психологов...

— Витязь, — даю я последние указания, — если отзовется кто, дашь как причину необходимость в буксировке. Подъем на борт запрещен.

— Мудро, — хвалит меня бортовой разум. — Выполняю.

Сейчас малышек соберу, и мы пойдем играть и получать знания. Надо было мне не в училище идти, а к учителям-воспитателям, хоть что-то сейчас бы соображал. Но воспитателей здесь нет, поэтому до обеда мы поиграем, учась, потом я их всех уложу отдохнуть, а сам в это время разберусь, куда конкретно нас занесло. Ну и Иришку успокою, хотя она выглядит именно как доверившийся ребенок, так что вопрос отношения друг к другу пока не актуален. Еще нужно проведать пострадавшую и после обеда выпускать Лилю. По-моему, отличный план.

— После обеда, — негромко информирую Иришку,

— к нам и Лиля присоединится, будет совсем здоровой уже. Или даже до обеда...

— Здорово, — шепчет девушка, совершенно не делая попыток выбраться. Ну комфортно ей и хорошо, она и не тяжелая совсем.

После иммунизации Лиля голодная будет, я и забыл об этом совсем. Значит, незадолго перед обедом надо будет за ней сходить, а сейчас лучше всего заняться малышками. Я чуть подбрасываю Иришку в руках, перехватывая поудобнее, на что она совсем не реагирует. Так доверилась? Да нет, рано же для доверия... Скорее всего, действительно очень устала моя хорошая. Ничего, мы справимся.

Мы двигаемся в сторону комнаты отдыха, я же думаю, с чего начать. Экран обеспечит внимание, но затем надо же с малышками и поиграть. И не просто так, а в ту самую историю, которую покажу. Значит, следует выбрать что-то, что можно сделать в корабле. Как-никак два десятка детей — и все, получается, мои. Не думал я, что именно так папой стану, ну да что уж теперь...

— А что мы сейчас делать будем? — интересуется Маришка. Я постепенно запоминаю всех.

— Сначала посмотрим сказку, — объясняю я ей. — А потом будем играть в эту самую сказку.

— Прямо-таки в нее играть? — удивляется малышка.

— Конечно, — улыбаюсь я ей.

Девочки принимаются шушукаться еще на ходу. Ничего, они привыкнут. Привыкнут к тому, что их нельзя обманывать и бить тоже, да и к тому, что они очень важны. Ко всему привыкнут маленькие мои, просто время нужно, и я им дам столько времени, сколько будет необходимо. Думаю, Человечество со мной согласится, потому что времена «я лучше знаю, потому что много прожил» давно прошли.

— Ура! Играть! — взвизгивает, кажется, Таня.

— А наша мама с нами? — интересуюсь я у лежащей в моих руках.

— Из папиных рук, — хихикает она.

— Договорились, — киваю я.

Интересно, это игра или нет? Узнать бы, что с ней происходит, но я не телепат, я интуит, и то возвратный. Буду считать все сказанное правдой, а там посмотрим. Но если это правда, то проблем у нас можно ожидать достаточно, особенно если дети не решатся кому-то довериться. Кроме нас с Иришкой, разумеется. Кажется, не все с моими ощущениями по отношению к ней так просто.

— Витязь — командиру, — оживает маленький динамик, расположенный на вороте комбинезона. — К нам на помощь идет «Минсинь», возможностями буксировки обладает, ожидается в течение трех стандартных суток.

— Командир принял, — подтверждаю я прием. — Спасибо, Витязь.

Ирина Птичкина

Я не понимаю, что происходит со мной. Сережа взял меня на руки, и я будто выключилась — ничего мне больше не надо. У него на руках так тепло, так хорошо, так спокойно... Остаться бы навсегда в них. Я на все согласна, лишь бы он меня никогда не выпускал, на все-все! Что со мной такое? Что происходит? Я себя не понимаю!

— Давайте, рассаживайтесь на подушки, — Сережа показывает на валяющиеся прямо на полу пуфики. — Сейчас сказку смотреть будем!

— Ура-а-а-а, ска-а-азка! — радуются малышки, и даже мне от ласки в его голосе хочется улыбаться.

Огромный экран на стене обретает цвет, а затем на нем и перед ним возникает удивительный лес. Я вижу, что он трехмерный, очень красивый и какой-то мирный лес появляется прямо перед нами. Значит, экран и такое умеет? Выглядит довольно необычно, но невозможно прекрасно. Действо меня сразу же увлекает настолько, что я смотрю, раскрыв рот от удивления. А Сережа гладит меня и еще усевшихся вокруг нас с ним девочек.

Я никак не могу поверить в то, что он сказал. Наверное, Сергей и сам не до конца понимает сказанное им. Он убедил малышек в том, что будет всегда. Многие из нас знают, что папа — это лет до пяти-десяти, а потом он уходит, потому что девочки ему становятся неинтересны. Мой папа и до пяти лет ждать не стал, сказал, что мама бракованная, и ушел, а она сначала плакала, а потом меня в этом упрекала. С детства я знаю, что виновата в своем рождении.

И я... Я начинаю рассказывать Сергею о том, что значит быть девочкой в нашем мире. И о маме, и о своем детстве. Я говорю совсем тихо, боясь заглянуть в глаза, опасаясь увидеть там ту самую брезгливость, с которой живу всю жизнь, я вцепляюсь в его комбинезон только чтобы не видеть, хоть еще немного почувствовать его близким. И тут Сережа прижимает меня к себе, бережно, но крепко, как только он один умеет.

— Все закончилось, Иришка, этого больше нет, — негромко говорит мне он на ухо. — Ты больше никогда не будешь одна.

Я поднимаю взгляд и вижу в его глазах сочувствие. В них нет ни жалости, ни брезгливости, только сочувствие — и еще что-то. Я лежу в его руках, понимая, что не переживу разлуки с ним. Всего за несколько дней он как-то стал мне важнее всего на свете. Я точно приду к нему, потому что просто не захочу жить, если его не будет. Пусть это очень страшно, даже слишком, но я не согласна быть без него. Что со мной? Что?

— А теперь мы будем играть! — предлагает Сережа, когда сказка заканчивается.

Он меня буквально поражает — назначая героев, обязательно добрых, Сережа заставляет малышек улыбаться, а затем берет в игру и меня, но так, как я и сказала — из его рук.

— Наша мама будет сейчас очень маленькой девочкой, — объявляет он, улыбаясь. — Мы будем о ней заботиться! Кормить, поить и рассказывать о нашем мире, согласны?

— Да-а-а-а! — радостно прыгают доченьки.

Сестра Сережина, кажется, совсем не отличается от младших, просто выглядит чуть постарше, но он ее не выделяет, обнимает, гладит так же, как и всех остальных, и мне вдруг кажется, что малышки — действительно его доченьки, так органично, естественно он с ними смотрится. Может быть, действительно не оставит нас всех? Если есть какая-нибудь высшая сила, ну пожалуйста, пусть будет так, я не хочу никого другого!

Игра такая захватывающая, а главное, я себя действительно маленькой чувствую, и мне от этого радостно. Как будто что-то тяжелое уходит изнутри меня, оставляя легкость и желание быть... Быть такой — маленькой девочкой. Но Сережа внимательно следит за временем, медленно переводя игру в другую плоскость.

— А теперь мы идем за Лилей! — объявляет он. — Она долго болела и все-все пропустила, поэтому ей надо помочь, правильно?

— Да! — хором кричат мои девоньки. — Надо помочь!

Они, кажется, готовы бежать в медблок за Лилей. А вот Вика пока будет спать, так Сережа сказал, потому что у нее может сердце сломаться от стресса, когда она себя осознает. Я на ее месте умерла бы точно, значит, действительно хорошо, что спит. Вот мы всей толпой идем, при этом я еду на Сереже, который как-то чувствует мое желание оставаться в таком положении.

При этом девочки действительно считают, что так правильно! Я пытаюсь представить дома такую же сцену и не могу. Я действительно не в состоянии даже вообразить носящего девочку на руках юношу или мужчину даже. Не хватает у меня на это фантазии, поэтому сейчас я себя чувствую просто необыкновенно, как будто действительно в сказке оказалась.

Лиля сразу же тянется ко мне, пугливо оглядываясь на Сережу, ради такого поставившего меня на пол, но малышки сразу начинают рассказывать своей чудом спасенной подруге о том, что это — волшебный папа, пришедший из маминой сказки. Лиля сначала не верит, но погладить себя ему дает, и лишь потом начинает ярко, солнечно улыбаться. Девочки окружают ее, начиная рассказывать, но Сережа просит всех идти в столовую, потому что Лиля очень голодная.

— Ради меня?! — малышка шокирована, для нее такая постановка вопроса не просто необычна, она из разряда сказок.

— Ты очень важная девочка, — объясняет Сережа ей. — Вот Лиля у нас очень важная, Таня очень важная, Маша... Понимаешь?

Малышка, конечно же, плачет. Не получается не плакать, когда к тебе так относятся. Она плачет, но потом, когда он берет меня на руки, даже и плакать забывает, настолько невозможное зрелище предстает ее глазам. Я бы на ее месте тоже потеряла дар речи. Но это еще не все, потому что на обед у нас сегодня кроме супа еще и «голубцы», так их называет Сережа. Я такого блюда никогда в жизни не видела даже, а он раздает порции и рассказывает историю, очень смешную, об этих самых «голубцах». Это так... Необыкновенно!

— Я не хочу с тобой расставаться, — вдруг говорю я ему. Вдруг — потому что сама от себя не ожидаю.

— Значит, не будем расставаться, — улыбается он мне в ответ.

— А можно с тобой наедине... поговорить? — выдавливаю я из себя.

— Малышек уложим и поговорим, — кивает он мне. — А пока доченьки наши хорошо покушавшие заслужили десерт.

Он отходит к аппарату, который тут еду готовит, и затем приносит что-то непонятное, в стаканах высоких. Оно бело-коричневое и сверху будто снег пушистый. Я пытаюсь понять, что это такое, но уже освоившиеся доченьки спрашивают папу. Он, улыбаясь, отвечает, только ни они, ни я никогда не видели «желе», поэтому ему приходится объяснять. И что такое «желе», и что такое «взбитые сливки». А Лиля, понявшая, что эта сладость сделана из молока, сидит очень удивленная и готовится опять заплакать. Я ее понимаю...

Млечный Путь, 62 лучезара 33 года

Сергей Винокуров

Уложив младших спать, я больше внимания уделяю Лиле — она плачет постоянно, цепляется за меня, заглядывает в глаза. Я сажусь рядом с ней, глажу ее, рассказывая, что она очень хорошая девочка, но, оказывается, дело не в тепле. С малышкой поступили очень жестоко, как и со всеми ними, но вот с ней...

— Мама заболела ночью, — рассказывает мне Лиля. — А утром папа вызвал врача, но вместо врача приехали эти...

— Кто «эти»? — не понимаю я ее.

— Которые навсегда забирают, — объясняет мне ребенок. — А я спряталась, и меня не нашли.

Расспросы помогают понять, что она не просто так спряталась, сначала — от родителей. Почему-то мне совсем не хочется расспрашивать ребенка о том, почему она была вынуждена прятаться. Надо будет потом посмотреть список исправленных повреждений, потому что кроме физических страданий у нас возможны кошмары. Да у всех малышек возможны, очень уж планета у них дикая...

— А ты колыбельную сейчас будешь делать или вечером? — интересуется у меня Лиля.

Я едва себя успеваю остановить, зацепившись за слово «делать». Колыбельную поют, а не «делают», значит, она имеет в виду что-то другое. Осторожно расспросив о том, какую именно колыбельную имеет в виду Лиля, я теряю дар речи, принявшись объяснять, что боли больше не будет. Совсем не будет. Никто не будет ее оскорблять, таскать за волосы, бить и заставлять есть из собачьей миски. Это все прошло, и теперь она очень любимая, всем важная девочка. От этих объяснений ребенок опять плачет.

С трудом уложив ее спать, тихо напевая колыбельную, я добиваюсь того, что Лиля засыпает. Спят девочки неспокойно, но послеобеденный сон им просто нужен, потому что информации у них новой много — нужно дать время успокоиться. Потом поговорю с Машенькой еще на тему бездумного копирования, а сейчас у меня Иришка... Чудо она, на самом деле. Почти ничего хорошего в жизни не видевшая, стала настоящей заботливой мамой малышкам. Это, по-моему, очень серьезно. Ну и хочется мне ее обнимать, на руках носить, сделать так, чтобы она улыбалась, при этом я осознаю, что мое отношение к ней отличается от моего восприятия детей. То есть Иришка для меня не малышка, а кто? Не знаю...

— Вика, пригляди за малышками, — прошу я квазиживую. — Мы с Иришкой отлучимся ненадолго.

— Иди, командир, — с каким-то глубинным пониманием, спрятанным в глазах, улыбается мне Вика.

— Пойдем? — интересуюсь я у отчего-то испуганной Иры, мягко беря ее на руки.

— Да... — очень тихо отвечает она, отчего-то пряча лицо в моем комбинезоне.

Вот кажется мне, что Иришка чего-то боится, но чего? Вроде бы никаких поводов я ей не давал, может, сама себе что-то придумала? Я несу ее в свою каюту, пытаясь понять, как она успела стать такой важной для меня. Но ведь Ира еще фактически ребенок... Или нет уже? Трудно сказать, и очень хочется спросить совета, но просто не у кого. Сейчас бы маму или папу... Они очень далеко, слишком даже, поэтому пока сам. А сам я очень хочу закрыть Иришку от всех бед и тревог.

Мы заходим в мою каюту, она делает движение, как

будто хочет слезть, поэтому я сразу же ставлю ее на пол. Иришка отводит взгляд, берясь за застежку комбинезона. Что она хочет делать? Ответ на этот вопрос я получаю немедленно, успев остановить девушку, уже расстегнувшую свою одежду. Зная ее прошлое — она или хочет наказания, или половых игр. И то, и другое неприемлемо, потому что так не делается.

— Зачем? — спрашиваю я ее, обнимая, чтобы не дать раздеться. Физиологические свои реакции привычно давлю усилием воли.

— Чтобы стать твоей... — всхлипывает она. — Я тебе не... нравлюсь?

— Ты мне очень нравишься, — возражаю я ей. — Но ты же этого не хочешь, тебе страшно. Зачем тогда?

— Тогда ты... Ну, если я твоей буду... — она пытается не плакать, а я прижимаю к себе это дрожащее тело. — Ты меня не бросишь.... И малышек... И...

Великие Звезды, она что, хочет собой заплатить за любовь? Бедная моя Иришка, как все-таки извращают понятие любви дикие народы. Надо ей мягко объяснить, ведь она мне важна и без этих жестов. Придет срок, и все у нее будет, а заставлять себя — последнее дело, да и я не животное какое, теряющее разум при виде первичных половых признаков.

— Давай застегнемся, — мягко говорю я ей, — и поговорим, хорошо?

Иришка моя кивает, я же просто беру ее на руки, усаживаясь на кровать. Медленно застегиваю на ней комбинезон, при этом дрожать она перестает. Если моя хорошая пережила насилие в своем диком мире, тогда многое становится понятным, хоть я и не психиатр.

— Давай договоримся, — начинаю я разговор, ласково гладя ее по голове. — Я никогда не брошу малышек, раз для них я папа. А тебя не оставлю, пока ты меня сама не прогонишь.

— Я никогда-никогда! — восклицает Иришка. — Хочу, чтобы ты был всегда... — тихо добавляет она.

— Я буду всегда, — как могу убедительно произношу я. — Всегда, пока я тебе нужен, я у тебя буду.

— Ты не понимаешь... — доносится до меня ее шепот.

И вот милая моя девочка пытается мне объяснить, что если она будет моей собственностью, то это для нее гарантия. Я же пытаюсь объяснить этой травмированной, но ставшей уже такой дорогой девушке, что человек не может быть собственностью. Потому что очень-очень важный человек не может быть вещью. Постепенно она, мне кажется, понимает, успокаиваясь.

— Сколько тебе лет? — интересуюсь у нее, припомнив, что забыл об этом спросить.

— Восемнадцать... почти, — произносит в ответ Иришка.

— А почти — это когда? — улыбаюсь я.

— Одиннадцатого златоверха, — ее ответ почти не слышен, так сильно она прижимается ко мне.

— Витязь, одиннадцатое златоверха — это когда? — интересуюсь я у разума корабля.

— Одиннадцатое златоверха дикой планеты, с учетом перехода на общее время, — начинает свой ответ Витязь, — примерно шестьдесят третье лучезара стандартного летоисчисления.

— То есть завтра, — доходит до меня. — Это хорошо... — я задумываюсь.

Сильно понервничавшая Иришка засыпает у меня на руках. Что она себе придумала... Половая часть не может быть товаром или гарантией — это вершина любви, когда единение духовное становится и физическим, но вот говорить так, как она, — неправильно. С другой стороны, Ира привыкла к такому отношению и теперь может подумать, что с ней что-то не так. Надо подумать, как этого избежать.

Мысли перепрыгивают на грядущий день ее рождения. Надо организовать праздник, как-то рассказать малышкам заранее, придумать подарок. И торт еще нужен. С подарком, впрочем, все проще: я ей коммуникатор гражданский подарю, у меня в запасных есть такой. Модель стандартная, а цвет программатором задам — это просто. Мой-то ей не подойдет, у меня специальные программы, а вот обычный вполне. И нужная штука, и подарок... А вот что делать с праздником? Я же не знаю, как у них принято его отмечать? Надо с Машенькой поговорить, пусть спросит девочек.

Ирина Птичкина

Я и сама не ожидала, что будет настолько страшно. Но вот сейчас, с трудом расстегивая комбинезон, чтобы подарить себя Сергею, я чувствую просто иррациональный страх, пробирающий меня всю. Он же удивлен сильно, я вижу это, но почему? Мальчикам же всегда именно это от девочки нужно! Может быть, я ему не нравлюсь? Но он же не видел того самого места, куда все стремятся!

Он делает шаг ко мне, а я прилагаю все усилия, чтобы не отпрыгнуть от Сергея. Наверное, ему хочется самому меня раздеть, почувствовать полностью в своей власти. Ну... пусть, хотя я уже дрожу. Он же просто обнимает меня и задает самый неожиданный вопрос. Надо отвечать, но что он хочет услышать? Как будет правильно ответить?

— Тогда ты... Ну, если я твоей буду... — чувствуя тепло его объятий, я неожиданно для себя говорю правду. — Ты меня не бросишь.... И малышек... И...

— Милая моя... — тихо говорит он, а затем предлагает поговорить.

Как только комбинезон застегнут, я перестаю уже бояться, будто выключают мой страх, заставляя освобождено вздохнуть. А Сережа начинает мне объяснять, и то, что он говорит, кажется мне совершенно невозможным. Я не могу поверить и одновременно с этим верю ему, чувствуя — он не врет. Сережа объясняет мне, что эта близость — она именно единение тел для тех, кто и так едины духовно.

— Ну вот вы же как-то рождаетесь, — он пытается найти что-то, что будет мне понятно. — Для этого родители же не просто лежат в постели, они же живут вместе.

— У нас нет никакой любви, — объясняю я ему. — Мужчине нравится женщина, он заявляет на нее права, и все, а ее никто не спрашивает.

— Ого... — Сережа явно удивлен. — У нас совсем не так.

На середине его объяснений я чувствую себя вдруг такой уставшей, что просто отключаюсь, успев только попытаться прощение за это попросить. Но он гладит меня настолько мягко и ласково, что я уж и сама не могу думать о плохом, погружаясь в глубокий сон. Я чувствую руку Сергея и просто не хочу, чтобы она исчезала, мне так спокойно на душе и совсем не верится в то, что он меня будет бить, как все мужчины. Так хочется верить, что он особенный...

Мне снится, что я не выучила уроки и домашку не сделала, поэтому сейчас мне будет за все и сразу. Это очень страшно, особенно видеть, с какими улыбками готовятся делать мне больно учителя, как собираются парни, чтобы поглазеть на такое зрелище... Я понимаю, что выхода нет, и, если я даже останусь в живых после этого, жалеть буду до конца дней своих.

Я уже готовлюсь к страшному, держась за платье, когда передо мной вдруг возникает Сережа. Он будто закрывает меня от них, внезапно становящихся словно нарисованными. Все замирает, остается только Сережа.

— Испугалась, милая? — своим полным нежности голосом спрашивает он.

— Д-да... — отвечаю я ему, надеясь только на то, что не сошла с ума.

— Пойдем домой, любимая, — произносит Сережа. Я оказываюсь в его сильных руках, а в стене школьного кабинета раскрывается дверь, ведущая на корабль.

Позади меня разочарованно рычит Вера Павловна, издают какие-то звуки мальчишки, но их всех уже нет, я знаю это. И в тот самый момент, когда Сережа шагает в проем, чтобы оказаться на корабле, я просыпаюсь. «Любимая», — вспоминается мне. Сколько тепла в одном этом слове, жалко только, что всего лишь сон.

Я лежу, глядя в потолок, затем только сообразив, что Сережи в комнате нет. Медленно перетекаю в сидячее положение и всхлипываю. Этот сон, он такой необычный, такой ласковый, просто до невозможности. Начавшийся страшно, он дарит мне слово, ненароком оброненное Сережей во время объяснений, и я понимаю: я очень хотела бы называться именно так. Жаль, что это только сон...

На выходе меня ловит Сережа, сразу же обняв. Он уводит меня в рубку, а не к малышкам, что кажется мне подозрительным, но я иду, куда меня ведут, потому что ничего не понимаю. Вот мы проходим по коридору, поднимаемся на уровень выше, а затем уже и двери рубки раскрываются перед нами.

— Малышкам нельзя сейчас мешать, — объясняет мне Сергей.

— А чем они заняты? — удивляюсь я.

— К маминому дню рождения готовятся, — улыбается он, сажая меня к себе на колени, отчего мне сразу хочется расслабиться и прижаться к нему.

— Ко дню рождения? — переспрашиваю я, не понимая, как к нему можно готовиться. — А чего к нему готовиться?

— Праздник у нас завтра, — ласково говорит мне

Сережа. — День рождения самого важного в жизни детей человека.

Я пытаюсь осознать, что он говорит, и не могу. День рождения — это просто дата, после которой становится больше лет. Это же не Именины Великого Вождя, чтобы праздник устраивать. Но Сережа думает иначе. Он объясняет мне: день, когда мама появилась на свет, — это большой семейный праздник, иначе и быть не может, поэтому завтра меня ждет сюрприз.

— Если больно не будет, то я согласна, — отвечаю ему, ведь обычно сюрпризы в моей жизни были не самыми радостными.

— Больно не будет никогда, Иришка, — твердо обещает он мне, и я... Я верю ему.

Мне, конечно, жутко интересно, что он придумал, но я потерплю. Сережа говорит, что это должен быть сюрприз и большой праздник. А раз праздник будет большим, то нужно дать малышкам возможность подготовиться. Ну, так говорит этот совершенно необыкновенный мужчина. Мне кажется: все, что он говорит, правильно. И он же лучше знает, как должно быть, ведь, если бы не Сережа, я бы умерла, и все девочки тоже...

— Я буду послушной, — обещаю я ему, а Сережа в ответ легко-легко прикасается своими губами к моим.

Меня будто молнией пронизывает от этого необыкновенного ощущения, и я застываю на месте.

— Командир, — обращается к нему чей-то голос, — Спасатель будет через двадцать стандартных часов.

— То есть завтра, — кивает Сережа. — Передай ему необходимость связи перед стыковкой.

Интересно, что это за голос такой необыкновенный? Я спрашиваю Сергея, а он начинает рассказывать мне об искусственном интеллекте. Ну о том, что существуют такие машины, которые умеют думать и даже обладают свойствами личности. Так же и наш Витязь... Для меня это как-то совсем необыкновенно звучит, как сказка. Еще одна Сережина сказка, которая реальна, но все равно волшебна, потому что не было у меня такого в жизни никогда.

— Я тебя, наверное, это самое слово... — очень тихо говорю я ему. — Которое «любовь». Потому что жить без тебя совсем не согласна.

Он меня опять... Ну делает то же самое губами, отчего я чуть в обморок не падаю, а потом, конечно, отвечает мне. Это же Сережа, он не может не ответить!

Точка Рандеву, 62-63 лучезара
33 года

Сергей Винокуров

— Нет, братик, — качает головой Машенька на мой вопрос. — Я и копирую, и нет, потому что мне понять их надо. Я же не знаю их страха, вот и...

— Очень травмированные девочки, — соглашаюсь я, осознав, что мне сестренка сказать хочет. — Завтра у Иришки день рождения, у нас это праздник, у них нет, да и ты такого не знаешь. Кстати, ты себе тоже день-то выбери...

— Ага, — кивает Машенька, — а как он празднуется? Ну, этот день.

Я начинаю рассказывать сестренке, как именно празднуется в нашей семье день рождения. Утром поздравления, затем завтрак, подарки, чаще всего своими руками сделанные, если это родительский день. Машенька слушает завороженно, поэтому я предлагаю ей красиво украсить столовую, а потом подговорить малышек, чтобы у них была возможность порадовать маму, ну и заодно собрать дни рождения каждой из них. Иришке очень нужно чувствовать себя нужной, а праздник будет для каждой из малышек.

— Я тебя поняла, братик, — кивает мне сестренка. — Тогда я к девочкам, а ты займешь чем-то их маму, да?

— Да, маленькая, — глажу я ее по голове.

— Я понимаю, почему ты папа, а Ира мама для маленьких, — вздыхает Машенька. — Если бы у меня такое страшное детство было, я бы тоже...

Она мне рассказывает все то, о чем не сказала ни Ира, ни малышки. Не знаю, почему они об этом умолчали, но теперь картина детства выглядит очень страшной, сестренка права. Дело даже не в том, что их били взрослые, отчего у девочек страх перед взрослым подсознательный, и не в том, что считали правильным унижать и в школе, и дома. Дело в том, что родные мамы... Родившие девочку женщины считали ее виноватой во всех своих бедах. Малышек не любили, не обнимали, не гладили. Разве что старшие девочки, и то иногда. С Иришкой поступили еще хуже: если малышки просто не знали объятий и ласки, то ее лет в пять перестали обнимать, обвинив в разрушении семьи, что тогдашнюю малышку почти сломало. При этом Машенька говорит, что Ира сама об этом не помнит, что и понятно — детская память заблокировала воспоминания.

Именно поэтому младшие занимаются подарками волшебной маме, а я иду общаться с Иришкой. Мне ее важно успокоить, объяснить, что происходит, ну и при этом... При этом, наверное, признаться. Показать ей, как она важна для меня, и тогда, возможно, моя Иришка хоть немного успокоится. Так оно и выходит...

— Я тебя, наверное, это самое слово... — очень тихо, почти шепотом, произносит она. — Которое «любовь». Потому что жить без тебя совсем не согласна.

— Жить без меня не нужно, — отвечаю я ей. — Потому что я тебя тоже люблю.

— Ви-и-и-и! — визжит она от радости. — Мне так радостно...

Я же обнимаю и легко-легко целую такие милые губы, отчего она расслабляется, чуть ли в обморок не падая. Все-таки, очень жестокая была у нее планета и какая-то совершенно неправильная.

Во-первых, объяснения ненависти к женщинам критики не выдерживают. Во-вторых, патриархальное сообщество, построенное на унижении и мучении, нежизнеспособно. Кроме того, отсутствие семей в классическом понимании этого слова, при этом есть понятия «папа» и «мама», что еще более непонятно. Выглядит все нарочито, не совсем обычно и совсем неправильно. Но тут совершенно точно нужны взрослые, причем серьезные — из штаба.

Впрочем, эту тему можно оставить на потом, малышки легко принимают новую для себя реальность, доверившись мне, а Иришка научится. Тут ведь еще вот какая закавыка — она же ничего не знает. Года ее школы не значат ничего, дикий же мир! Теперь ее нужно учить с нуля, а она уже взрослая, так что будет у нас другая проблема — как научить так, чтобы она не плакала, осознав, что ничего не знает и не умеет. Но тут я, кажется, рецепт знаю. Надо будет только с учителями поговорить, и с малышками тоже. Вряд ли они не согласятся помочь маме.

Вот и вечер наступает, пора кормить мою семью. Мы постепенно становимся действительно семьей. Не пародией из дикого мира, а действительно одним целым, как это и положено. Предупредив Вику о том, что мы идем, веду за собой задумчивую, но, похоже, уже успокоившуюся Иришку. Кажется, она действительно запечатлелась, поэтому с ней надо будет обходиться очень бережно. Кстати...

— Витязь, а почему нас услышал только спасатель, как думаешь? — интересуюсь я.

— Антенны повреждены, — следует лаконичный ответ разума корабля.

Ну логично, я же не опрашивал состояние корабля после первого и второго выходов, а должен был бы. А-та-та мне за это. Видимо, на радостях забыл об этой инструкции, отчего чуть не влетел в логический тупик. Значит, надо дать команду, похоже, именно этого ждет хитрый Витязь. Интересно, что у него за программа такая необычная? Ведь в отличие от квазиживых, у разума корабля есть ограничивающая программа, хоть это и не принято, что значит — не все так просто с кораблем.

— Начать ремонт антенного комплекса, — отдаю я команду. — Подключить дублирующий, попытаться наладить связь с Главной Базой.

— Связь невозможна, дублирующий комплекс уничтожен, — отвечает мне Витязь.

— А как мы тогда связались? — ошарашенно интересуюсь я, но ответа не следует.

Услышать спасатель нас мог, только если недалеко находился, но ему три дня идти, значит, точно не рядом. Тут есть какая-то загадка, и я ее точно разгадаю. Вот только эта новость означает, что поговорить мы не сможем, надо будет стыковаться, но как малышки на посторонних отреагируют? Как они воспримут взрослых людей? Надо поговорить с квазиживыми, чтобы подготовили гостей, а мне надо будет с малышками осторожно подготовиться... Главное, чтобы не напугали никого, потому что мамин день рождения должен остаться волшебным.

— А вот и малышки! — радостно улыбаюсь я детям, с визгом рванувшим в нашу сторону. Соскучились, мои маленькие.

Вот теперь надо каждую обнять, погладить, рассказать, какая она умница, просто чудо. Поэтому у нас с Иркой занятие есть, ведь детям очень нужно видеть, чувствовать, слышать, что их любят. Знать в любой момент — они очень важные, самые-самые. Поэтому я и рассказываю им это, а затем мы идем ужинать.

На ужин у нас сегодня вареники с вишней. На самом деле, вареное тесто таким малышкам не очень полезно, но это если самому делать, классическим рецептом. А наш ужин на самом деле из синтезатора выходит, а там достаточно только возраст установить, тогда состав варьируется. Поэтому у моих маленьких сегодня вполне полезные вареники. И, главное, очень вкусные!

Ирина Птичкина

Ночью малышки плачут. Не знаю почему, но, кажется, Сережа это предвидел, потому что он спать не ложился. И теперь мы с ним вдвоем гладим, обнимаем маленьких, которым снятся кошмары. Доченьки мои ясноглазые так тихо плачут сквозь сон, что сердце сжимается в груди.

— Ириш, помоги, — просит меня Сергей, держа на руках Лилю и стягивая с нее пижаму. — Скорее, пока она не осознала!

Он будит малышку, целует ей носик, уговаривает, а я в это время быстро меняю штанишки не выдержавшей доченьки. У всех девочек есть пижама, это не от холода, а лишь потому, что иначе они очень боятся. Обнажения боятся мои хорошие, и я знаю почему, ведь и мне... Мой любимый успевает всюду, но тут очень отчаянно начинает плакать Танечка, и вот она уже в моих руках.

Малышка от страха тоже описалась, но при этом проснулась и поняла, что произошло. Осознав, она плачет, почти воет, так отчаянно, что мне едва удается ее хоть немного успокоить. Я заворачиваю ее в простынку, и только из-под нее сдергиваю шортики, но при этом она не чувствует себя обнаженной и беззащитной, поэтому успокаивается. Сергей нажимает какую-то кнопку, отчего кровать перестилается сама.

— Не надо плакать, все хорошо, — глажу и укачиваю я Танечку. — Никто не будет делать больно, никто!

— Мама... — всхлипывает она. — Я... оно... а они...

— Маленькая моя, родная, — целую я ее лицо, чувствуя — так правильно.

Наверное, я просто показываю малышкам свои мечты. Надежды, тайные желания маленькой Иры, ведь за такую ласку в детстве я бы продала душу. Именно поэтому я просто поступаю с ними так, как очень хотела когда-то, чтобы поступали со мной. Ведь я не знала маминой ласки почти совсем...

Вот наконец малышки чуть успокаиваются, уже спят спокойно, вроде бы. Ну, насколько это возможно, хотя надо будет утром попросить Сережу сердечко Танюшкино посмотреть. Очень уж она сильно испугалась, кто знает, что с ней делали... Если представить, что я обмочилась в постели... А что было бы? Я пытаюсь представить и чуть не падаю на пол от захлестнувшей меня волны всепоглощающего ужаса.

— Тише, родная, тише, — успокаивает меня Сережа. — Ляг, поспи немного, тебе отдохнуть надо.

— А ты? — сразу же спрашиваю его.

— И я, — кивает он мне. — Только чуть погодя.

Я соглашаюсь, потому что он же лучше знает, как правильно, значит, я должна делать, как Сережа говорит. И я послушно укладываюсь в кровать, даже и не соображая особо, что делаю. Едва меня накрывает тонкое одеяло, как я проваливаюсь в сон. В жуткий кошмар, самый жуткий из возможных, в котором Вера Павловна держит мои руки над головой одной рукой, второй награждает пощечинами, отчего в голове все плывет, а Сикорски медленно подступает с огромной этой... штукой. Я понимаю, что сейчас произойдет, но даже визжать не могу.

— Это сон, родная, этого нет, — вплетается в мой кошмар такой родной Сережин голос, выдирая меня из плена мучительного сна. — Нет этого, совсем, ты на корабле, я люблю тебя.

— Я люблю тебя... — почему-то шепотом отвечаю ему.

— Спи, ты со мной, — произносит он, споив мне что-то горьковатое из стаканчика, и я чувствую, как успокаивается постепенно мое бешено бьющееся сердце.

— У всех кошмары, — жалуется мой любимый. — Малышки от них пугаются так, что переодевать приходится, любимая, вот, голос сорвала...

— На синдром отмены похоже, командир, — голос

Вики последнее, что я слышу, засыпая в этот раз без снов. Интересно, что это за синдром такой?

Утро наступает внезапно, я открываю глаза, чувствуя себя вполне отдохнувшей. Рядом сидит Сережа, гладя меня по волосам. И от этого очень ласкового жеста совсем не хочется вставать. Что же это было такое ночью? Почему нам всем снились кошмары?

— С днем рождения, любимая, — слышу я самый родной голос на свете. — С днем рождения!

— Ура! Мамочка проснулась! — взвизгивает кто-то, и в тот же миг девочки мои бросаются ко мне — обниматься.

А затем доченьки отходят от кровати, становятся в шеренгу и смотрят на Машеньку, это сестра любимого. Она взмахивает рукой, девочки набирают воздух и...

— С днем рождения, мамочка! — хором восклицают мои хорошие.

— Спасибо, малышки, — я уже и плачу, потому что такого... Я никогда такого не знала!

Они дарят мне нарисованные каждой из доченек рисунки, а на них — все мы, вся наша семья, и мама, конечно. Детские рисунки вдруг дарят такое тепло, что я просто не могу уже не плакать. И малышки понимают, что мама их от радости плачет. Наверное, именно в этот момент я лучше всего понимаю, что такое мама для детей.

Сережа надевает мне на руку широкий браслет, объясняя, что это коммуникатор — средство связи и помощник, обещая научить им пользоваться вечером, на что я киваю, рассматривая браслет, на котором переливается разными красками поздравление от него. По коммуникатору бежит текст, рассказывая мне, какое я чудо, отчего хочется просто визжать, и все.

Я поднимаюсь, желая заобнимать всех вокруг, потому что чувствую огромное счастье. Просто очень большое, невозможное счастье. Мы медленно движемся в сторону кают-компании, но войти я не в силах, я просто смотрю на эту невесть откуда взявшуюся красоту и снова плачу. Стены, расцвеченные разными цветами, красиво украшенный стол и стулья, а еще большая надпись: «С днем рождения, мама» — все это не может оставить равнодушной никого. Я благодарю сквозь слезы, не в силах найти слова, ведь все это сделали малышки и Сережа. Моя семья. Они старались, чтобы порадовать... меня. Впервые кто-то ради меня... Это просто неописуемо!

— Сейчас мы поедим, — объявляет Сережа. — Потом поиграем, потому что у нас большой праздник. А к обеду к нам придут еще гости, они специально прилетели, чтобы нашу маму поздравить!

— Ура-а-а-а! — радуются мои малышки.

Я понимаю, что это те самые, спасатели, но при этом поражаюсь тому, как Сережа все обставил. Доченьки наши теперь точно не испугаются, ведь гости прилетели маму поздравлять, значит, для малышек они сразу хорошие, я же вижу. И даже для меня, несмотря на то что я все понимаю, гости сразу становятся нестрашными, хотя они еще не прибыли. Как это у Сережи так получается?

Малышки рассаживаются за столом, улыбаясь мне и Сереже, а я понимаю, что думать о будущем мне не хочется. Я твердо знаю: Сережа нас защитит и никогда не бросит, и этого знания мне совершенно достаточно.

Витязь, 63 лучезара (53 метеона) 33 года

Сергей Винокуров

Сложная ночь. У малышек, у всех — кошмары, и очень тяжелые, судя по последствиям, поэтому мы спаиваем им успокоительные средства, без которых я хотел обойтись, но, видимо, не вышло. Каждую нужно переодеть, успокоить, напоить лекарством и уложить спать. Только Машенька спокойно спит, ну оно и понятно — не было у нее такого кошмара в прошлом.

Когда я думаю, что уже все — начинается кошмар у моей Иришки. Она кричит так, что срывает голос, а я едва могу добудиться ее. Тут уже нужно и более серьезное средство, потому что может сердце подвести. Привычно уже успокаиваю, спаиваю ей лекарство, и некоторое время сижу рядом с ней, чувствуя себя так, как будто на меня мобильная платформа упала.

— Синдром отмены? — удивленно переспрашиваю я Вику.

— Если они длительное время были под воздействием какой-нибудь химии, — объясняет она мне, — то может начаться из-за резкой отмены такая неприятность. Аппаратура наша ловит все, но ни у тебя, ни у меня знаний нет...

Тут она права — не врач я ни разу. Даже офицер формальный, на один полет назначенный, так что до госпиталя ничего сделать нельзя. Я сижу рядом с Иришкой, поглаживая ее по голове, она спит спокойно, как и другие девочки. Значит, помогло лекарство и плохо не сделало. Этот вывод заставляет меня выдохнуть. Я, конечно, знаю, что все правильно сделал — по инструкции, но беспокойство есть все равно.

— Командира вызывают в рубку, — звучит голос корабельного разума.

Я с трудом встаю на ноги, потому что устал просто невыразимо, протираю ладонями лицо, медленно отправляясь куда позвали. Тяжестью невыносимой придавливает усталость, но я держусь — раз позвали, значит, точно надо. Медленно прохожу по коридорам, оказываясь в знакомой уже до последнего сенсора рубке. На экране — вытянутый специальный буксир, о чем говорят специальные захваты на выносных фермах.

— Витязь на связи, — сообщаю я, тронув сенсор связи.

— Витязь, прошу разрешить стыковку, — слышу я смутно знакомый голос.

— Стыковку разрешаю, но с ограничением, — произношу я, вздыхая. — Жилые помещения к посещению запрещены.

— Понял вас, Витязь, — не задавая никаких вопросов, пришедший на помощь корабль начинает маневрировать.

— Витязь, — прошу я корабельный разум, — заблокируй доступ гостей в жилые помещения и дай мне картинку из спальни.

— Выполнено, — отвечает мне Витязь. — Ты молодец, командир, — заканчивает он через некоторое время.

Похвала приятна, но я едва соображаю уже от усталости. Корабельный разум это и сам понимает, поэтому позади меня громко щелкает раздача медикаментов. Этот аппарат есть в каждом помещении, мало ли когда пригодится. Я оборачиваюсь, видя маленький стакан с бледно-красной жидкостью на донышке. Поблагодарив, залпом выпиваю горькую жидкость. По всему телу будто пробегает прохладная волна, заставляя мозг работать четче, а меня — лучше соображать. Это «бодритель» — полтора часа активности, а потом здоровый сон без вариантов.

Спустя минут десять над экраном загорается символ стыковки, что означает — мы уже на буксире. Пружинисто поднявшись, я спешу в сторону люка, ведь гости на пороге, и они наверняка ждут моих объяснений. Я бы очень хотел на их месте, так что надо поспешить. Я впрочем вполне успеваю к открытию люка, и в «прихожую», как называется это место перед переходным люком, уже под моим взглядом вступают знакомые мне люди.

— Мама... Папа... — очень удивленно говорю я. — Александр Саввич... Вы как здесь? Откуда?

— Оттуда, — ворчливо отвечает куратор. — Пойдем, сядем где-нибудь, и ты нам расскажешь.

— Пойдемте, — киваю я, следуя в комнату отдыха.

Их множество — таких комнат, сейчас мы движемся в ближайшую. Мне очень хочется обнять родителей, но я останавливаю себя — в первую очередь дело, а то отрублюсь прямо тут и ничем хорошим это не закончится. Тем более что горькие слова лучше выслушивать не в объятиях родных, а эти слова будут, я в этом уверен. Родители и куратор рассаживаются за круглым столом. Подумав, сажусь и я. Обычная комната отдыха: стол, стулья, экран, и все. Их часто для разговоров используют, оттого и такой антураж.

— Мама, у тебя две доченьки, — начинаю я совершенно неожиданно для старших. — Младшая — Машенька, моя сестренка, а старшая — Иришка, моя... любимая.

— Интересное кино, — хмыкает папа. — Нам поэтому в жилые нельзя?

— Нет, — качаю я головой. — Доченькам кошмары снятся, увидят чужих, да еще и мужчин, испугаются.

— Ну-ка, рассказывай, — строго, но мягко просит куратор.

— Витязь, бортовой с шестьдесят первого числа на экран, — прошу я корабельный разум.

— Выполняю, — подтверждает он, и на экране появляется картинка.

Это нормальная практика — запись происходящего, так что куратор и мои родные видят теперь все: как я вел руками корабль через аномалию, как обнаружил планеты. Витязь по собственному желанию включает не только передачи, но и рассказы девочек, отчего выглядит все в разы страшнее. Он показывает ядерный удар по обреченному городу и мои действия.

— Ты нарушил инструкцию, — замечает куратор. — И ждешь возмездия, но забыл основной закон Человечества.

— Ни одна инструкция не может запретить поступать по зову сердца, — вздыхает папа. — Я горжусь тобой, сын, — твердо говорит он, заставляя меня растеряться.

На экране же: малышки, список повреждений, первое «мама» и первое «папа», маленькие мои. Витязь показывает наш путь, вопросы малышек, наши обеды, завтраки, ужины, игры... Он показывает без прикрас, но я понимаю: все сделано правильно.

— Твои предложения? — интересуется хорошо меня знающий Александр Саввич.

— Завтра придете, у нас будет день рождения любимой, — объясняю я, снова не дождавшись реакции на это слово. — А мамин день рождения, тем более впервые в жизни — он очень важный. Скажу, что вы прилетели, чтобы Иришку мою поздравить, и бояться вас не будут.

— Мудро, — кивает куратор. — Так и поступим, а вот ты... Ты все сделал правильно, несмотря на то, что многое успел за месяц.

— Да, сынок, — кивает мама. — Мы гордимся тобой.

И я против воли улыбаюсь, потому что нет ничего

дороже этих слов. Затем мамочка начинает меня расспрашивать уже подробнее, и я все рассказываю, рассказываю, рассказываю, но осекаюсь, когда до меня доходит смысл фразы.

— Постойте, как месяц? — удивляюсь я. — Сегодня шестьдесят третье лучезара!

— Сегодня пятьдесят третье метеона, — улыбается папа. — Но об этом мы позже поговорим, а теперь...

— Отпустите его спать, — советует Александр Саввич. — А то он прямо тут уснет.

Пожалуй, это последнее, что я помню, только вот пятьдесят третье метеона не укладывается у меня в голове. Куда две недели потерялось?

Ирина Птичкина

С тревогой взглянув на меня, Сережа подходит поближе ко мне, привлекая внимание девочек. Точнее, он пытается привлечь внимание, но у него поначалу не выходит, потому что доченьки очень увлечены игрой в волшебный мир. Я уже понимаю, что мы летим именно в этот мир, но думать о том не хочу, потому что у меня есть Сережа, и он меня защитит. Страшно мне думать о будущем. А вдруг они «лучше знают», и тогда...

— Дети, а кто хочет на гостей из сказочной страны

посмотреть? — находит правильные слова Сережа, отчего малышки сразу же отвлекаются.

— Я-я-я-я! — радостно прыгают мои хорошие, а я чувствую укол страха.

— Не бойся, — тихо произносит он, обнимая меня. — А давайте встречать!

— Да-ва-а-а-ай! — кричат доченьки наши, продолжая прыгать, и я надеюсь теперь, что они не испугаются.

Двери раскрываются и в нашу огромную комнату входят трое. Выглядящий волшебником из сказочной книжки мужчина, кажется, с длинной бородой, одетый во что-то на платье или халат похожее, с посохом в руке. Женщина в красивом каком-то пушистом платье, очень ласково смотрящая на нас всех, и мужчина рядом, чем-то на принца похожий.

— Здравствуйте, дети! — гулким басом произносит волшебник.

— Здравствуйте! — хором отвечают девочки мои, вмиг собираясь вокруг нас с Сережей. Опасаются они все же немного, я вижу это, поэтому протягиваю руки, чтобы погладить подставляющихся под ласку детей.

— Мы прилетели из волшебной страны, — продолжает на волшебника похожий мужчина. — Ведь слух прошел, что у мамы вашей день рождения!

— Да-а-а! — кричат доченьки, вмиг перестав бояться.

Взрослые медленно приближаются ко мне, я чувствую, как напрягается мой защитник, мой волшебный человек, мой любимый. Они искренне поздравляют меня с этим днем, протягивают подарки, а я опять плачу, потому что от взрослых веет таким невозможным, просто небывалым теплом...

— Машенька! — зовет сестру Сережа, сразу же прижимая девочку к себе. — Вот, мама, — говорит он женщине, — познакомься с дочками. Это у нас Машенька, — он гладит сестру по голове. — А это Иришка.

— Ой, сына, — хихикает она, пока мужчина, который на волшебника похож, малышек расспрашивает под присмотром моего любимого. — Здравствуйте, доченьки. Здравствуй, Машенька, здравствуй, и Иришка!

Она обнимает меня, и я вдруг чувствую себя просто необыкновенно. Она относится ко мне ласковей чем даже, кажется, Сережа, хотя куда там ласковей и нежнее, я и не знаю. Машенька моментально оказывается у нее на руках, а меня эта волшебница обнимает другой рукой. И я... у меня просто слов нет.

— Здравствуйте, доченьки, — слышу я мужской

голос, полный такой ласки, что просто всхлипываю, не в силах удержаться.

— Мама? Папа? — спрашиваю я Сережу.

— Да, любимая, — кивает он. — Это мама и папа, отныне и навсегда. Согласна?

— Да... — отвечаю я шепотом, не в силах поверить в такое чудо.

— Мам, па, с внучками знакомиться будете? — с улыбкой немного ехидно спрашивает мой любимый.

— А пошли! — машет рукой новый... папа. Я понимаю теперь, что чувствуют малышки, потому что Сережа же точно такой же — надежный, как Утренние Скалы.

Миг проходит всего, и нас кружит детская игра, знакомство, ведь малышки не знают, как правильно называются папа папы и мама папы, но при этом совсем не боятся. Конечно, пока видят нас с Сережей, но и одно это большая победа. А любимый мой рассказывает о каждой.

— Это у нас Танечка, она лапочка, — очень ласково произносит Сережа, а малышка сияет улыбкой. — Ей сердечко надо будет посмотреть, потому что страшные у нас сны очень. А вот у нас Лерочка... Лера, иди сюда, знакомиться будем!

Любимый не забывает даже о Вике, что сейчас спит, объяснив, почему нельзя будить, на что его папа серьезно кивает. Я же поражаюсь — ведь Сережа всех-всех запомнил. И говорит он о каждой доченьке с лаской, с нежностью, рассказывая о том, что она любит, чего не любит... Я о них всех столько и не знаю, а он... Он волшебный!

— Я умерла, — слышу я тонкий голосок малышки, рассказывающий нашу историю волшебнику. — Мамочка плакала, но пела песенку и рассказывала сказку, пока я не... А потом пришел папа и спас меня. И мамочку нашу тоже! Вы не заберете его у нас?

— Никто не заберет вашего папу, — с грустной улыбкой качает головой волшебник. — Нельзя папу забирать у таких волшебных девочек.

Я улыбаюсь, потому что нас, кажется, поняли. Но вот знакомство заканчивается и наступает время обеда. Сережа быстро собирает доченек, успевая и на вопросы отвечать, и помогать, и меня прихватить. Он приглашает всех за собой, но сначала мы, конечно, руки моем, потому что как же иначе? А потом уже можно и за стол, ставший, кажется, чуточку больше.

— Сегодня у нас праздничный обед, — объясняет малышкам их папа. — Поэтому мы будем есть салатики и всякие вкусности, а потом уже и торт.

— Да, папочка, — кивает Лера, а Машенька спешит помогать. К ней присоединяется и... и новая мама.

Кажется, проходит только миг, а вот уже весь стол

в вазочках и тарелках, на которых лежит что-то совсем непонятное. Да я только хлеб узнаю! Сережа же начинает обходить дочек, кладя им в тарелку по чуть-чуть от каждого блюда, а затем принимается заниматься уже и мной. Совсем не спрашивая, он кладет мне в тарелку по чуть-чуть из мисочек, вызывая удивление новой мамы.

— Сынок, а ты девочку спросить не хочешь? — интересуется она.

— Зачем? — не понимает Сережа. — Она этих блюд не пробовала, а что нравится моей любимой, я уже знаю.

— Вот как... — новая мама не сердится, она удивляется. — Ну... Совет да любовь.

— Спасибо, мамочка, — широко улыбается Сережа.

А я принимаюсь медленно есть очень вкусные вещи. Да они просто волшебные, эти салаты, и что-то еще, незнакомое, но вкусное, как ничто другое. Я даже и представить не могла, как много я еще не пробовала. Поэтому отдаюсь трапезе, как и медленно перемазывающиеся малышки, что доказывает — они не боятся того, что было в прошлом. Потому что попробуй я есть неаккуратно...

— Отлично поели мои лапочки, — сообщает сразу

же ярко заулыбавшимся доченькам Сережа. — А теперь — торт!

То, что появляется на столе, совсем на торт не похоже — оно огромное, воздушное, в него еще свечки воткнуты. Но я не уверена, что это можно есть, хотя, если Сережа говорит, что можно, значит, так оно и есть. Теперь мне, оказывается, надо загадать желание и подуть, так подуть, чтобы задуть все-все, и тогда оно сбудется. Ну понятно же, что у меня за желание?

Пространство, 53 метеона 33 года

Светлана Винокурова

Едва только получив сигнал, буксир-спасатель отправляется в путь. Далековато сына занесло, хотя что-то подобное мы и предполагали. Именно поэтому услышать его сигнал бедствия можем только мы и диспетчер Флота.

Контакт с иными цивилизациями проходит по-разному, но новые наши друзья изначально дали нам понять, что пока не вернется сын — разговора не будет. Они уверены в том, что он вернется, от этого и мне спокойнее на душе, хотя, конечно, поначалу мы чуть не подняли весь флот, но нас остановили.

— Это испытание вашего представителя, —

объяснил нам новый друг. — А вот после его возвращения начнется и ваше, если будет, конечно, что испытывать.

— Но мы не можем сидеть сложа руки! — возмутился глава группы контакта.

Впрочем, все разрешилось, когда нам объяснили, что именно произошло. Ребенок наших гостей выбрала Сергея себе в братья, а нас, получается, в родителей, но именно это и послужило началом испытания, ибо новые друзья очень хотели бы знать, можно ли доверять Человечеству. Странно это немного, но оценивать логику и мораль гостей мы пока не можем. Энергетические формы жизни вообще мало известны, а уж разумные так и вообще. Но интуиция говорит, что все будет хорошо.

Витязь, попав в нештатную ситуацию, должен активировать замороженную личность, принимая решения, в случае если сынок растеряется. Ну и связаться он может только с нами. Это, конечно, не очень правильно, но безопасностью Человечества манкировать тоже не стоит. Но проходит день, другой, а от сыночка весточки нет, хотя гости говорят, что он жив. Ну и за доченьку новую, незнакомую еще, я тоже волнуюсь — мало ли как там все повернется. Мне кажется, гости стараются успокоить, видя наше беспокойство.

И вот, спустя почти месяц, мы принимаем сигнал Витязя, сразу же направляясь в точку встречи. Далековато он вышел — почти на самом краю Галактики Млечный Путь, но вышел. Вот только автоматический статус дает странный ответ: на корабле больше двух десятков живых, при этом Витязь сообщает о необходимости выйти на связь перед стыковкой. Мне уже очень любопытно.

— Как думаешь, что произошло? — интересуется у меня Александр Саввич, куратор группы сына.

— Скорее всего, он спас людей, но вот такое требование может говорить о детях, боящихся чужих, — напрягаю я свои способности.

Я интуит, причем довольно сильный, поэтому имею аналитическое образование, и вот сейчас мне кажется, что на борту «Витязя», вероятнее всего, дети. А раз они могут испугаться чужих людей, а возможно вообще любых взрослых, то ситуация так себе у нас. Потому что означает контакт с дикой цивилизацией, совсем не зря категорически запрещенный. Историю Человечества аналитики и интуиты хорошо изучают, и что может значить такое требование, мы все хорошо знаем.

— Значит, похоже, дикий мир, — кивает Александр Савич, думая о том же.

Именно поэтому мы, можно сказать, готовы уже к тому, что нас ждет в точке рандеву, особенно учитывая отказ двигателей Витязя. В точку мы прибываем ровно в указанный срок, хотя могли бы и в течение часа, но этот срок устанавливают врачи. Надо дать время сыну прийти в себя, возможно, ощутить себя в безопасности, ну и дать подумать, конечно, — мы ж не звери.

— Витя, — зову я мужа, — ситуация может быть очень сложной, так что осторожно.

— Понял тебя, — кивает он, улыбаясь. — На сына не давить, дать возможность рассказать.

— Захват, — сообщает нам разум корабля. — Стыковка завершена, переход открыт.

— Спасибо, — киваю я и обращаюсь к мужчинам. — Ну что, пошли?

Мы проходим по коридорам буксира, здороваясь с коллегами. На корабле нашем сейчас и медики, и психологи, и половина аналитического отдела, ибо новые друзья придают большое значение путешествию сына, значит, и мы должны. Вот и шлюз... Переходная галерея, медленно открывается люк, и перед нами предстает Сережа со смертельно уставшим лицом. Нелегко сыну пришлось, я вижу это, да и Витя замечает, сразу же покачав головой. Но разговор необходим, я понимаю это, услышав условия, выдвинутые Сережей, хотя начинает он его совсем не так, как я ожидаю.

— Мама, у тебя две доченьки, — произносит он с просто бесконечной лаской в голосе. — Младшая —

Машенька, моя сестренка, а старшая — Иришка, моя... любимая.

Столько эмоций, чувств, нежности сынуля вкладывает в эти простые слова, что я теряю дар речи. Всего за месяц сын обрел самое большое чудо в своей жизни. Я еще не знаю эту девушку, но слышу по голосу сына — она для него весь мир. Редко когда подобное происходит, очень редко, и вот...

— Интересное кино, — хмыкает Витя, едва заметно улыбнувшись. — Нам поэтому в жилые нельзя?

— Нет, — качает головой Сережа. — Доченькам кошмары снятся, увидят чужих, да еще и мужчин, испугаются.

И «доченьки». Очень любимые, дорогие, непонятно откуда взявшиеся, но сын их принимает именно дочерьми, поэтому проблемы будут. Я понимаю, что знакомство с детьми транслировать придется, потому что такие эмоции... Для нас дети всегда превыше всего, но вот эмоции Сережи — они выходят за обычные рамки. Что же случилось?

— Ну-ка, рассказывай, — строго, но мягко просит куратор, очень хорошо моего Сережу знающий. И если у него такие интонации... Сюрпризы будут.

— Витязь, бортовой с шестьдесят первого числа на экран, — просит сын, что еще более необычно. Мы не пишем ежедневную жизнь обычно, но у Витязя была эта инструкция, значит, Сережа о ней знает.

Загорается экран, демонстрируя нам путь сына. Управление кораблем вручную, что говорит об очень высоком классе пилота, обнаружение дикой системы, изучение, перехват информации и — приговоренные, гибнущие дети. Положа руку на сердце — я бы не смогла остаться в стороне. Да никто не смог бы, ведь мы разумные! Сын, кстати, правильно поступил: не посылал боты, а работал всем кораблем, который, кстати, пытались повредить дикие.

Дети, совершенные малышки, жмущиеся к своей «маме». Совсем юная же девчонка! Но она мама — это заметно, и сын ее воспринимает именно так. Вопросы малышей, ответы Сережи, радость в глазах малышек и — принятие, да не просто принятие, а... Интересно, сын понимает, что произошло?

— Они его не просто приняли, — сообщаю я мужчинам. — Это импринтинг, ребята. Так что у нас с Витей двадцать внучек, и это не обсуждается.

— Мама, у меня девочка еще одна в гибернации, — сообщает мне сын. — Ее в госпиталь надо, потому что руки-ноги отращивать, но если она осознает их потерю...

— Не объясняй, — останавливаю я его, и так все понимая. — Иди лучше отдохни, завтра сложный день.

— На корабле все еще лучезар, — замечает Александр Саввич, когда Сережа уходит, натыкаясь на стены. — Временной разрыв большой получается...

— Значит, смещались не только в пространстве, но и во времени, — понимаю я невысказанное. — То есть первичные инструкции неприменимы.

— Да, — кивает Витя. — Завтра будем поздравлять дочку, и...

Александр Сталеваров

— Трансляцию, — завершаю я фразу отца Сергея.

Нужна трансляция, причем сначала нужно показать именно историю детей, дать возможность высказаться экспертам флота и транслировать праздник. Человечество должно знать, потому что дети уже неразделимы ни со своей «мамой», ни с «папой». Запечатление — это очень редкое явление в нашу эпоху, почти не встречающееся, и, чтобы малышкам случайно не повредили, трансляция нужна. Подумать только: два десятка маленьких, потерянных детей, вцепившихся в курсанта флота, потому что его отношение к ним сродни чуду. А как он их обучает! Да... флот, похоже, для Винокурова закончился, он просто не сможет оставить малышек, да и они без него плакать будут.

Этот его полет сам по себе не самым простым

оказался, но аналитики флота выбрали именно его. И, судя по всему, правильно выбрали, потому что я бы, например, не стал наблюдать за однозначно «дикой» системой. Все-таки инструкции время от времени надо пересматривать.

— Витязь, дай мне еще раз историю детей в их рассказах, — прошу я мозг корабля, подключившего все свои ресурсы.

— Командир поступил правильно, — совершенно неожиданно заявляет мне квазиживой разум. — Мы все поддерживаем его решение.

— Да не будет никто ругать твоего командира, — вздыхаю я, готовясь анализировать. — Тут на дикой планете что-то странное.

— Напоминает эксперименты Древности, — сообщает мне Витязь. — Именно выращивание женских особей для последующей продажи. Как раз в те времена встречалось подобное.

— А женские особи были в те времена слабее эмоционально, — киваю я, понимая, о чем мне хочет сказать корабельный разум. — И желавших издеваться над ними было полно.

— Вот фабрику это и напоминает, — произносит Витязь, включая запись.

Я слушаю откровения детей и понимаю правоту квазиживого разума. Действительно, очень похоже именно на фабрику, в которой растят в специфическом ключе женские особи, а мужские при этом не более чем надсмотрщики и персонал. Отвратительная сегрегация, по сути своей, и не очень понятно — почему именно женские особи?

За остаток ночи нам нужно смонтировать вводную информацию, поставить задачу аналитикам флота и, возможно, запустить разведку. Мы можем иметь дело с остатками «ушедших», а судя по известной нам истории, они были очень неприятными существами. И вот тогда — это вызов всему Человечеству. Моральный вызов, потому что вмешаться нам просто придётся. Новости так себе, конечно, но сейчас надо заняться совсем другим.

Витязь передает на буксир запись трансляции, связка кораблей в это время ныряет в субпространство. Нам нужно добраться до обжитых районов, что мы как раз к утру и сделаем, потому как движение в сцепке налагает свои ограничения, например в скорости. Но мы идем сейчас в субпространстве, а я собираю аналитиков, интуитов, врачей, эмпатов — нам нужно отсмотреть материал, сформировать пакет информации и принять решение самим: что делать дальше?

— Папа... — на экране девочка лет пяти на вид смотрит в глаза курсанту. В глазах ее страх предательства и надежда на чудо. — А ты нас не бросишь?

Я оглядываюсь на специалистов и понимаю: надо делать паузу, потому что эмпаты плачут, и это говорит обо всем. Эмоции в голосе ребенка, ее взгляд, ее надежда... И ответ Сергея. Правильный, но демонстрирующий — он действительно папа для этих малышек, этого уже не изменить, да и не надо никому. Но как будто этого мало — девчонка, ставшая их мамой, готова заплатить собой, чтобы получить гарантию того, что их не предадут. Она действует внутри своих представлений, но Сергею я сочувствую совершенно искренне.

— Прекрасная пара получилась, — улыбается Виктор, отец парня. — И детьми обеспечили, и внучками уже...

— Все бы тебе шутить... — хихикает Света, довольно спокойно отнесшаяся к произошедшему.

Вот они — обычные родители, доверяющие своему сыну, гордящиеся им, хотя Светка и всплакнула, услышав имя своей новой младшей дочери. Разумеется, я знаю о смерти ее ребенка, да все знают, потому как крайне редкое событие, но вот сам факт... к тому же дитя наших новых друзей, на которое они не претендуют уже, что тоже странно, но не нам судить...

Медленно наступает утро, о чем сигнализирует мозг Витязя, потому как у них там не только даты смещены, но еще и со временем не все ладно — разница почти четыре часа, что необычно, но решаемо. Нам еще предстоит это исследовать, но вот сейчас буксир выходит из субпространства, сразу же посылая пакет информации, и я знаю: в каждом доме очень скоро прозвучит это полное надежды: «А ты нас не бросишь?»

Нам пора идти на «Витязь», только переодеться надо, ведь мы же посланцы волшебной страны. Значит, и подарки должны быть волшебными. Света, правда, все предусмотрела: у ее дочерей одежды нет, так что она это и решает, а мне нужно подумать, какой же подарок порадует девочку? И тут я понимаю, какой именно, решив воспользоваться служебным положением.

— Регистрация, — сообщаю я разуму буксира. — Ирина Винокурова, восемнадцать лет, жена Сергея Винокурова, курсанта Флота. Дети по спискам Витязя — Винокуровы. Оформить голографической карточкой-подтверждением, с чипом коммуникатора.

— Синхронизировано с главной базой, — откликается через некоторое время Минсинь. — Получено подтверждение.

И вот мы идем в сторону зала отдыха эвакуационного корабля. Сейчас не только мы, но и все Человечество увидит новую семью, необыкновенную, просто небывалую... Я знаю, что перед нами предстанет именно семья, потому что верю в своего курсанта, да и бортовой журнал свидетельствует о том же.

И действительно... С какой гордостью и любовью Сергей рассказывает о каждой малышке! По-моему, всем уже все ясно, но мы разбредаемся по комнате отдыха, чтобы поговорить с детьми, чтобы Человечество услышало и их голоса. Девочки же нас не боятся, потому что мы из волшебной страны, ведь так папа сказал. А папа для них авторитет абсолютный, я вижу это.

— Я умерла, — совсем маленькая, выглядящая на четыре года малышка рассказывает историю, от которой плакать хочется и мне. — Мамочка плакала, но пела песенку и рассказывала сказку, пока я не... А потом пришел папа и спас меня. И мамочку нашу тоже! Вы не заберете его у нас?

— Никто никогда не заберет у вас папу, — глажу я ее по голове, а сам поражаюсь тому, как дети приняли «страшного мужчину».

Я смотрю на них, демонстрируя все, что вижу, Человечеству, ведь мы разумные, все мы. Этим детям нужна помощь, но они просто никого не примут, ведь у них уже есть мама и папа, принявшие этот факт. По необходимости, но тут правильно курсант сказал: папа — это навсегда.

Пространство, 54 метеона 33 года

Сергей Винокуров

Мы идем домой, ну а пока... Убедившись, что любимая и дети сладко спят, я отправляюсь разговаривать с родителями, хоть и за полночь уже. Куратор ушел на буксир, а вот мама и папа остались на «Витязе». У них своя каюта, и выходить они обещают осторожно, чтобы не напугать малышек, спящих не очень хорошо, но уже получше, хотя докторов они к себе пока еще не подпустят, и как будет завтра, я вообще не знаю.

— Добрый вечер, — здороваюсь я, войдя в каюту родителей. — Или ночер?

— Ночь, да, — кивает мама, улыбаясь мне. — Так

что общаемся быстро, и ты убегаешь спать, а то смотреть на тебя жалко.

— Жалко у пчелки, — отвечаю я древней мудростью. — Меня беспокоит один вопрос: малышек надо в госпиталь. Вика говорит, состояние на «синдром отмены» похоже, а я ни разу не врач. А как к ним там?

— Не волнуйся, сын, — вздыхает папа, усаживая меня в кресло и обнимая за плечи. — Трансляцию вашего праздника видело все Человечество. Люди знают о наших внучках и через что они прошли тоже, так что это не проблема.

— Я подозревал, — улыбаюсь я, потому что трансляция — это логично. — Тем более что планета очень странная, как будто... хм... ну не может такое общество просто так существовать, рано или поздно взбунтуется.

— Умный у нас сын, — сообщает папа заулыбавшейся маме. — Аналитики уже колдуют, но мы не знаем ни где находится система, ни... хм... когда она находится, потому что есть предположение смещения во времени — об этом, кстати, говорит разница дат на корабле с внешним миром.

— Тогда хорошо, — успокоено киваю я, — тогда я спать...

— Иди, сынок, — улыбается мама, обняв меня на прощание.

Я направляюсь обратно в нашу общую спальню,

думая о том, что с утра у нас немало дел, а завтра прибытие, надо будет малышек к нему подготовить, да и к людям приучать медленно. Доченьки мои привыкли к тому, что взрослый хочет сделать плохо, а мужчина к тому же и страшный, и за неделю эту привычку не переломить. А ведь еще госпиталь нужен... И как та, покалеченная девочка, воспримет реальность? Тоже вопрос...

Опускаюсь на кровать рядом с Иришкой. Беспокойно спавшая доселе девушка сразу же успокаивается, обнимая меня поперек корпуса, отчего я чувствую себя плюшевым мишкой. Я глажу мою хорошую, а она улыбается во сне, и это очень красиво. Я же засыпаю без снов, чтобы проснуться от легкого покалывания будильника. Кажется, мгновение прошло, но часы не врут — семь часов проспал. Дочки мои уже вылезают из кроватей, Иришка смотрит своими волшебными глазами. Начинается новый день.

Малышки запечатлелись, это значит — они никого не примут, да и не захотят без нас с Иришкой. Жестокость по отношению к детям в нашем обществе невозможна, поэтому у меня два десятка детей. И они все мои, самые-самые, потому что я их люблю. Невозможно не любить этих малышек, теряющих свой страх, потому что совсем никто не хочет их унизить, избить или сделать плохо иным способом. Вот и улыбаются они, легко забыв биологических родителей, что само по себе не очень понятно и вызывает совсем другой вопрос. Но я не доктор, поэтому теперь буду просто любить ставших моими детей.

— Папа! Папа проснулся! — радуются малышки, сразу же подбегая к нашей кровати.

Они искренне рады нам, как только и могут быть дети, поэтому родителям пора вставать. Пора-пора, нечего залёживаться. Ну а пока любовь моя поднимается, я обнимаю и расспрашиваю детей о том, что им снилось. Мне кажется, это правильно: расспросить каждую, ведь они должны каждое мгновение чувствовать себя очень важными.

— А я летала во сне над таким очень красивым городом, — с жаром рассказывает Лерочка, живописуя свой сон.

— А я... а я тоже летала! — выкрикивает Танечка.

— А я была маленькой-маленькой, и меня мама кормила, — тихо добавляет Маришка.

— Можно и не во сне покормить, — шутит наша мама, которая Иришка, но осекается — глаза малышек делаются очень удивлёнными.

Я отправляюсь с девочками умываться, а сам раздумываю, как это осуществить технически, ведь им же хочется. Я вижу, как мои маленькие желают узнать, при этом не понимаю — их же должны были кормить в детстве! Задав осторожный вопрос Маришке, замираю от шока: оказывается, их учат есть, как котят, только тем смазывают носик едой, а малышек, получается, просто носом в тарелку макали? Но это совсем ненормально, совершенно просто. Здесь абсолютно точно что-то не так, но вот что?

Не то чтобы мне нужно было обязательно прямо сейчас найти ответ, но я просто понимаю: тут что-то совсем неправильное в том, как с детьми обращались. Да и рассказ Маришки о том, как их распределяли по убежищам, вызывает кое-какие сомнения. Ладно, пусть об этом у аналитиков голова болит, а я сейчас займусь делом.

— Сейчас доченьки станут очень-очень маленькими, — сообщаю я детям после умывания, двигаясь по направлению к кают-компании. — Поэтому мама и папа их поделят пополам и будут кормить. Кто хочет, чтобы покормил папа?

Дочки шушукаются, довольно быстро разбившись на две неравные половины, а я отдаю указание квазиживым расставить мебель так, чтобы нам было комфортно кормить детей — то есть, получается, два стула, а вокруг доченьки, которых сейчас и будут кормить манной кашей. Каша должна быть обязательно манной, но секрет мы туда добавим — цукаты, которые детям очень нравятся.

— Рассаживаемся, — улыбаюсь я им, а сам иду к

синтезатору, программируя именно нужную кашу совсем без комков. Синтезатор же готовит, откуда комки-то возьмутся?

— А как кормить? — интересуется Иришка.

— По кругу, — объясняю я с улыбкой. — Делай, как я!

Малышки уже сидят, Вика повязывает им слюнявчики — маленькие так маленькие — отчего девочки улыбаются еще ярче. Я отдаю одну небольшую кастрюлю Иришке, сам беру себе другую, тщательно перемешав содержимое. Ну что, пора кормить?

— Сорока-ворона кашку варила, — начинаю я. — Деток кормила... Этой дала!

Маша слизывает кашу с ложки, глядя на меня как на чудо, но я не отвлекаюсь, переходя к следующей, тем же занимается и Иришка. Малышки смотрят на нас, широко раскрыв глаза, и едят так, как будто им не пять-шесть, а год в лучшем случае. А я еще добавляю потешки, отчего все уже улыбаются, особенно когда каша и нашей маме достается. Она замирает от неожиданности, а потом смотрит на меня с такой любовью, что хочется просто обнять ее и замереть. Но пока нельзя — детей кормить надо.

Ирина Винокурова

Глядя на эту полупрозрачную карточку, я всхлипываю. Я больше не Птичкина, я теперь ношу ту же фамилию, что и Сережа, потому что нас записали супругами. Несмотря на то, что любимый совсем не старается делать то, что обычно делают супруги, я смотрю на эту карточку, которую, как мне объяснили, используют для настройки коммуникатора, и не могу сдержать слез. Ну почему они такие? Почему?

У меня есть самый лучший Сережа и еще двадцать малышек, для которых я мама, а он папа, и это уже нельзя изменить. Да и не хочу я менять, хоть и не очень легко, конечно, с такой оравой, но выхода все равно нет. Сережа говорит, доченьки не смогут просто без нас и никого, скорей всего, не примут, а мучить их я не буду.

Он очень много знает, даже с завтраком так здорово придумал! Доченьки, никогда подобного не знавшие, теперь еще больше любят папу, ну и маму, конечно. Даже мне было очень приятно от кормления с ложечки, хоть я и не понимаю своих реакций. Мне очень тепло и спокойно с Сережей, совсем не хочется ни о чем думать, но придется, наверное, ведь мне учиться надо...

— А сейчас мы будем учить бабушку и дедушку, как правильно играть, согласны? — интересуется Сережа, когда заканчивает с завтраком.

— Да-а-а-а! — радуются девочки мои. Им уже не страшно, да и лица медленно вошедших в кают-компанию людей знакомы моим хорошим.

Родители Сережи очень быстро приняли малышек и сразу же начинают улыбаться, о чем-то расспрашивать, присаживаются, чтобы детям голову не приходилось задирать, и девочки наши чувствуют эту заботу, даже очень. Ко мне подходит Сережина мама, как-то очень ласково обнимая, почти как он.

— Ну как ты, доченька, справляешься? — ласково спрашивает она меня, отчего я на миг дар речи теряю.

— Д-да... — выдавливаю я из себя, борясь с внезапно поднявшимися из глубин меня слезами. — А почему... — хочу я спросить, но не знаю, как сформулировать.

— Потому что это так и никак иначе, — мягко говорит она мне. — Ты наша доченька, и Машенька доченька, а еще у нас два десятка внучек, и как вы с ними справляетесь — ума не приложу.

— Это все Сережа, — отвечаю я. — Потому что он волшебный папа.

— Ну не только Сережа, — улыбается мне она, а потом переглядывается с мужем и уводит меня куда-то в сторону.

Мне почему-то совсем не страшно, только некомфортно без Сережи. Но я его вижу, замечая, что он поглядывает в мою сторону. Это значит, он сможет меня, если что, спасти. Нет, я совсем не думаю, что здесь мне что-то может угрожать, но привычка остается. Для взрослых мое слово — ничто, так всегда было! Теперь надо привыкать к другому, наверное...

— Расскажи мне, доченька, что тебе нравится, что не нравится, — просит меня она. — Что ты любишь?

— Я Сережу люблю, — отвечаю ей, совсем не поняв сути вопроса.

— Сережу — это понятно, — по-девичьи хихикает она. — А одежду какую любишь?

— Какую дадут... — негромко отвечаю я.

Сережина мама становится серьезной. Сначала она объясняет мне, что ее можно называть... мамой. Я рефлекторно дергаюсь, она видит это, обнимая меня так, что я просто плыву будто бы от ее объятий. А вот затем она рассказывает мне, что не только для Сережи, но и для нее, и для «нашего папы» очень важно, что мне нравится. Какая одежда больше эмоций вызывает, есть ли любимые блюда, какие цвета больше по душе, а я сижу раскрыв рот и не знаю, что сказать.

— Я не знаю, — вздыхаю я наконец, а затем, всхлипнув, начинаю рассказывать о том, какой была моя жизнь... там.

Пусть она после этого не захочет быть моей мамой, но я хочу объяснить этой необыкновенной женщине, что у меня не может быть ни любимой еды, ни одежды, ни цвета. У меня могут быть мечты — о шоколадке, стакане молока, закрытой со всех сторон одежде. Но Сережа их все уже выполнил! И мои, и девочек мечты он уже исполнил, нам просто не о чем мечтать. А мне — только о том, чтобы это никогда не заканчивалось. Чтобы добрый, ласковый, все понимающий Сережа был всегда!

— Я детства почти не помню, — объясняю я женщине, желающей назвать меня дочерью. — Лет до десяти точно, не знаю почему. Иногда картины проскакивают, но...

— Я понимаю, доченька, — гладит она меня по голове, отчего я как-то начинаю верить в то, что не отвернется.

— Всегда было так... — продолжаю я рассказ.

Действительно, мама обычно была злой, потому что я родилась девочкой, разлучив ее с мужем, хотя это странно, теперь-то я понимаю. Ведь «папа» ее силой взял, не спрашивая ни о чем, и ушел, как только наигрался. Но мне всегда попадало, часто ни за что, пока я не научилась за себя драться, чаще всего словами, но могла и кулаками подраться.

Для меня всегда были нормой удары учительниц по голове или по лицу. И их желание унизить, и лезущие под юбку мальчишки, и... Я надевала что было положено, ходила в чем сказано, ела что давали. Хорошо хоть за столом кормили, а не заставляли, как некоторых из малышек, с пола есть. Вот что странно еще: собаку завести мог у нас не каждый, а собачьи миски были в каждом доме, где девочки жили. Ну не может быть ничего любимого у меня, если мечтой было молоко... Где же взять именно то, о чем она спрашивает?

— Ничего, доченька, вас всех в госпитале посмотрят и полечат, — ласково произносит новая... мама? — Все будет хорошо. Витя?

Кого она зовет? Ой... я и не заметила подошедшего к нам папу Сережи. Против воли я вся сжимаюсь, потому что захлестывает привычным страхом. Кажется, он сейчас прикажет раздеться, и...

— Стоп! — спокойно произносит новая мама, и он сразу же слушается ее! Это воспринимается совершенным чудом, просто невозможным, нереальным, как во сне.

— Пугается? — вздыхает папа Сережи. — Ничего, дочка, решится и это рано или поздно.

Он... Он меня успокаивает! Не обижается, не злится, а желает успокоить меня! Это... это непредставимо просто!

— Витя, чего пришел-то? — интересуется у него мама.

— Дети — интуиты, все, — коротко произносит мужчина. — Дар спящий, но это абсолютно точно.

— Если спящая девочка тоже с даром, то сюрприз будет совсем не смешным, — замечает обнимающая меня новая мама. — А дочка?

— Тестировать надо, — вздыхает он.

— Что это значит? — удивленно спрашиваю я.

И тут оказывается, что у людей есть какие-то «дары», — их несколько, и они все очень нужны. Например, один позволяет чувствовать чужие эмоции, другой помогает считывать «поверхностные образы», не знаю, что это. Есть и такой, который может заставить почувствовать правильное решение, даже не понимая его. И вот все наши с Сережей малышки — они такие, просто этот дар у них спит.

Я понимаю, о чем думают новые родители, и мне самой от мыслей, закравшихся в мозг, становится страшно.

Субпространство, 54 метеона 33 года

Сергей Винокуров

Пока малышки спят после обеда, у меня есть возможность поговорить с родителями, ну и Иришка с нами, в моих объятиях. Трудно ей с ходу принять родителей, и все это понимают. Вот только новости, папой принесенные, заставляют задумываться, потому что выглядят они так себе. Именно поэтому мы сидим сейчас на диване, пытаясь осознать сказанное.

— Значит, все девочки со спящим даром, что для возраста норма, — резюмирую я. — При этом к ним относятся хуже, чем к животным... А что будет с интуитом, если из него делать...

— Послушную куклу, боящуюся начальника, —

вздыхает мама. — И считающую его априори правым, потому как так привыкли, — она задумывается.

— В более взрослом возрасте детей фактически ставят на грань выживания, — сообщает папа. — Тут дело не в том, как с ними обращаются, а в том, что вынуждают использовать дар для выживания, то есть...

— То есть, — подхватывает мама, — вырабатывают полностью лет за пять, скрещивают и уничтожают, а детей обратно... Селекция, причем извне, так?

— Так, — кивает он, в задумчивости глядя в стену. — Понимаешь, сын, тот факт, что мы доселе встречались только с носителями разума, вовсе не означает, что не может быть чуждых нам существ.

Я задумываюсь, представляя... Вот есть некая раса, для которой люди не выше животных. Они разводят их на ферме, получая, как там в древности было, не мясо и шерсть, а нужный дар, который эксплуатируют тем или иным способом, а затем отработанный материал просто уничтожают. Могут ли такие существа считаться разумными? Ведь внутри своего общества они вполне, а животные есть животные... Мне становится не по себе.

— Но носители дара же могут закончиться, — медленно произношу я, понимая теперь, почему детей убивали именно так: возникла опасность заражения всей фермы. — Тогда, получается, опасность для Человечества?

— Получается, сынок, — вздыхает папа, при этом лицо у него довольно грустное.

— О чем вы говорите? — тихо интересуется у меня Иришка.

— Мы говорим о том, родная, — прижимаю я ее к себе покрепче, — что происходящее на вашей планете ферму напоминает. Ферму, обеспечивающую кого-то извне носителями специфического дара, возможно не одного. И тогда это объясняет отношение «родителей», которые ни разу не биологические, а предназначены для воспитания в нужном ключе. Кстати, мам, а крайне редкое молоко как-то может повлиять?

— Молоко издревле славилось тем, что выводило вредные вещества... — медленно отвечает мамочка. — Значит, химия еще...

Это не просто проблема, это сигнал тревоги для всех разумных. Потому что подобное отношение говорит о том, что некая цивилизация точно так же может отнестись и к другим, а учитывая подробности — она может быть агрессивной. Агрессивная цивилизация, поддерживающая мучения и издевательства над детьми... Мы не сможем остаться в стороне. Это абсолютный, просто совершенно неоспоримый факт: Человечество просто обязано вмешаться. Одно дело — дикая цивилизация, совершенно другое — подобное. По-моему, такого опыта человечество в принципе не имеет, но, может быть, наши друзья и братья по разуму? В любом случае ситуация сложная.

— А зачем может быть нужно столько интуитов? — интересуюсь я. — Да еще и обязательно девочки...

— В голову только ужасы всякие лезут, — грустно усмехается мама. — Не будем об этом сейчас.

— Это значит, мы действительно животные... — делает неожиданный вывод моя Иришка, но я ее начинаю щекотать, чтобы отвлечь от таких мыслей.

— Не животные вы, — устало объясняет папа. — Здесь не все так просто.

Я понимаю: сейчас будет экскурс в историю. Причем, судя по выражению его лица, — в древнюю, если вообще не в темновековую. Я улыбаюсь, поглаживая заинтересовавшуюся Иришку, не знающую еще, что ее ждет. Человечество в древности разумным было далеко не всегда, как нам об этом говорит школьная история.

— Когда-то очень давно, когда человечество еще не было разумным, — начинает отец. Ну точно, Темные Века, — занималось оно тогда в основном уничтожением себе подобных, вело войны. И вот тогда жило, хорошо хоть недолго, существо по фамилии Розенберг.

Папа немало знает, особенно об истории, хотя служит он вовсе не историком, но знания у него обширные. И вот сейчас он рассказывает нам о том времени, когда одна часть человечества вдруг решила, что лучше другой части, объявив оставшихся животными. Он рассказывает, а Иришка внимательно слушает, и тут в мою голову приходит мысль. Как раз в свете рассказанного, кстати.

— Пап, извини, я тебя прерву, — останавливаю я его, обращаясь к любимой. — Ты не помнишь фамилии парней и в идеале учителей?

— Учителей не помню, — качает она головой. — Не помню, чтобы были мужчины-учителя, хотя, кажется, были, но... Сикорски, Шатц, Винсон и этот... ну помнила же!

Она хмурится, пытаясь восстановить в памяти имена, но я ее просто успокаиваю. Историю Человечества я не так давно сдавал, поэтому понятие «принадлежность к народности» еще помню. Не ожидал, что оно мне понадобится так скоро. Папа с улыбкой смотрит на меня — он понял. Ну конечно он понял, ведь это же папа! Тем не менее дает возможность озвучить мысль именно мне.

— Женщины и мужчины носят имена, характерные для разных народностей, — сообщаю я ему. — То есть, возможно, кто-то из Потерянных решил прибрать к рукам... Но на вопрос, зачем им интуиты, эта версия не отвечает.

— Очень логично, тем не менее, — замечает мама.

— Если предположить, что описанное тобой было вначале, а затем их просто точно так же захватили какие-то «чужие», то вполне даже.

«Чужие» — это древняя страшилка о высокоорганизованной расе, для которой человечество — в лучшем случае мясо. То есть не желающие разговаривать, а как бы наоборот. Поэтому первое Посольство от Первого Контакта так далеко по времени отстоит — страшилок полно было, и Человечество себя пугало с удовольствием, пока не стало по-настоящему разумным. И вот мы встречаемся сейчас с древней страшилкой... так себе новость, но и на этот счет есть инструкция.

— Решать будем на базе, думать там же, — предлагает мама. — А сейчас нам надо малышками заниматься, у них завтра сложный день.

— Надо их к визиту в госпиталь подготовить, — замечаю я. — Значит, сейчас будем в доктора играть.

Иришка моя о чем-то напряженно думает, но хоть животным себя больше не называет и то хлеб. Действительно, надо двигаться к дочерям, а то родителей не увидят — плакать будут. А «плакать» нам совсем не надо.

Ирина Винокурова

Я наблюдаю веселую игру в волшебную больницу, а сама размышляю о том, что рассказал... папа. Само по себе это необычно: родители моего Сережи как-то мгновенно назвали меня дочерью, и не просто назвали! Они заботятся, объясняют, рассказывают, прямо как в сказках!

Никто из малышек, да и я сама, не может точно вспомнить, что с нами было до трех лет. Просто никаких воспоминаний нет, это я понимаю только сейчас. Мама говорит, что дети обычно помнят себя лет с двух, а вот чтобы совсем пусто было — это необычно. Ну и еще рассказ папы о высших и низших расах — ведь это именно то, что у нас происходило. Мы с девочками действительно низшими по сравнению с мужчинами были...

— А теперь мы посмотрим на то, как устроена волшебная больница! — слышу я голос... мужа, получается. — Смотрим на экран!

— Ура! — радуются малышки, думающие, что теперь сказка будет всегда.

Правда, они считают, что она будет, пока есть мама и папа, то есть мы, но и это уже очень хорошо. Странно даже, как быстро они нам доверились. Если со мной еще понятно хоть как-то, то с Сережей — совсем неясно. Надо будет с Танечкой поговорить, есть у меня ощущение, что малышки просто почувствовали, а это значит... Я не знаю, что это значит.

Пока я раздумываю, экран показывает действительно сказку. Мы будто движемся по светлым коридорам, и встреченные взрослые улыбаются нам, здороваясь, предлагая помощь. Могла ли я еще месяц назад представить себе взрослого, который помощь предлагает? Вот просто подходит не для того, чтобы ударить или к стене прижать, а хочет проводить до класса, чтобы никто не обидел. Не представляется...

Тяжело вздохнув, я задумываюсь о том, что нас ждет завтра. Мама говорит, что корабль прямо в системе госпиталя из субпространства выйдет, Вику передадут в госпиталь, а нас поведут обследовать. Вопрос в том, как конкретно, но Сережа не зря играет именно так — он проходит весь путь с малышками, чтобы они завтра не испугались. Это очень мудро на самом деле, именно таким образом подойти к проблеме, я бы не догадалась, но это же Сережа, он лучше знает, как правильно.

— Папа! Папа! А мы сможем побывать в такой больнице? — это Лерочка не выдержала.

— В такой больнице? — переспрашивает Сережа, сделав вид, что задумался. — А почему бы и нет? Вот прямо завтра и побываем! Хотите?

— Да-а-а-а-а! — раздается очень громкий крик двух десятков девочек, радостно скачущих при этом. — Хотим-хотим-хотим!

— Тогда завтра обязательно, — улыбается их папа, только что решивший задачу посещения госпиталя.

— Сынок талант в землю закопал, — хихикает мама. — Ему не во Флот надо было... Хотя...

— Да, любимая, — кивает папа. — Малышки его не отпустят, так что Флот у Сережи пока перетопчется. А вот контакт он нашел моментально просто, учитывая, что девочкам очень страшны мужчины, так что надо рекомендовать...

— Просто это же Сережа, — пытаюсь я объяснить им, на что меня обнимают.

Такое необыкновенное чувство возникает, когда меня обнимает мама или папа. Особенно почему-то папа — он это очень мягко, ласково делает, совсем не стараясь под юбку залезть или что-то нехорошее со мной сотворить. Наверное, поэтому он воспринимается волшебным просто.

— А если нас так воспитывают, а потом отдают кому-то, кто... — я осекаюсь на мгновение, потому что мысль очень страшная получается, — кто, как вы, обращается, тогда же мы все-все сделаем...

Я всхлипываю, потому что это вполне реально — отдать в восемнадцать... За такую ласку и доброту я точно что угодно сделаю! И если это вдруг так, то это очень жестоко, просто страшно, потому что выходит тогда, что мы даже не животные — мы товар. Как сгущенка!

— Одно другого не исключает, — вздыхает мама, гладя меня по голове. — Вот у тебя дар просыпается, похоже... Так что будет у тебя учеба, доченька.

— Если не будет больно, я на все согласна, — абсолютно искренне говорю я ей.

— Да, — вздыхает папа. — Мы просто не сможем остаться в стороне, надо разбираться.

— Надо, — соглашается с ним она. — Не бойся, доченька, больно больше никогда не будет.

И я ей верю, я чувствую — она правду говорит. И Сережа правду говорит, а еще любит меня, прямо как в сказке. И малышек наших... Мы действительно в сказке, и теперь все точно хорошо будет. Люди разберутся, что это такое происходит и чего теперь ждать, а мы... Мы просто будем счастливы, потому что это правильно.

— Доченьки! — отвлекает Сережа детей от игры. — Айда ужинать!

— А что у нас на ужин? — сразу же интересуется Машенька.

— Ну что может быть на ужин у таких хороших

девочек? — отвечает вопросом на вопрос мой... муж. — Конечно же... За-пе-кан-ка!

— Ой, а что это такое? — сильно удивляется Лерочка.

— А вот сейчас увидим и ка-а-ак попробуем! — предлагает он им, отчего доченьки наши счастливо прыгают.

Мне и самой очень интересно, поэтому я присоединяюсь к малышкам. Ну и что, что мне восемнадцать, я что, уже и попрыгать не могу? А доченьки, увидев, что я с ними прыгаю, прямо так и скачут в кают-компанию. На душе у меня очень тепло и спокойно, так что хочется дурачиться, и я, разумеется, не отказываю себе в этом. Сережа тоже развлекается вместе с нами, но при этом следит за всеми доченьками.

— Что такое, Аленушка? — он подскакивает к усевшейся на пол малышке, легко беря ее на руки.

— Ножка... — тихо отвечает она ему, явно собираясь заплакать.

— Подвернулась ножка, — очень ласково произносит Сережа. — А вот мы ее полечим... Вика, фиксирующую повязку.

— Может, заживитель? — интересуется мама.

— Вот завтра в волшебной больнице сказочные доктора палочкой махнут и узнают, почему у нашей

Аленушки ножки подворачиваются, — мягко-мягко произносит он, не отвечая своей маме. — Потому что повреждения и болезни нам вылечили, но мало ли что. А сегодня папа ножку зафиксирует, и не будет больно, да?

— Да-а-а-а! — малышка уже передумала плакать, я вижу это, улыбаясь вместе с ней.

— Здесь же не госпиталь, любимая, — вздыхает папа. Как-то часто он сегодня вздыхает. — Сын прав, лучше не экспериментировать.

Спустя буквально пять минут Аленка уже улыбается, совсем забыв о том, что болела нога. Она сидит у папы на руках, рядом с ней остальные девочки. Они сейчас рассматривают странное блюдо у нас в тарелках. Оно на брусок похоже, нежно-желтое и полито чем-то коричневым. Я осторожно отколупываю кусочек, кладу его в рот и, едва распробовав, тут же замираю от удовольствия. Просто чудо какое-то.

Минсяо, 55 метеона 33 года

Маша Винокурова

Я просыпаюсь после недолгого сна. В последнее время я сплю недолго, потому что мысли одолевают, не дающие мне полностью стать маленькой. С того самого момента, когда меня взял на руки папа Витя, я никак не могу определиться со своими ощущениями. Он теплый, надежный, но... Меня тянет к Сереже, и я ничего не могу с этим поделать. Я уже пыталась относиться к нему, как к брату, но просто не могу. Маленькая девочка во мне очень хочет на ручки к Сереже, ну и не только... нужно посоветоваться!

Я медленно встаю, чтобы никого не разбудить, ведь сегодня тяжелый день, я это очень хорошо знаю:

малышкам предстоит встречаться пусть с самыми волшебными, но взрослыми мужчинами, поэтому могут быть неприятности. Но я... Вздохнув, натягиваю на себя комбинезон, отправляясь туда, где живут взрослые.

Помню, как была обнаружена планета, откуда малышек спасли. Автоматический модуль обследовал планету, указал уровень развития и... и все. Общество той цивилизации, к которой я доселе принадлежала, очень сильно формализовано, поэтому вмешиваться никто и не подумал, а вот люди... Они совсем другие. Я ближе к людям, чем к уже бывшим своим. Меня исторгла собственная семья за то, что я не похожа на других. Это особенность нашей расы — неприятие даже потомства, если оно «странное». А я очень странная — шалить хочу, радоваться, есть не то, не тогда и не столько, сколько нужно. Мне среди них тесно и душно было. Дети-то превыше всего, только каждая цивилизация этот тезис по-своему понимает... Хочу быть маленькой! И не могу...

Это я виновата в том, что «Витязь» оказался у той планеты, но я просто не могла иначе, проверяя Сережу. И он не обманул моих ожиданий, показав свое огромное сердце. И если раньше меня тянуло к нему с непреодолимой силой, то теперь тем более. И Ира... Он настоящая мама, хоть и непонятно, откуда что взялось. Ее же мучили, держали в холоде... Неужели это расовая особенность?

Я подхожу к двери, ощутив неуверенность, но ведь уже все решено! И, потянувшись к сенсору на двери, выполняющему функцию извещателя о визите, усилием воли заставляю руку не дрожать. Я обязательно со всем справлюсь, потому что так правильно, и нечего задумываться. Взрослые помогут, иначе и быть не может.

Дверь моментально, будто ожидая моего жеста, уходит в стену, и я оказываюсь на руках папы Вити. Снова оцениваю свои ощущения, осознавая правоту внутренней маленькой девочки. Он держит иначе, и обращается по-другому. Папа Витя все такой же надежный, но это не то... Не так должно это ощущаться!

— Ты была права, — хмыкает он, улыбнувшись.

— Я всегда права, — отвечает ему мама Света. — Сейчас малышка наберется храбрости и расскажет нам, что ее привело сюда в такую рань.

— А вы не обидитесь? — жалобно спрашиваю я их, потому что, если обидятся, тогда я убегу. Мне страшно просто от того, как могут воспринять мои слова.

— Мы не обидимся, Машенька, — очень мягко говорит мне мама Света. — Не бойся, ничего страшного не происходит.

— Я хочу Сережу папой... — тихо произношу я и зажмуриваюсь.

— Что я тебе и говорила, — ее улыбка слышна в голосе. — Понимаешь, Машенька, дети разные, а ты постоянно находишься среди тех, для кого наш сын — истина в последней инстанции, вот и легче тебе принять именно его.

Я застываю просто, потому что получается — они понимают меня? Не обижаются, не ругаются, а понимают, что со мной происходит? Это так необычно, что просто неописуемо, поэтому я пытаюсь что-то сказать, но в результате только плачу. Мама Света гладит меня по голове, уговаривая не плакать, ведь ничего плохого не происходит.

— Витязь, позови к нам Сережу с Иришей, — таким же ласковым тоном просит мама.

— Выполняю, — коротко отвечает разум корабля, а я ощущаю сочувствие в его голосе.

— Сейчас придут молодожены, — объясняет мне папа Витя, — и мы вместе подумаем, как нам быть. Согласна?

— Да... — шепотом отвечаю ему я. — А он не рассердится? Может быть, он не хочет... Ведь... Ведь... Ведь...

— Тише, тише, — гладит меня папа Витя. — Не надо себя накручивать раньше времени, хорошо?

Я только всхлипываю, ощущая себя такой потерянной. Я будто и не на руках близких людей, а совсем одна в бесконечном космосе, и мне кажется, они понимают это. Мне очень плакать хочется, ведь родители Сергея такие хорошие, добрые люди, а я неблагодарная просто. Может быть, лучше было бы, если бы я не начинала все это? Ну...

В этот момент дверь открывается, и входят те, к кому тянется, кажется, все мое существо. Ира ловит взгляд моих заплаканных глаз и как-то очень мягко отбирает меня у папы Вити. Я же, очутившись в ее руках, понимаю, что согласна теперь на что угодно, лишь бы так и оставаться, а мама гладит меня, вытирает слезы, тихо успокаивает.

— Машенька, что случилось? — с тревогой спрашивает па... Сережа. — Грустно? Плохо? Болит что-нибудь?

— Да, убедительно, — улыбается папа Витя. — И успокоилась сразу.

— Садись, Сережа, и ты, дочка, садись, — приглашает их мама Света. — Разговор у нас непростой, хотя и ребенок, и вы уже, похоже, все поняли.

Я прижимаюсь к маме, ощущая Иру именно мамой и чувствуя, что не в состоянии ничего объяснить. В ее руках я становлюсь действительно маленькой, все тревоги, мысли, даже слезы уходят куда-то, и мне хочется быть... Остаться именно так. И ничего не решать, ни за что не отвечать...

— Машенька к нам тянется, — негромко произносит мама. — Судя по всему, как я к Сереже, да?

— Да, доченька, — кивает папа Витя. — Маша точно так же запечатлелась, как и младшие, что означает — ей было некомфортно в предыдущей жизни, но это мы еще выясним. Вы-то не возражаете?

— Ребенок же, папа, — гладит меня Сережа. — Да и притянулась она уже, так что не вышло у нас братом и сестрой побыть, будет доченькой.

Я всхлипываю от его интонаций и вдруг понимаю, что у меня уходит память прошлого, да и мысли я больше не читаю, потому что маленькая еще. Я прячу лицо на груди мамы, чтобы ни о чем не думать. А она объясняет уже бабушке, почему так отреагировала. Оказывается, папа и мама давно заметили, что я, как малышки, — к ним тянусь, а не к бабушке с дедушкой, и решили меня не тормошить. Ну, чтобы я сама решила.

— Так бывает, малышка, — улыбается мне бабушка. — Буду тебе бабушкой, согласна?

— Да-а-а-а! — радостно киваю я.

Мне становится так легко-легко, мысли все убегают, и сейчас я только есть хочу. Интересно, а что мне будет за то... ну за то, что я папу и маму, получается, сменила?

Сергей Винокуров

Нельзя сказать, что это не было заметно раньше, поэтому выбор ребенка меня не удивляет. Да и Иришка отлично все видит, вон как дочка у нее в руках притихла, думает о чем-то. Впрочем, я понимаю, о чем она думает — с малышками она наобщалась, конечно, поэтому и поглядывает с трудно скрываемой опаской.

— Маша, — обращаюсь я к ребенку, — дети превыше всего. Это не просто слова, это суть. Ты имеешь право на свое мнение, свой выбор и свою долю ответственности за принятые решения, понимаешь?

— И ты совсем не сердишься? — удивляется она так явственно, что Иришка хихикает.

— Нет, доченька, — качаю я головой, пропуская девочек вперед в открывшуюся дверь. — Это твое ощущение, ты его никак не контролируешь, так что не на что сердиться.

— Вы самые лучшие родители... — шепотом произносит становящаяся малышкой Машенька.

— Вот! Наконец-то! — слышу я громкий голос.

Подняв голову, замечаю Танечку, смотрящую на Машу так, как будто все заранее знала. Малышки тоже не слепые, так что все предсказуемо, даже вот такая реакция. Иришка спускает Машеньку на пол, на дочку сразу же налетает Танюша, принявшись обнимать.

— Вот! Я тебе говорила! Они же волшебные! — сообщает малышка, и я понимаю: имеет место заговор.

Судя по всему, Машенька со своими тревогами пошла уже к сестрам, и они ей насоветовали всякого, включая опасность расплаты, с нашей точки зрения совершенно невозможной, но у детей старые привычки еще долго вылезать будут. Тут только время решит, поэтому мы акцентировать на этом внимание не будем, а потопаем все вместе умываться и завтракать.

— Командир, — слышу я голос Витязя, — мы прибыли в систему, рекомендовано обследование до завтрака.

— Вот как... — задумываюсь я. — Хорошо, принимай переходную галерею, а я подумаю, что сделать можно.

— Госпиталь командиру «Витязя», — вступает другой голос. — Мы ждем вас.

— Витязь, блок информации госпиталю скинь, — прошу я, потому что с доченьками непросто, а их могут и напугать, что совсем плохо будет.

Малышки уже привычно умываются, я тихо объясняю Иришке, что сейчас будет. Родители присоединятся к нам у переходной галереи, чтобы где надо, продавить авторитетом. Что у папы, что у мамы авторитета, как звезд в центре Галактики, да и поддержка нам точно пригодится.

— А сейчас мы с вами знаете, что сделаем? — интересуюсь я у малышек.

— Что? Ну скажи! — раздается хор голосов в ответ.

— Мы в волшебную больницу пойдем! — сообщаю я им. — Вот прямо-прямо сейчас! А там нас, может быть, даже покормят... Ведь мы хорошие?

— Да-а-а-а! — прыгают мои дорогие, а я краем уха слушаю переговоры.

— Приготовиться к эвакуации пострадавшего ребенка... — доносит до меня маленький динамик, вшитый в воротник комбинезона. — Принять все меры для обеспечения... — я успокоено выдыхаю, шепнув в микрофон: — Мы выходим.

— Тогда пошли! Погуляем, на волшебников посмотрим и сразу же завтракать! — прыгаю я вместе с детьми.

Вот так, прыгая, мы движемся по коридору в направлении тамбура второй переходной галереи. Надеюсь, доктора просмотрели блок информации и пугать малышек не будут. Тут ведь дело в том, что маленькие совсем не привычны к тому, что у нас норма для любого ребенка. Ну а пока мы весело прыгаем в сторону тамбура, я уже и родителей вижу. Машенька прижимается ко мне, прыгая совершенно синхронно.

— Здоровские лягушата получились! — хвалю я доченек. — А теперь мы поиграем в царевен. Будем медленно ходить, чтобы все-все могли рассмотреть таких хороших девочек!

— Да! — соглашаются со мной дети, а мне кажется, что дверь переходного тамбура открывается просто от силы звука. Громкие они, как детям и положено.

А встречает нас прямо Дед Мороз! В красном, с посохом, с бородой, только мешка с подарками нет. До Нового Года еще очень далеко, но малышки начинают визжать так, что я сначала за них пугаюсь, только потом поняв: это от радости. Фильмы про Новый Год мы же им показали с Витязем, вот они дедушку и распознали.

— Здравствуйте, дети! — здоровается дед Мороз. — Добро пожаловать в мое царство!

Это что, главврач в костюм переоделся? Глазам своим не верю! Мы привычны к тезису о том, что детям врать нельзя, даже в мелочах. Можно умолчать, можно приукрасить, а Дед Мороз назвал госпиталь своим царством, что значит — он тут хозяин. И вот он идет вперед, а мы все за ним. Выходят в общую галерею врачи в зеленых костюмах, улыбаются девочкам, и я понимаю — все будет хорошо.

Обследование проводится совсем незаметно для малышек, только я замечаю очень сложную аппаратуру дистанционного сканирования. Ну еще с дочками играют, отчего они не отказываются и на кушетке полежать, и в воздушной камере без комбинезона попрыгать. Радостно им, никто не плачет, а вот лица докторов не сказать, что сильно веселые — у тех, кого дети не видят. Значит, не все так просто у них. Ну да, не госпиталь у нас на эвакуаторе, не госпиталь, да и я не врач...

Наконец подуставшие доченьки отправляются обратно на «Витязь». Завтрак их уже ждет, а малышки мои веселые, делятся впечатлениями, солнечно улыбаются, что радует нас с Иришкой.

— Вы двое, — на выходе из госпиталя меня останавливает кто-то из специалистов. — Через полчаса ждем на консилиум.

— Есть, понял, — рефлекторно киваю я, продолжая свой путь. Мне еще любимую успокаивать.

Завтрак проносится как во сне, а затем, оставив малышек смотреть экран, мы с Иришкой быстро возвращаемся в госпиталь. Мне очень важно узнать, что именно происходит, что нашли врачи и как это исправить. Мне это настолько важно, что я и не замечаю, как оказываюсь вместе с любимой в зале совещаний. Теперь мне предстоит все узнать, и я не могу сдержать нетерпения.

— Садитесь, — кивает нам снявший маскарад главврач. — Новости у нас разные, но большую часть проблем вы решили самостоятельно.

— Спасибо, — тихо отвечает Иришка, я ее обнимаю, поэтому она спокойна. Ну, сравнительно.

— Итак, о детях... — незаметно для меня появившиеся врачи рассаживаются, на стенах загораются экраны. — Хорошо, что вы старшую девочку просто погрузили в сон, не став лечить, именно ее состояние ответило нам на многие вопросы.

— Синдром отмены вы предположили правильно, — вступает другой врач. — Химии в ней бултыхается много, отчего детям нужно будет много витаминов, много движения и обследование через полгода.

Нам принимаются рассказывать о каждой нашей доченьке, и я понимаю: что-то тут не так. Видимо, самое интересное доктора решили приберечь на конец разговора, потому что у всех наших детей организм сильно ослаблен и автоматика эвакуатора с этим, разумеется, не справилась.

— Как все вы знаете, кроме, может быть, молодежи, — обращает на себя внимание врач с эмблемой разведки, — незадолго до посольства Альдебарана, в Третью эпоху, был потерян экскурсионный звездолет, направлявшийся к Гармонии. Корабль, полный детей, не вышел из субпространства.

— Мы помним, в процессе поисков и было установлено посольство, — кивает главный врач госпиталя. — И что?

— Малышки — потомки тех детей, — сообщает врач из Дальней Разведки. — Это совершенно точно.

Вот так удар! Но вместе с тем, именно эта информация и позволяет нам вмешаться, да и объясняет, откуда столько одаренных. Дар по наследству передается, а раз малышки потомки... Но что-то не сходится.

— Откуда тогда их набралось на целую школу? — интересуюсь я.

— Ответ обязательно найдется, — вздыхает главный. — Пока что — витамины, много отдыха, а со школой разберемся чуть позже.

Девочки-интуиты могли подсознательно почувствовать во мне... Да, теперь многое объясняется.

Гармония, 55 метеона 33 года

Чжан Варфоломеев

Я вслушиваюсь и вглядываюсь в запись разговора с девочкой Машей, переданную мне родителями ребенка. Мне очень не нравится то, что я слышу, да и капитан первого ранга Сиверин, начальник Контактной группы, тоже сильно недоволен — вон как побледнел. Общество, способное «исторгнуть» ребенка, явно не отвечает нашим критериям разумности.

— Но, товарищ кавторанг! — пытается возразить Сиверин. — Это совсем не соответствует тому, что мы видели!

Действительно, наши новые друзья не начинали разговор до возвращения ребенка, вполне очевидно беспокоясь о ней. Значит, что-то у нас не совпадает. Дети, конечно, могут и фантазировать, но тут цена ошибки слишком большая, поэтому нужно расспрашивать предметно.

— Как гости себя проявляют? — интересуюсь я.

— Охотно идут на контакт, скоро начнем обмен технологиями, — кивает мой собеседник.

Несмотря на то, что Сиверин выше по званию, здесь я его начальник, как заместитель командующего. Вот такая у нас петрушка получается. Я обдумываю ситуацию, понимая — проще всего будет просто показать запись и спросить. Причем лучше всего в зоне контакта, на случай агрессии. Если они неразумные, то агрессия возможна.

— Запрашивай наших новых друзей на визит, — вздыхаю я, потому что ответственность просто Галактическая и цена ошибки огромна.

— Сделаю, — кивает он, поинтересовавшись затем: — А куда это «Марс» намылился? Да еще и с «Панакеей»?

— По следам детей, — отвечаю я ему. — Они оказались потомками потеряшек с экскурсионного, поэтому мы имеем полное право.

— Вот как... — ошарашенно произносит Сиверин, но затем, покачав головой, покидает кабинет.

Я внимательно смотрю в иллюминатор на то, как

отходят корабли — боевой и госпиталь. Мы не воюем уже очень много лет, но боевые корабли у нас тем не менее есть, именно для таких случаев. Ну и кроме того, это традиция Человечества — держать про запас большую и толстую дубину. Вот они и двинутся в направлении, указанном Машей. Насколько я понимаю, планета девочек находится в пределах туманности, оттого прямой переход и невозможен, а лейтенант этот, мальчишка совсем, вел корабль вручную сквозь очень странный субпереход. Записи сейчас изучаются как раз.

— Товарищ кавторанг, гости согласились на встречу, прошу прибыть в конференц-зал, — сообщает мне интерком.

— Иду, — коротко сообщаю я, выходя из кабинета.

Энергетическая форма жизни может принимать вид живых людей из плоти и крови, но вот стены и поля им не преграда, поэтому, видимо, они легко материализовались в нашем конференц-зале. В таком случае можно только надеяться на то, что «наши новые друзья» не проявят агрессии. Но интуиты никакого знака мне не подали, значит, опасности нет. У нас очень хорошие аналитики, если существовала бы опасность, меня известили бы. Значит, все будет хорошо.

Я вхожу в конференц-зал, так называемый «малый», так как в нем стоит круглый стол на десять разумных, по стенам экраны, демонстрирующие виды Пространства и Гармонии, а больше ничего и нет. За столом я вижу наших офицеров Контактной группы, интуита и эмпата, что понятно по знакам на форме. Кроме наших, за столом обнаруживаются двое гостей вполне человеческого вида. Одеты они в широкие серебристо-белые накидки, лица их спокойны, волосы отсутствуют. Скорее всего, это что-то значит, но мы сейчас по другому поводу собрались.

— Здравствуйте, — здороваюсь я с «новыми друзьями». — Благодарю вас за согласие вступить в общение.

— Здравствуйте, — мелодичным голосом отвечает один из гостей. — Нам было ведомо, что этот разговор состоится. Мы рады, что не ошиблись в вас.

— Тогда посмотрите эту запись, — я командую мозгу станции вывести на экраны Машеньку. Точнее, запись ее рассказа.

— ...И тогда моя семья меня исторгла... — слышится с экрана, на котором ребенок с абсолютно искренними глазами прижимается к своей уже навсегда маме.

Я наблюдаю за «новыми друзьями». Они выглядят очень печальными, а один из них чуть не плачет. По крайней мере, такое ощущение у меня возникает. Услышав характерный звук, я оглядываюсь на всхлипнувшую девушку с даром эмпатии. Как-то так получилось, что эмпаты — исключительно женщины. Только им доступен этот дар, у мужчин не развивающийся.

— Принявшая имя Маша не дитя нашего народа, — произносит сидящий слева гость. — Эмбрион был обнаружен патрульными внутри погибшей самки. Мы попытались ее воспитать, но, возможно... — он осекается.

Да, продолжение не требуется. Несмотря на то, что форма ребенка была приведена к стандартам расы, Машенька вполне могла себя чувствовать чуждой, подсознательно отторгая заботу. Но почему она говорит о фактически изгнании?

— Дети сами формируют вокруг себя микромир — наиболее комфортные условия, — продолжает свои объяснения «новый друг». — Мы корректируем и вводим элементы обучения, но все свое детство ребенок находится в самой подходящей для себя обстановке, а Маша...

— Вы хотите сказать, она сама себе такое придумала? — поражаюсь я. — И ваш мир посчитал эти условия комфортными?

— Именно так, — у сидящего слева более мелодичный голос. — Девочка тянулась именно к такому окружению, кроме того, ей было не по себе, так как никого из нас она не принимала.

— Зато мгновенно приняла потомка потеряшек... — медленно произносит Сиверин, а я киваю.

Теперь понятно, что именно произошло. Цивилизация «подобрала котенка», но правильно обращаться с малышкой не умела, а у той генетическая память диктовала подсознательные реакции, создавая сущий кошмар вокруг нее. При этом Машенька ощущала чуждость новой цивилизации, очень желая к маме. А мамы в ее подсознательном понимании как раз не было. Хотя наши «новые друзья» и беспокоятся о ребенке, но осознают, что ей так лучше.

— Девочка не приняла свой статус сестры, пожелав стать дочкой лейтенанту и его девочке, спасенной с той самой планеты, — рассказываю я нашим друзьям. — Вцепилась в новую маму намертво и вполне счастлива, насколько мы можем судить.

— То есть почувствовала родство? — интересуется каперанг.

— То есть почувствовала родство, — соглашаюсь я с ним.

Надо связаться с госпиталем, проверить эту мысль, предупредить отправившихся в поиск. Много дел предстоит, много, но одно меня радует — мы не ошиблись в «новых друзьях», и это очень, очень хорошо. Машеньку немного жаль, но сейчас она уже счастлива, значит, все произошедшее правильно.

Валерий Феоктистов, «Марс»

Новости, конечно, не самые веселые. Обнаружение потомков наших потеряшек всколыхнуло всю Главную Базу, поэтому на «Марсе» решил отправиться именно я. Прихватив с собой и госпитальный корабль, я отправляюсь именно в сторону установленной туманности. Тут недалеко, если знать, куда лететь, а мы теперь знаем. Смещение времени на «Витязе», правда, при этом совсем не объясняется, но это пусть ученые объясняют, мне же важно найти потеряшек, их детей и разобраться, что конкретно произошло.

— Сообщение от Варфоломеева, — информирует меня офицер связи, стоит нам только выйти из субпространства. — Девочка Маша из потомков потеряшек. Была обнаружена в Пространстве нашими новыми друзьями, в виде эмбриона внутри мертвой женщины.

— Что-то подобное я подозревал, — вздыхаю я, кивком благодаря его. — Не зря она к Винокуровым так прикипела.

— Не зря, — соглашается со мной старший помощник. — Входим в туманность? — интересуется он.

— Как будто выбор есть, — хмыкаю я. — Работайте.

Связка медленно входит в коридор. У нас, конечно, нет того механизма перехода, который может продемонстрировать дитя новых друзей просто усилием воли, но и свои хитрости имеются. Тем более что «Витязь» мог передвигаться в субпространстве от планеты детей до тех двух странных, ударивших ядерным по идущему на сигнал бедствия кораблю. Возможно, они как-то связаны?

— Навигатор! — обращаюсь я к старшему смены навигации. — Давай на вторую точку сначала.

— Понял, — отвечает он, что-то перещелкивая на своем пульте.

Интуит я довольно слабый, но вот кажется мне, что эти две системы как-то связаны. На борту у нас около сотни квазиживых, специально предназначенных для разведки и отражения агрессии. Люди-то уже давно разучились стрелять в людей, а вот квазиживые — это совсем другая история, и хотя мы не любим их использовать в таком качестве, но другого варианта просто нет.

— Два часа, — удивленно озвучивает свой прогноз навигатор. — Здесь есть стационарный проход. Старый очень, но есть.

Стационарные проходы были изобретением Первой Эпохи, а это значит, что люди здесь довольно часто бывали, раз уж существовала необходимость в проходе. Неужели Отверженные? Не может такого быть... Или может?

Отверженными назвали ту часть человечества, которую интересовало исключительно потребление. Две или три расы объединились, сообщив остальным, что построят счастливое общество самостоятельно. Ну а остальные пожали плечами. Это, конечно, сильно упрощено, но не буду же я школьный курс истории сейчас дословно пересказывать? Так вот, если это Отверженные, то возможны какие угодно сюрпризы. И понятно, почему два часа: субпространственный коридор удерживается автономными системами, не дающими его нарушить, ведь элементы туманности — серьезное препятствие, но вот такие новости...

Мы скользим в переходе, а я все раздумываю о переданной нам информации. Ну, причина унижения девочек, озвученная Ириной Винокуровой, никакой критики не выдерживает, а вот если они наследницы потеряшек, то для знающего историю все вполне объяснимо. Включая даже песни про Великого Вождя — так Отверженные представляли себе образ нашей жизни. Но прошло уже столько лет...

— Как думаешь, могут это быть Отверженные? — негромко спрашиваю я Веру, сидящую совсем рядом.

— Сама об этом думала, — вздыхает глава наших интуитов.

Вере уже за восемьдесят, но по ней ни за что не скажешь, сколько ее помню, всегда лет на сорок выглядела. Она обычно держится рядом со мной, потому что ее мнение для принятия решения очень важно — и как интуита, и как аналитика.

— Учитывая старый канал — ты, кстати, об автоответчике не спросил, а он соответствует, — сообщает мне Вера. — Учитывая, как Отверженные нас ненавидели...

— Да, чуть до конфликта не дошло, — вздыхаю я, потому что проскочило тогда Человечество просто чудом. — Считаешь, может быть агрессия?

— Агрессия будет все равно, — качает она головой. — Но на троечку.

Это уже хорошая новость. Заговорившись, я и не замечаю, как проходят заявленные два часа, поэтому появление звезды с тремя планетами для меня сюрприз. Работая командирским пультом, я приближаю изображение, пытаясь понять, что же мне напоминает это, когда Вера за спиной едва слышно хмыкает.

— Сканирование планет, — командую я. Мы все же не эвакуационный транспорт, у нас возможностей больше.

— С упором на радиоактивность, — добавляет Вера.

Я оглядываюсь, видя в глазах ее понимание. Немного подумав, осознаю и сам: в случае ядерной бомбардировки, причем массированной, такое возможно. Ну, или вулканическая активность, тоже всеобщая... На обеих планетах сразу? Не смешно, природа вот именно так повторяться не любит.

— Подготовить две группы квазиживых, — приказываю я, ознакомившись с результатами сканирования и анализа радиосигналов. — По одной на каждую планету, с учетом возможности агрессии.

— Автоматику, посылающую древний сигнал, глушить? — интересуется у меня оператор, на что я просто киваю. На спутнике планеты живых нет, сигнал бедствия посылает автоматическая станция.

— Группы готовы, — сообщает мне начальник боевой части. — Сброс через час.

Это правильно, мы сейчас подойдем поближе, чтобы прикрыть десант, если что. А «если что» обязательно будет, чует мое сердце, поэтому, оставив за спиной госпитальное судно, «Марс» приближается к планетам, одна из которых даже атмосферы уже лишена. Экипаж сканирует пространство постоянно, поэтому и фиксируют неправильность на спутнике второй планеты.

— Командир! — слышу я восклицание, поворачиваясь в сторону бокового экрана. Да, мы пришли сюда совершенно правильно, потому что экскурсионный корабль не перепутаешь ни с чем.

— Обследовать судно, — коротко приказываю я.

— Вот и нашли, — немного задумчиво говорит

Вера, а потом привлекает внимание начальника боевой части: — Пусть посмотрят спасательные шлюпки.

— Есть, понял, — кивает тот.

Теперь нам предстоит ждать, затем спускать квазиживых на планеты и проводить расследование. А как только все станет понятно, надо будет уже и детей спасать. Хоть и можно разделиться, но древняя мудрость нашего народа говорит о том, что спешить надо медленно. Да и инструкции ровно о том же повествуют, потому не будем нарушать там, где можно не нарушать.

— А корабельный вспомогательный мозг жив! — удивленно сообщает один из офицеров, просто по привычке попытавшийся соединиться. — Значит...

— Значит, возможно, будет и бортжурнал, — киваю я, внутренне ликуя от такого подарка.

Теперь нужно только ждать, пока квазиживые одной группы справятся с задачей, а остальные продолжат выполнять приказ. Что произошло, мне уже очень любопытно, хоть я и предполагаю что...

Гармония, 56 метеона 33 года

Сергей Винокуров

Машенька полностью успокоилась и по поведению уже от сестер не отличается. Так же прыгает, веселится и льнет к нам, что, на мой взгляд, очень даже хорошо. В систему Гармонии мы вошли вчера еще, но ночь провели на корабле, чтобы не было резких переходов, все-таки впечатлений и так немало. Ночь доченьки проводят в импровизированных спальнях — капсулы кроватей разделены голографическими перегородками, чтобы проверить, как малышки воспримут свою собственную территорию, ну а мама с папой в это время занимаются домом.

Спят девочки буквально без задних ног, а проснувшись утром, совсем не пугаются, даже наоборот — улыбаются, спокойно одеваясь, что показывает: им так комфортно. Одно только непонятно: по идее, у них на родной планете были собственные комнаты, почему такое удивление? Лерочка вчера, укладываясь спать, даже заплакала, я так и не понял, отчего.

— Понимаешь, Сережа, — вздыхает в ответ на мой вопрос Иришка. — Если и была своя комната, то очень маленькая, а чаще всего — или коридор, или кладовка какая-нибудь, мы же девочки.

— Но ваши мамы тоже девочки, твоя, например... — я не понимаю подобного отношения, именно поэтому уточняю.

— Нас не любили, — очень тихо отвечает она, и я, конечно же, обнимаю мою любимую девочку.

— Теперь вас всех любят, — улыбаюсь я ей. — Особенно тебя.

— Как в сказке, — отзывается Иришка, прикрыв глаза. — Кормим и везем, или кормить уже там будем?

— Кормим сначала, — глажу я ее по голове.

Иришка более-менее привыкла уже, а может, это инстинкт матери в ней говорит, но она повзрослела, на мой взгляд, да и страх свой весь растеряла. Правда, только когда я рядом, а когда нет, тогда и страх, и паника, но тут уже ничего не поделаешь, навсегда мы вместе, навсегда. Люблю я ее, она без меня жить не может, что еще в жизни нужно?

Малышки, уже одетые, к нам бегут со всех ног, чтобы поделиться своими снами. Сны у них ожидаемо вовсе не кошмарные, потому что поверили они нам, доверились, необычайно легко забыв свои семьи. Доктора мне на этот вопрос ответили очень коротко: не надо об этом пока думать. Значит, не все хорошо... Если будет нужно — нам расскажут. А если не расскажут, значит, не следует нам это знать.

— Сейчас позавтракаем, а потом у нас экскурсия! — громко сообщаю я распределившимся между нами с Иришкой доченькам. Обниматься они любят очень и ценят наше внимание так, как я в свое время внимание родителей не ценил.

— А что такое «экскурсия»? — удивленно спрашивает меня Лерочка. Глаза у Иришки, кстати, тоже удивленные. Незнакомое слово, значит, буду объяснять.

— Так называется возможность посмотреть что-то новое и интересное. Хотите? — интересуюсь я мнением детей.

— Да-а-а-а! — оглушает меня детский крик. Ну да, кто бы сомневался, новое посмотреть мы всегда готовы, ибо не баловали их таким в прошлом. Ну и любопытство, конечно...

Ведем дочек в кают-компанию, они еще не знают,

что это в последний раз, по крайней мере, пока. Родители сейчас как раз стыкуют с нашим домом овоид побольше, фактически это по планировке вариант детского сада или гостиницы: спальни по кругу, в каждой свои шкафы, место для игрушек и для личных вещей, стол, чтобы порисовать или полепить в одиночестве, — им это может быть нужно. Общие столовая, игровая, учебные комнаты... Ну, надеюсь, понравится, а нет — что-нибудь переделаем, проблема это небольшая.

— Ой, а что это? — удивляются малышки, увидев сегодняшний завтрак. Перед ними стилизованные под тюбики Темных Веков емкости лежат. — Зачем столько зубной пасты?

— Это не зубная паста, — улыбаюсь я им, рассказывая, как на заре цивилизации едва вышедшие в космос люди питались именно так, потому что гравитатора у них не было.

Рассказывая, я открываю один из тюбиков, принявшись высасывать вязкую массу. У малышек в этой массе спрятана не только каша, но и витамины, и некоторые лекарства, долженствующие облегчить адаптацию к звезде, согревающей Гармонию, чтобы не было ожогов и других неприятностей, учитывая, как к ним относились. А так — это и игра, и немного истории, очень доченек заинтересовавшей, и огромная польза.

Одежды у них, кроме комбинезонов, нет. Их платья пришли в негодность, да и радиоактивными оказались, поэтому все новое ждет малышек дома. И платья, и игрушки, и планшеты для рисования... Много чего их ждет, потому что родители приняли их всех, а необходимость всего этого никому доказывать не надо. Ребенок должен быть накормлен, в безопасности и комфортно устроен. Это непреложный закон Человечества.

Доченьки мои улыбаются, делясь впечатлениями, выбор у них серьезный, поэтому удовольствие они получают ни с чем не сравнимое, а я думаю о том, сколько радости им еще предстоит. Сколько новых открытий, сколько возможностей, и необыкновенных приключений. А мы все постараемся сделать так, чтобы малышки навсегда забыли о том, что их кто-то может не любить.

— А теперь... — я будто задумываюсь на мгновение. — За мной!

Двигаясь не очень быстро, прихватив Иришку за руку, бегу в направлении шлюза. Оттуда уже отошел буксир-спасатель, зато нас ждет полупрозрачный огурец экскурсионного корабля. Главное, чтобы не испугались...

Но доченьки и не думают пугаться — смеющейся повизгивающей массой они влетают в экскурсионное судно, ловя родителей. И лишь поймав, начинают оглядываться. Экскурсионный корабль ведет квазиживой разум, а он очень терпеливый. Именно поэтому у малышек есть время полюбоваться на звезды да рассесться по удобным диванчикам. И едва они чуть успокаиваются, звездная система начинает медленно вращаться, сдвигаясь назад.

— Здравствуйте, дети! — звучит задорный женский голос, специально подобранный психологом госпиталя. — Я так вам всем рада! Такие красивые и очень хорошие девочки сегодня у меня в гостях!

Малышки сначала удивляются, а затем начинают улыбаться так счастливо, так радостно, что Иришка моя от избытка чувств просто всхлипывает. Я прижимаю любимую к себе, негромко рассказывая, что сейчас будет. Доченьки же рассматривают систему, задавая тысячи вопросов и моментально получая ответ на каждый из них. Они совершенно увлечены разглядыванием космических кораблей, планетарного лифта, многочисленного личного транспорта. И вот, наконец, перед ними наша прекрасная Гармония.

Замирают все, даже я, тысячу раз ее видевший. Очень красивая у нас планета, просто слов нет, чтобы рассказать, насколько прекрасна моя Родина, а доченьки гладят покрытие пассажирского отсека, будто желают погладить планету, и выглядит это донельзя мило.

Валерий Феоктистов. «Марс»

Все мы правильно поняли... Представлять, что любой из наших кораблей находился в опасности, конечно, неприятно, но, тем не менее, это так. Согласно остаткам бортжурнала, экскурсионный корабль был повреждён при нештатном выходе из субпространства, подал сигнал бедствия, но вместо помощи был фактически взят на абордаж. Я представляю себе шок детей, переживших подобное.

На обеих планетах работают группы квазиживых, хотя уровень радиации там запредельный. По какой причине они сумели передраться, мне непонятно пока, хотя квазиживые установят, у них квалификации хватает. Приоритетная цель — вторая планета, именно туда, судя по всему, доставили испуганных детей. На третьей живых даже теоретически нет — ни сканеры, ни что-то другое ничего не обнаруживают.

— Третья, общее население до катастрофы — сто шестнадцать человек, судя по результатам — орбитальный удар, — спокойно докладывает начальник группы. — На мой взгляд, использовалась как тюрьма, но каким-то образом умудрилась ответить.

— Понятно каким — тюремщиков захватили, — вздыхаю я. — Дикари есть дикари, тут как ни крути. Возвращайтесь.

Восстанавливать планету бессмысленно. Она сама справится спустя много веков, а нашего интереса тут быть не может — нам планет хватает. Вот вторая очень интересна сама по себе, потому что мы имеем дело с Отверженными, что уже и так понятно. На третьей, кстати, обнаружены довольно примитивные ментоскопы — аппараты прямой манипуляции. Мы от них отказались, а вот Отверженные... Скорее всего, детей просто провели через процедуру блокировки воспоминаний, была у них такая технология, насколько я помню. Но эта процедура опасна еще и тем, что может произойти и разблокировка, причем самостоятельная.

— Обнаружены агрессивные формы жизни, — сообщает группа со второй планеты. — Обездвижены для допроса. Обнаружен бункер глубокого залегания. Вскрываем.

Короткие рубленые фразы демонстрируют занятость процессора квазиживого организма. Ну я его могу понять: скорее всего, их пытались убить именно «агрессивные формы жизни», а это никому не нравится, даже квазиживым, хотя убить их очень даже затруднительно.

— Агрессивные формы жизни идентифицированы как фауна и будут утилизированы, — информирует меня начальник группы. Интересно, это что же выяснилось в результате допроса? — Имею сообщение для Человечества.

— Охренеть, — не могу сдержаться я. — На корабль, срочно!

— Выполняю, — квазиживой сух и деловит, что не означает ничего. Но я понимаю: хорошего мало, и новости будут, причем не факт, что хорошие.

— Подготовиться к трансляции, — отдаю я приказ сразу же кивнувшему старшему группы связи.

— Обнаружены защищенные носители с информацией, — информирует меня квазиживой, сообщив затем о том, что разумных не найдено, а останки обнаруженных будут доставлены на корабль.

Вот тут я слышу в его голосе ярость. Всегда спокойные, тренированные, умеющие полностью отключать эмоции квазиживые так могут говорить только в случае очень неприятных находок. Так что сначала сами посмотрим, потом только, наверное... Я уже поднимаю руку, чтобы прервать подготовку к трансляции, но меня останавливает Вера. Твердо смотрящая на меня женщина сейчас готова заплакать, и я вижу это.

Проходит несколько часов, все группы возвращаются на корабль и, сменив снаряжение, зовут нас в ангар. Мне становится настолько любопытно, что я двигаюсь туда быстрым шагом, прихватив с собой и Веру. Ангар — это огромное помещение, серые стены, и все, потому как вся машинерия спрятана в стенах. Но вот сейчас все боты отодвинуты к стене, буквой «П» стоит строй всех квазиживых «Марса», а по центру лежат на полу три ящика.

— Собрать весь экипаж, — приказываю я, лишь увидев изломанные тела маленьких девочек, явно непросто умиравших. — Траурная церемония.

— Как нам удалось установить, — докладывает разум «Марса», — мама этих девочек сумела выйти с ними на связь до того, как погибла. Они сами сделать почти ничего не успели, только записали обращение, а затем... устроили самоподрыв всех ядерных ракет.

— Трансляцию, — командую я, пытаясь понять, как уцелели тела, но Вера мне на ухо негромко объясняет, как именно, и я чувствую недостойное разумного желание — уничтожить планетарную систему.

И тут звучит голос девочки. На застывшей картинке я вижу испуганные глаза ребенка, записывающего сообщение для нас. Три девочки в кадре, и, судя по всему, в момент записи они как раз ставят ракеты на подрыв, способностями интуита угадывая правильные комбинации кодов. Девочка рассказывает нам то, что мы и так уже знаем, но при этом идет трансляция, и ее слышит все Человечество. Спустя примерно минуту, необходимую для прохождения сигнала в туманности, все разумные слышат малышку, пожертвовавшую собой ради того, чтобы другие пожили еще хоть немного.

Девочек украли для... язык не повернется сказать подобное, но из них делали именно рабынь, при этом используя способности интуита для предугадывания желаний господина, не более того. Отверженные так и не поняли, какое чудо украденные ими дети. При том мальчиков держали на этой планете для оплодотворения девочек. Очень этой агрессивной фауне нравилось мучить детей нашего народа. А планета, на которой выросли спасенные лейтенантом Винокуровым девочки, использовалась именно как питомник.

— Если вы услышите наше сообщение, умоляем, спасите девочек! Пожалуйста! — надрываясь, кричит в конце своей речи ребенок. — У нас уже нет времени, но я молю вас — уничтожьте это гнездо! Ради всего разумного, уничтожьте!

На собравшихся в ангаре падает тишина, но затем разум «Марса» включает траурную мелодию, пришедшую к нам из далеких времен. Сейчас она как нельзя кстати. Именно жертвою пали в борьбе роковой... Что случилось с малышками, я уже знаю — их захватили и мучили до смерти, а затем использовали старинные техники, сохраняя тела в том самом виде.

— Если бы фауна сама себя не уничтожила... — вздыхаю я, думая о том, что Отверженные отсутствие разума очень хорошо показали, — мы бы выполнили твою просьбу, девочка. Тела в хранилище, они найдут свой покой дома.

— Правильно, командир! — соглашаются со мной присутствующие.

— Так как установлено, что существа, похитившие детей, не отвечают критериям разумности, то инструкция изоляции недействительна, — громко сообщаю я для протокола.

Теперь остается только спасти оставшихся детей, разобраться со взрослыми, не являвшимися родителями, по крайней мере девочек, и возвращаться домой. Я бы еще лейтенанта наградил бы, но решать это не мне.

Гармония, 57 метеона 33 года

Сергей Винокуров

Проснувшись, я долго думаю о прошедшем дне. Множество эмоций малышек, заселение в свои комнаты, игрушки вызвали много слез, потому что для них все внове. Ночь прошла спокойно, но это в основном благодаря медикаментам, а то мои перевозбужденные доченьки не уснули бы. А у нас с Иришкой было еще одно испытание — трансляция. Любимую мою она очень удивила, но я объяснил, что это такое и для чего сделано, отчего Иришка плакала. Я прикрываю глаза и вспоминаю:

— Люди! Если вы нас слышите! Уничтожьте это

гнездо! — звучит над всем Человечеством голос замученного ребенка.

Каким-то образом их мама сумела не просто сохранить память, но и связаться с детьми, рассказав им правду. Мы уже и не узнаем, каким именно способом это было проделано, но разве это важно? Девочка рассказала всему человечеству о том, как на планете-питомнике «воспитывали» девочек, почему-то обязательно девочек, а в четырнадцать они просто исчезали. Что с ними делали Отверженные — просто чудовищно, хотя за ласку девочки были готовы на все, чем и пользовались дикари.

Иришка дожила до восемнадцати только потому, что три девочки пожертвовали собой, взорвав планету Отверженных. Да, они убили всех без разбора, но можем ли мы их осуждать? Не думаю... Иришка, осознав, что ей грозило, сначала ревела так, что перепугала и малышек, а потом уже объяснила мне: если бы в четырнадцать появилась ласка, она бы согласилась и на... И на то, что делали с детьми. Эти ее слова легли в общую сеть, потому что сегодня Человечество будет принимать решение. Мы все будем решать, что делать с дикарями, напавшими на наших детей.

Ну а пока я смотрю на экран, расположенный в нашей спальне. Конечно же, у нас есть своя спальня, как же иначе? Выглядит она, правда, как рубка звездолета — большой экран, на который передаются жизненные показатели малышек, красивый шкаф, пара комодов, двуспальная кровать, хотя именно к половым упражнениям мы не переходим. Иришке моей нужно пока совсем другое, я себя в руках держать умею, не убежит от нас это, вот совсем.

Что у нас там на экране? Доченьки мои ясноглазые просыпаются. А любимая моя уже встала, и потягивается, отчего держать себя в руках становится тяжелее. Значит, и мне пора...

— Что бы мне надеть... — вслух задумывается Иришка, у которой внезапно появляется большой выбор одежды.

Я задумываюсь о форме, но затем достаю свободные штаны и рубашку. В конце концов, мы дома, сегодня у нас еще адаптация, изучение нового обиталища, а потом малышек надо еще в Детский Центр отвезти, пусть поиграют. Правда, это еще что психологи скажут — не напугали бы моих маленьких, это к нам они привыкли, а вот другие взрослые... ну и что будет со школой, тоже вопрос. Потому что школа нужна и Иришке, причем с самого начала, хотя тесты мы еще не проходили. Я буду вместе с любимой, иначе уже она может испугаться. Просто в любом случае не будет.

И тут, в процессе одевания, меня посещает мысль —

а что, если класс сформировать только из малышек, посадить туда же Иришку, чтобы она могла им помогать учиться, ну, формально... Надо с педагогами связаться, ну и со службы, по-видимому, уволиться. У меня сейчас есть более важное дело, чем промеж звезд летать — два десятка малышек, которым нужен папа. Жалко, конечно, немного все-таки, Пространство было моей мечтой, но дети важнее. Поэтому, не откладывая в долгий ящик, связываюсь с куратором.

— Доброе утро, Александр Саввич, — здороваюсь я.

— Здравствуй, Сережа, — улыбается он мне из проекции, при этом застегивавшая платье Иришка ойкает явно от неожиданности. — Ты связался, чтобы спросить?

— У меня два десятка детей, Александр Саввич, — не отвечая сразу на вопрос, произношу я. — Поэтому Флот для меня закончился.

— Ну, я бы так не сказал, — хмыкает Александр Саввич. — У детей будет школа, а у тебя немного другой профиль. Разведке учителя и психологи тоже нужны, так что тебе предстоит перепрофилирование, но пока ты в отпуске.

— Есть, понял, — удивленно отвечаю я на это. — Спасибо большое!

— Ну мы же разумные, — улыбается он. — А ты

большое дело сделал, очень большое, поэтому было бы неправильно тебя просто отпустить.

Связь прерывается, я же переглядываюсь с Иришкой и пожимаю плечами. Ну это решилось — и хорошо, теперь у нас самая главная забота — родительская. Надо собрать доченек, умыть, помочь с одеждой, а затем всем вместе позавтракать. И вот после завтрака подумаю, чем занять малышек. По идее, сейчас стоит дать им почувствовать наш дом, затем с помощью игр и экранов познакомить с Гармонией, и еще совета спросить у родителей. С этой мыслью я беру Иришку за руку, выводя в коридор, где по кругу расположены двери в детские спальни.

— Ну что, ты налево, я направо? — предлагаю я любимой.

— Давай! — солнечно улыбается она, поворачивая к левой двери.

А кто у нас тут? Машенька уже проснулась, но лежит в кровати, думает о чем-то. Видит меня, и сразу же задумчивость сменяется выражением счастья на лице. Тянутся руки, папа берет малышку на руки, неся умываться. Машенька рассказывает о своих снах, я внимательно слушаю. Сны — это очень важно, они показывают состояние детей, так в учебнике написано.

— Что ты хочешь надеть сегодня? — интересуюсь я у нее. — Комбинезон, платье?

— Платье, наверное, — сообщает мне ребенок в процессе умывания.

Кажется, что это отнимает много времени и мы соберем детей очень нескоро, но на самом деле, все быстро происходит, и я от Машеньки иду к Танечке, а потом и к Маришке, а Иришка обходит малышек, точно так же довольно быстро умывая и помогая. Скоро они всё смогут делать сами, но сейчас всем доченькам очень нужны родители с утра. И это хорошо, на самом деле, потому что они в любую минуту видят, что мы есть для них.

Что меня еще очень радует — отсутствие ревности. Нет даже попыток ревновать внимание родителей, и это очень-очень хорошая новость. Иначе было бы очень сложно, в первую очередь именно нам, пришлось бы приглашать воспитателей, а посторонние люди есть посторонние люди. Но мы справляемся.

Столовая просто огромна, по-моему, сюда вдвое больше детей влезет. Надеюсь, это не намек от родителей. Шучу, конечно. Маме и папе тоже весело — два десятка внучек. Девочку Вику, что в школе травила Иришку, заберет родственница, как ноги отрастут да подлечится девочка. Хотя нам с ней еще встречаться, конечно, потому как с Иришкой ей учиться придется...

Ирина Винокурова

Так много всего со мной произошло, а с малышками-то... Видеть, общаться, прикасаться к людям, для которых дети очень важны, просто необыкновенно, а еще они послали звездолет для того, чтобы спасти остальных... Узнав, правда, для чего нас всех так унижали, и что хотели сделать потом, я долго плачу. Хорошо, что меня Сережа нашел, просто очень хорошо! И что малышек спас... Доченьки мои волшебные, я их по-настоящему своими чувствую, хоть это, возможно, и неправильно. Но все вокруг принимают нас с Сережей родителями, а малышки «запечатлелись», так бабушка говорит. Это значит, что они больше никого не примут в родители.

Наверное, жалко, что Сережа не сможет летать, но ведь он сам так решил, значит, так правильно. Он же всегда знает, как правильно, поэтому я только обнимаю его, поддерживая во всем. Ну еще мне очень интересно, что будет со школой, чем мы все заниматься будем, и... И что это такое воздушное у нас в тарелках?

Очень вкусный сегодня завтрак, доченьки едят с видимым удовольствием, да и мне воздушная каша нравится. Надо будет спросить потом, как называется это блюдо.

— А сейчас доченьки отправятся... — Сережа делает паузу, привлекая всеобщее внимание. — Играть!

— Ура-а-а-а! — радуются малышки.

Им очень нравится просто играть, смотреть экран, где показывают очень красивые фильмы. Их никто не ограничивает, не кричит на них, не запрещает ничего, и воспринимается это совершенным чудом. Я очень хорошо понимаю моих девочек, сама была на их месте, но не завидую, потому что мне судьба подарила еще большее чудо — моего Сережу.

Мы отводим малышек в огромную просто игровую комнату, над которой синеет небо. Я вхожу в нее, и ощущаю себя на улице. Прозрачные, но видимые стены дарят ощущение безопасности, трава кажется настоящей, а над нами синеет небо, даже ветерок ощущается.

— Потолка нет? — удивляюсь я.

— Силовое поле, — не очень понятно объясняет Сережа. — Это как на улице, но безопасно. Никто не влетит, никто не вылезет, — улыбается он мне, — зато свежий воздух.

— Ой, здорово... — я улыбаюсь, а малышки уже все в игровом городке с лесенками, домиками, переходами. Ну и Вика с Фэном за ними присматривают, потому что они пришли за нами с «Витязя». Почему пришли, я не спрашивала.

— Внимание, Человечество, — звучит из наших

браслетов. Это коммуникатор внимание привлекает. — Прослушайте результаты расследования.

Это суд начинается. Судьи — все Человечество, потому что нужно решить, что сделать с «дикарями», так поступившими с нами. Я бы... Не знаю даже. А голос командира корабля «Марс» спокойно рассказывает, что «дикие» селились в четырех городах, а такие, как мы... Оказывается, что нас всего семь человек осталось в других городах. Ну, детей. А еще выясняется, что ту ядерную бомбу бросили от страха те, кто не знал, что мы товар. Их уже всех убили от злости. Но вот теперь всем нам, и мне тоже, надо решить, что делать с теми, кто убивал и мучил нас за то, что мы из другого народа происходим. Осознавать это очень страшно, но папа говорит — не в первый раз такое.

— Человечество! — обращается к нам совсем другой голос, демонстрируя малышек такими, какими они были доставлены на Витязь, а потом других каких-то девочек. — Живых на планете двенадцать тысяч. Нам нужно решить, что с ними сейчас делать. Предложения на данный момент... — и опять звучит сбивчивая речь неизвестной мне девочки, что спасла нас.

Вслед за ней звучат голоса других людей: и взрослые, и совсем юные, и женские, и мужские. Сережа подходит к нашим доченькам, и я понимаю, что он хочет сделать. Он рассказывает детям, что происходит, я вижу, они задумываются.

— Нечестно убивать всех, — переглянувшись с сестрами, произносит Танечка. — Пусть лучше будут в тюрьме... подальше от нас.

— Я предлагаю передать решение тем, кто пострадал от этих диких, — слышится папин голос.

— Прошу поддержать то или иное предложение, — на экране коммуникатора появляется возможность голосовать.

Проходит несколько минут, малышки возвращаются к игре, да и я не слежу за происходящим — у меня ощущение какого-то освобождения, ведь люди разумные, они решат и так будет правильно. Я же думаю: а как бы я поступила? Наверное, лишила бы возможности покинуть планету, пока не изменятся. Ведь там не только жестокие люди, которых так воспитали. Не только страшные мальчишки, но и совсем маленькие дети... Я просто не смогу убить их всех, даже несмотря на то, что с нами сделали. Может быть, я мягкотелая, но жить, осознавая, что по моему слову убили людей, не хочу. Пусть они были очень плохими, но тем не менее...

— Человечество возлагает решение на старшую из выживших, — объявляет тот же голос. — Ирина Винокурова, каким будет ваш приговор?

Я шокированно замираю — это что, я должна решить? На мгновение мне становится страшно, но рядом встает, обнимая, мой муж, сзади нерушимой стеной родители, а малышки, бросив игру, окружают нас, внимательно глядя на меня. Я не имею права обмануть их доверия. Просто не могу, потому что я не только же Ира, я мама. И как мама должна быть справедливой.

— Убивать будет неправильно, — сообщаю я Человечеству. — Они ничего не поймут, а там же и дети есть. Поэтому надо лишить их возможности покинуть систему, пока не перестанут быть дикими. Надо дать им шанс обрести разум!

— Умница, доченька, — говорит папа. — Мы гордимся тобой!

Малышки обнимают меня, а я только тихо плачу от этих его слов. Пожалуй, именно в этот момент я полностью осознаю, что все закончилось. Больше никто не будет мучить девочек за то, что они девочки. Хотя, как оказалось, мучили нас не за это, но тем не менее — не будет больше слез.

— Человечество приняло решение, — торжественно звучит голос из всех коммуникаторов. — Система диких будет изолирована, космические суда уничтожены, субпространственные коридоры приведены в базовое положение. Контрольные буи будут предупреждать о том, что система принадлежит диким повышенной агрессивности.

Я жду продолжения, но его нет, и тут я понимаю почему. Планета Отверженных теперь остается одна. У них нет возможности больше убежать, потому что их хозяева уже мертвы, теперь уже нет космических кораблей, кроме тех, что они построят сами, и даже издеваться не над кем больше, потому что нас всех собрали. Или они станут разумными, или погибнут сами в космическом одиночестве. Шанс им дали, но и только, а нам стоит забыть о том месте, где мы родились.

Гармония, 60 метеона 33 года

Сергей Винокуров

Сегодня у нас много разговоров планируется, поэтому сразу после завтрака я объявляю программу на весь день. Программа у нас простая, но озвучить ее надо, потому как заканчивается метеон и надо решать, что будет со школой. Первого орбитала начинается учебный цикл, поэтому или мы ждем до астерона, или пробуем сейчас. За десять дней вполне успеем. Ну а малышкам, пока родители будут общаться со специалистами, будет скучно, поэтому они сейчас узнают свою программу.

— Родителям надо заняться вопросами школы, — объясняю я малышкам. — А доченьки, чтобы не скучать за разговорами, отправятся с бабушкой и дедушкой в Детский Центр, согласны?

— А что это такое? — интересуется у меня Танечка.

— Это место, где много игр, развлечений и сделано все для того, чтобы вам было комфортно, — объясняю я ей.

— Мы бы, конечно, лучше с мамой и папой, — медленно сообщает нам Машенька, — но мы послушные девочки, поэтому поедем, куда папа сказал.

Странно быстро Иришка отпустила свое прошлое, будто и не было его, хотя родители говорят: сюрпризы еще будут, так что расслабляться рано. Но расслабляться мы и не будем, а будем решать, как обучить малышек и Иришку самым началам, чтобы доченьки могли в обычную школу пойти, а Иришка, Вика и еще три девочки — на старшие потоки. Хотя в их случае старшие потоки совсем никак — не знают они ничего, да и не учили их особо. Иришке, кстати, сегодня тестирование предстоит...

Малышки в радостном предвкушении собираются, это они еще не знают, что их ждет по возвращении. У детей тоже есть коммуникаторы, у доченек пока нет, но сегодня вечером появятся. Коммуникатор — это средство связи, наблюдатель за состоянием здоровья и возможность быстро найти ребенка, если что. По традиции, эти устройства детям выдают родители, поэтому у нас вечером будет много радости и объяснений. Читать они умеют все, подключим дополнительный язык, потому что во Всеобщем взяты элементы всех языков, и читать на нем им пока сложно. Но мы справимся.

Мама с папой загоняют переодетых в комбинезоны детей в большой транспорт, приписанный уже к нашей семье, отправляясь в Детский Центр, а мы с Иришкой ждем гостей. Если верить истории, в Темных Веках все было иначе и даже продукты питания надо было «покупать». У нас подобного, конечно же, нет, поэтому рассказы детей о том, что молоко было далеко не у всех, поначалу вызвали удивление. Впрочем, я отвлекся, уже паркуется транспорт с учителями, психологами и координатором. Глядя на входящих в дом, я улыбаюсь. Логично, кто может быть координатором, кроме хорошо знакомого мне куратора?

— Здравствуйте, Александр Саввич, — здороваюсь я с ним. — Здравствуйте, товарищи и соратники.

Это традиционное приветствие, во Флоте мы все по древней традиции — товарищи, а в гражданской жизни все больше по именам. Но в целом, можно называть и товарищами, и соратниками, и разумными. Кому как комфортно, поэтому мне просто кивают, здороваясь затем с нами обоими. В отличие от Иришки, я очень хорошо понимаю, что сейчас будет, поэтому чуть улыбаюсь. Я буду проходить тестирование с ней, чтобы она меня чувствовала и не боялась. Ну а потом будем решать, хотя мне кажется, будет принято именно мое предложение.

— Раньше сядем, раньше и закончим, — произносит Александр Саввич, когда мы рассаживаемся за столом. — Держите обручи и приступайте, — он протягивает стандартные наголовники виртуальной реальности.

— Надо надеть обруч на голову, — объясняю я любимой. — Мы окажемся в виртуальном классе, где будем отвечать на вопросы. Бояться не надо, никто бить или оскорблять за ошибки не станет.

— Х-хорошо, — чуть заикнувшись, отвечает Иришка, а затем надевает обруч. То же делаю и я, чтобы она не испугалась.

Перед глазами стандартный школьный виртуал, то есть класс с окнами, серой доской и рядами парт. Мы с Иришкой сидим рядом, она старается не терять тактильный контакт со мной, что вполне логично, так как предусмотрено. Много что предусмотрено, да и наблюдает за нами разумный, чтобы прервать экзамен в случае необходимости. Медики подключены к нашим браслетам, поэтому вполне смогут определить любую проблему.

— У нас сейчас будет тестирование знаний, — объясняю я любимой своей девочке. — Нужно определить, что именно ты знаешь и можешь, а что нет. Бояться не надо, так всегда делается.

— Я постараюсь, — тихо произносит она, чуть задрожав в моих руках.

Я успокаиваю Иришку, помня о том, что издевались над ними очень лихо, да и относились как к животным, поэтому нужно проявлять терпение. Лишь убедившись, что она успокоилась, я подаю сигнал готовности. Сразу же появляется материал, группа первых вопросов заставляет меня улыбнуться — детские тесты, начальных циклов на определение базовых понятий. Иришка моя робко улыбается, прощелкивая их, а я смотрю за линейкой оценки — она показывает мне, что параметры без отклонений.

Это очень важно — начальные параметры без отклонений, туда входят понятия цвета, освещенности, восприятия звуков, речи и даже базовые — добра и зла. Дальше идет по знаниям, причем История Человечества, как я вижу, исключена — Иришке ее знать неоткуда. Но вот математика, физика, химия, биология... Поверившая в свои силы Иришка совсем не нервничает, только когда что-то не знает...

Сжавшуюся от страха любимую обнимаю очень мягко, бережно, нажав на сенсор паузы. Отчего она так пугается, мне понятно — боится плохой оценки, которая в ее детстве была просто поводом ее унизить, или сделать очень больно. Но мне нужно показать ей — все позади, поэтому я успокаиваю мою хорошую, бросив взгляд на индикатор — второй-третий начальный цикл.

— Ну чего ты, — глажу я ее по волосам, незаметно для нее перещелкивая блок. — Давай еще попробуем?

— Давай... — тихо соглашается она, пытаясь вникнуть в вопрос.

Биология, особенно человеческая, у нее проходит неплохо. Зачем их учили анатомии и физиологии человека, мне как раз понятно, после всех открытий «Марса», так что я не удивлен совсем, но вот все остальное — глухо. Получается двенадцать лет любимую не учили ничему, с точки зрения нашей цивилизации. С доченьками все понятно — их незаметно протестируют в Детском Центре, но там совершенно точно надо с самого начала начинать, а вот с Иришкой... Я нажимаю сенсор выхода, мы возвращаемся в наш дом. Иришка боится поднять глаза, я прижимаю ее к себе, чтобы успокоить, хотя получается с большим трудом.

— Ничего неожиданного, — сообщает мне куратор. — У остальных девочек как бы не похуже, твоя отличницей, наверное, была.

— Пришлось... — тихо отвечает ему Иришка.

Она удивлена отсутствием злых обидных слов, поэтому очень поражается добрым улыбкам наших учителей, что для меня норма. Учитель должен учить, а не пугать, и Иришке это еще только предстоит понять.

Ирина Винокурова

Неожиданностью для меня оказывается факт того, что за знание хвалят, а за незнание не ругают. Очень добрые, какие-то совершенно невозможные учителя, улыбаются мне, даже говорят, что я молодец, но я же на много вопросов не ответила, уже предчувствуя... Вера Павловна за такое в лучшем случае оплеух надавала бы, а в худшем... И думать не хочу, а тут... Хвалят...

— Итак, сюрпризов у нас нет, — произносит один из учителей, я не запомнила, как его зовут, потому что боялась. — Старшим девочкам нужна особая программа, их пятеро, младшим — отдельный класс начального цикла.

— Младшие без нас будут бояться, — замечает мой Сережа. — Поэтому я предлагаю виртуал, в котором дети будут видеть маму и папу, мы сможем отреагировать если что, а они не будут считать себя неправильными.

— Это предложение имеет смысл, — кивает тот же учитель, а затем очень мягким голосом обращается уже ко мне: — А что может предложить Ира?

— Я не знаю... — честно отвечаю ему. — Младшие

все равно бояться будут, мы тоже, правда, но мы потерпеть можем... Наверное, если можно так, как Сережа предлагает, то так и нужно, ведь он лучше знает, как правильно.

— Любимая моя... — тихо произносит мой Сережа, обнимая меня. — Детей в их школах довольно сильно мучили. Младших больше болью, старших — унижениями, но страх почти одинаковый.

— Тогда действительно выхода нет, — соглашается с ним его куратор. — Значит, принимаем этот план. Возражения есть?

Никто не возражает, поэтому нас обоих благодарят, после чего наши гости убывают на своей летающей штуковине, а я задумываюсь. Получается, здесь действительно сказка какая-то — не ругают, не рассказывают, что я тупая, хотя знаю я, получается, значительно меньше Сережи, да почти ничего не знаю, а просто находят возможность учиться.

— Сережа, а почему они так? — спрашиваю я любимого.

— Ох, Иришка, — вздыхает он, прижимая меня к себе, отчего я будто плыву в его тепле. — Наша задача — выучить тебя и малышек, чтобы ты могла заниматься чем-то важным и приносящим тебе радость, так?

— Честно? — еще больше удивляюсь я.

— Конечно, — спокойно отвечает мне он. — Труд должен радовать, тогда и пользы больше. Так вот, нашу задачу я озвучил. Скажи мне, разве приблизит решение, если тебя обозвать или побить?

— Ну... — я задумываюсь. — Я бояться буду, стараться учиться, чтобы...

— Но учиться ты будешь от страха, — продолжает он, глядя меня. — От нежелания повторить, а не потому, что тебе интересно. А раз так, то и не поймешь многого, просто заучив. А какой в этом смысл?

А действительно, зачем нас мучили, унижали, оскорбляли? Ведь лучше понимать мы от этого не начинали. И тут я осознаю: взрослым просто нравились детские слезы, им нравилось быть выше, наслаждались они, получается, нашим страхом, а люди, которые Человечество, получается, совсем не такие? Выходит, так...

— Теперь тебе и малышкам будет комфортно учиться, — объясняет мне Сережа. — Вы не будете бояться спросить, если не поняли, больше поймете и лучше будете воспринимать материал, зная, что за неудачу больно не будет.

— Сказка просто, — вздыхаю я, закрывая глаза от удовольствия.

— Это теперь твоя жизнь, — я слышу улыбку в его голосе. — Полежим немного и отправимся малышкам коммуникаторы настраивать, чтобы все готово было, а потом и пообедаем.

Это хороший план, мне нравится, о чем я мужу и говорю. Так странно иногда — мне восемнадцать, а у меня уже и муж, и дети, хотя того самого, из-за чего в жены берут, у нас еще не было. Сережа говорит, что я еще не готова, а я соглашаюсь, потому что он лучше знает, как правильно.

— А как настраивать коммуникаторы? — интересуюсь я.

И тут оказывается, что настраивать мы их вдвоем будем, точнее наши коммуникаторы. Нужно просто поднести детский к своему и нажать сенсор. И так двадцать раз, но этого мало, потому что им нужно между собой иметь связь — сестры же, нужно иметь возможность позвать и прийти на помощь, ну еще нужна регистрация в общей сети. Но это мы сделаем уже, когда малышки вернутся. Хотя, может быть...

— Сережа, а давай после того, как сделаем, за ними поедем? — предлагаю я, точно зная, что меня поймут.

— За доченьками... — задумчиво говорит он. — А давай!

Мы садимся за первоначальную настройку средств связи детей, после чего они будут сообщать нам уже, что с малышками. Смогут на помощь позвать или передать что-нибудь. Очень важная штука — эти коммуникаторы, и очень хорошо, что существуют они и для детей. Поэтому, наверное, на Гармонии никто не теряется, мне Сережа рассказал.

Я размышляю о том, как будет в школе, а муж, будто прочитав мои мысли, начинает мне рассказывать, что такое здешняя школа. Я сижу, иногда даже забывая дышать, потому что рассказ его просто невероятен. Во-первых, здесь не классы, а группы, и в них могут быть разные возраста, а в нашем случае будут не просто классы, а виртуальная реальность, в которой доченьки и будут учиться. Мы с Сережей тоже будем там, только меня и еще четверых спасенных девочек нашего возраста будут учить всему с самого начала. Ну я буду видеть малышек, а Вика... Не думаю, что она захочет повторить травлю... Стоп!

— Сережа, а как так вышло, что спасены оказались только старшие и младшие? — интересуюсь я у него, потому что он точно все знает.

— Большая часть девочек была уничтожена ядерным зарядом, — объясняет он мне, тяжело вздохнув. — Розданные по семьям раньше девочки четырнадцати-шестнадцати лет практически не пережили...

— Ой... — я понимаю, о чем он говорит. Забили их, или еще чего хуже сделали, после чего и жить не хотелось.

— Основной питомник был в вашем городе, —

продолжает он объяснения. — Других городов... Это, скорее, селения по три-пять тысяч человек.

— Я понимаю, — киваю я ему. — Они решили убить нас, чтобы остановить заразу, а почему?

— Потому что вы потомки привитых детей, — вздыхает Сережа. — Потому частично имунны к вирусу. То есть вы выживали, а другие нет. И к какому выводу пришли недалекие дикари?

— Что это из-за нас... — упавшим голосом заключаю я, по кивку мужа понимая, что это действительно так.

Получается, что те, кого мы боялись, были просто дикарями, не понявшими, что происходит, а потому решившими убить всех нас, что им почти удалось. Но вот новость о том, что наш город и был основной «фермой», а других просто не было, меня заставляет ошарашенно замереть. Я уже знаю, конечно, что роль Великого Вождя и Учителя исполнял очень нехороший человек, просто испугавшийся вируса, но вот доселе мне было далеко не все понятно. Что же... Они стали историей и так правильно!

Гармония, 1 орбитала 33 года

Маша Винокурова

Сестренки мне о школе такого понарассказали, что волосы дыбом, поэтому, посоветовавшись, мы надеваем комбинезоны. Во-первых, юбку никто не задерет, а во-вторых, в туалет не надо, потому что комбинезоны у нас с «Витязя» и о туалете они заботятся сами. Зачем мальчикам нужно задирать юбку девочкам, я не понимаю, но сестренки говорят, что это им нравится, поэтому лучше не надо. Опыт у них такой, что плакать просто хочется...

— Сегодня у нас начинается школа, — сообщает нам папочка. — Но ехать никуда не надо, а нужно идти за мной.

— Как не надо? — сестренки уже готовы к тому, что придется давать отпор, и тут вдруг никуда не надо ехать.

— У вас уроки виртуальные, — объясняет нам самый лучший папа на свете. — Это значит, что мы сейчас все идем в специальную комнату, вы раздеваетесь до трусиков и ложитесь в специальные капсулы. Никто вас обижать не будет, у нас это не принято.

— А как же мама? — тихо спрашивает Танечка, озвучивая общий вопрос. Нам всем страшно становится без родителей.

— Мама будет рядом, и я тоже, — улыбается он нам, вызывая ответные улыбки.

Мы идем в новую комнату, которой я раньше не видела. Она такая же, как игровая, только потолок есть, а на стенах вместо зверей и цветов — буквы и цифры скачут. Папочка объясняет нам, как объявить о том, что мы устали, и взять паузу, он два раза повторяет, что это можно в любой момент сделать. Я киваю, потому что все понятно, а девочки сильно удивляются, хотя почему, мне не очень понятно.

Я снимаю одежду, ложась в теплую капсулу, будто ласково обнявшую меня со всех сторон. Закрывается крышка, и я вдруг оказываюсь в довольно большом помещении, уставленном столами и стульями, но не рядами, как сестренки рассказывали, а так, что мы, получается, по кругу сидим. Тут я вижу еще несколько незнакомых девочек, со страхом оглядывающихся вокруг.

— Привет, меня Маша зовут! — подхожу я к ним. — А вас как?

— Лика и Ма-марика... — заикаясь, отвечают две близняшки мне. — А ты драться не будешь?

— Нет, что вы, — улыбаюсь я, оборачиваясь к сестренкам. — Айда сюда, тут девочки еще ничего не знают!

Мои сестры радостной гурьбой налетают на новеньких, чтобы обнять и рассказать, что больно уже больше никогда не будет. Я вижу, что они не верят, но тут вдруг в классе появляются наши мама и папа, а еще целых три учительницы, очень ласково на нас смотрящие. Мы-то уже привычные, а вот новенькие всхлипывать начинают. Сестренки удивляются, а я нет, потому что знаю, что малышки долгое время лежали в госпитале — их как-то совсем сильно мучили, сильнее, чем сестренок.

— Садитесь, дети, — приглашают нас незнакомые пока тетеньки. — Первый цикл вы будете сидеть по домам, а в школу ходить так. Вы это уже знаете, поэтому просто вспомните, что на самом деле вы дома. В любой момент можно нажать красную кнопку и отключиться, договорились?

— Да-а-а-а! — хором отвечаем мы.

Я вижу, что мама время от времени улыбается,

поглядывая в нашу сторону, зато папа очень внимательно наблюдает, потому что беспокоится. Но все будет хорошо, потому что я не чувствую желания взрослых сделать нам плохо. Учительницы рассказывают нам, что именно мы будем изучать и почему их трое. А потом и представляются нам, при этом, когда я смотрю на каждую из них, зажигается подсказка с именем. Это очень удобно!

— Начнем мы с вами со стандартного времени, — произносит Варвара Михайловна. — В память о Прародине Человечества, в одном дне у нас двадцать четыре часа, а в неделе семь дней. Называются они: понедельник, вторник, среда, четверг, пятница, суббота и воскресенье. Вы привычны к таким названиям, поэтому подробно на этом останавливаться не будем.

— А неделя также в понедельник начинается? — интересуется Танечка.

— Да, так было принято у народностей, создавших Человечество, — кивает ей учительница. — Более подробно о создании Человечества мы будем говорить на уроках истории.

Она очень интересно рассказывает о том, что в месяце аж целых десять недель, а в году десять месяцев. Варвара Михайловна объясняет нам, что планет великое множество, поэтому у нас принято стандартное летоисчисление, а не привязанное к планете. Я понимаю, зачем это сделано, и радуюсь такой предусмотрительности.

— Год у нас начинается с месяца Новозар, — продолжает учительница. — Как отражение новых начинаний в труде и творчестве. За ним следует Лучезар, символизируя свет и энергию звезд, — на большом экране показывается, как пишутся названия месяцев, но это пока запоминать не надо, так Варвара Михайловна сказала.

Я чувствую усталость, нажимаю на кнопку и открываю глаза в капсуле. Хочется попить, и в туалет уже тоже хочется, поэтому я одеваюсь, но в этот самый момент становится шумно, потому что сестренки, получается, последовали моему примеру. Они делятся впечатлениями, улыбаются, и я, конечно же, с ними.

— Совсем не страшно, — говорит мне Лерочка. — Даже если отвлекаешься, не бьют, а спрашивают, представляешь?

— А я устала, но забыла о кнопке, — расстроенно говорит Саша, — но учительница как-то поняла...

— А мне пить захотелось, — добавляет Таня. — Я уже думала потерпеть, но папа сказал, что не надо. Как он все чувствует?

— Ну это же папа, — улыбаюсь я, как будто это все объясняет.

Действительно ведь, мамочка и папочка все-все

видят и чувствуют. Мамочка совсем юная, но она нас, кажется, просто сердцем чувствует, а папа всегда такой... Просто нет слов, чтобы объяснить, какой он. Я знаю уже историю своего появления на свет и почему мне так плохо было, но ни о чем не жалею. Все плохое, что со мной случилось, было для того, чтобы я могла обрести родителей, таких, каких мне хотелось в моих детских снах.

Мы возвращаемся обратно, но на этот раз страха просто нет. Ни у нас, ни у тех, других девочек, очень быстро становящихся нашими подругами. Мы уже знаем — нам тут ни за что не причинят зла, а Варвара Михайловна только улыбается.

— Отдохнули? — интересуется она. — Тогда пойдем дальше. Следующий месяц у нас Метеон, он назван так в честь метеоров, издревле прочерчивавших небо Прародины, вдохновляя людей на путь к звездам. А почему месяц Орбитал так назван, кто догадается?

— Наверное, потому что первый шаг людей в Космос начинался с орбиты? — не очень уверенно спрашиваю я.

— Очень точный ответ, — улыбается мне учительница. — Молодец, Машенька!

И мне так вдруг хорошо становится на душе, так солнечно... Меня похвалили, вот!

Ирина Винокурова

— Здравствуй, Вика, — здороваюсь я с той, что травила меня в прошлом.

— Здравствуй... — тихо отвечает она, опустив голову, а потом вдруг налетает на меня: — Спасибо-спасибо-спасибо!

— Тебя муж спас, — я обнимаю ее, потому что уже точно знаю, что ничего плохого случиться не может. — Я сама тогда от лучевой...

— Прости меня за все, — не отвечая на мою фразу, просит она прощения, а затем всхлипывает, начиная рассказывать.

Оказывается, нападать и бить меня ей почти приказывала Вера Павловна. Это был единственный способ избежать очень унизительного и болезненного наказания, поэтому Вика себя так и вела. Классную нашу, оказывается, забавляли мои слезы. Ну это для меня уже не новость, а вот то, что их всех заставили раздеться, когда заперли в классах «на карантин» — как раз да. Получается, учителя знали, что всех убьют, и хотели одежду забрать для кого-то другого, так, что ли?

— Здравствуйте, девушки, — в классе обнаруживается миловидная улыбающаяся женщина. — Меня зовут Тинь Веденеевна, я буду у вас преподавать Начала. Прошу садиться.

Нас тут пятеро, а будто за прозрачной стеной сидят мои доченьки, внимательно слушающие своих учительниц. Они сосредоточены, но улыбчивы, значит, им не страшно. Тинь Веденеевна рассказывает нам о кнопке прерывания занятия, а затем подходит ко мне.

— Ира, если ты видишь, что малышкам нужна помощь, нажми синюю кнопку, и тогда реальности сольются, — поясняет мне учительница. — Ничего не бойся.

— Я не боюсь, у меня Сережа есть, — объясняю я ей. — А вот они могут испугаться, особенно Лерочка.

— Малышки? — удивляется Вика.

— Ваша подруга стала мамой двум десяткам девочек, — объясняет Тинь Веденеевна. — Понятно, что она беспокоится о детях.

— Это те самые? — удивленно смотрит девушка, а потом переводит взгляд на меня, и становится он таким, что всхлипнуть хочется уже мне.

Но Вика ничего не говорит, только смотрит так, что у меня будто ком в горле встает. Тем временем учительница рассказывает нам об устройстве мира, в котором мы оказались, начиная с ориентации во времени. Оказывается, здесь в году семь сотен дней, а не вполовину меньше, как у нас. То есть мне, получается, девять по-местному?

— На самом деле, нет, — качает головой Тинь Веденеевна. — В некоторых семьях принято отсчитывать прожитые годы, но в целом для Человечества важен совсем другой возраст — психологический. Насколько вы готовы брать на себя ответственность. Поэтому Ирина Винокурова уже всем все доказала, приняв два десятка детей, а, например, Елена Степанина, — она показывает на девушку, будто желающую спрятаться от всего мира, — еще совсем малышка.

Вот оно как, выходит. Значит, не так важно, сколько прожил, а только, как понимаешь свою ответственность. Это очень интересная информация. Следующий мой вопрос о деньгах, потому что я здесь даже разговоров о них не слышала, да и ограничений не видела. У нас-то была проблема с очень дорогим молоком, а тут... Поэтому я и не понимаю, как здесь все устроено.

— Давай начнем с времени, — предлагает учительница. — Затем перейдем на мироустройство.

А та же Вера Павловна точно ударила бы за вопросы без спросу... Вот тут, по-моему, и другие девочки понимают, что бояться нечего. Я вижу это по их еще робким улыбкам. А тем временем Тинь Веденеевна начинает рассказывать о месяцах и почему каждый так назван, это очень интересно слушать!

— Впервые Человечество заглянуло в космос, будучи еще совсем диким — в Темных Веках, —

рассказывает нам учительница. — Самыми первыми аппаратами стали искусственные спутники планет, отчего пятый месяц года, носит название Спутник. Традиционно в этом месяце проходят школьные внутрисистемные экскурсии. Следующий месяц...

Она перечисляет месяцы года, рассказывая нам о том, что Человечество помнит каждый свой шаг на пути к Звездам, а еще — что никто не забыт. Начиная с Темных Веков и до сих пор, каждый, способствовавший тому, что Человечество сохранилось и стало разумным, навек записан в Книгу Памяти. Это очень... Очень сильно, потому что наполняет гордостью за тот народ, к которому я теперь принадлежу.

— Как вы знаете уже, летоисчисление Человечества делится на эпохи, — после короткой перемены продолжает свой рассказ Тинь Веденеевна. — Темными Веками мы называем времена до первого полета в Космос. О тех временах будет рассказано в первом цикле Истории Человечества. Страшное и грозное время подарило нам всем понимание...

Очень интересно это разделение на эпохи, учитывая, что та планета, на которой я родилась, застряла как раз в Темных Веках, несмотря на космические путешествия. Потому что нацеленность на наживу, ради которой они были готовы пожертвовать детскими жизнями, присуща только «диким», по мнению нашей учительницы. Подумав, я склонна с ней согласиться, потому что жизнь там была очень далека от цивилизованной, по моему мнению.

Сережа мой сегодня не учится — он с малышками. Пока что для него строят индивидуальную программу учителя-воспитателя, потому что у него это получается чуть ли не лучше, чем летать. Ну еще и доченьки у нас растут, хотя сейчас стало чуть попроще — у каждой их них есть индивидуальный ассистент в коммуникаторе, который и отвечает на тысячу и один вопрос малышек. Правда, и нам достается, конечно, но, тем не менее, действительно проще стало, хоть мы с мужем и устаем.

«Дети превыше всего» — это не просто слова, это суть современного Человечества, потому мы с Сережей и получаем разрешения действовать так, чтобы малышкам хорошо было. А им хорошо — вон как улыбаются! И я улыбаюсь, конечно же, потому что ничего плохого уже случиться совершенно точно не может. Осознавать это очень радостно, на самом деле...

Пройдет много лет, и мы забудем о том, что с нами делали, а мои девочки вступят в новую жизнь, не пугаясь уже мужчин и не боясь злобного оклика. Дар у них один на всех, довольно редкий дар, поэтому их взросления будут ждать с нетерпением, нам это недавно рассказали. Ну и я с ними, конечно, куда же без мамы? Малышки мои без мамы совсем не согласны, это с нами навсегда. Как и я с Сережей навсегда, что меня очень даже радует. Однажды и я забуду, как бывает плохо и как бывает грустно, и тогда больше ничто и никогда не будет приходить ко мне во снах, заставляя дрожать от ужаса или безысходности. Так будет, я знаю!

Гармония, 4 гагарина 45 года

Сергей Винокуров

Оглядываясь назад, даже и не верится, что прошло столько времени. Доченьки выросли, выбрали себе дело по душе и разлетелись по планетам. Но все равно собираются у нас, потому что без родителей себя не видят, хотя у многих уже и свои дети появились. Сложней всего было Вите и Саше — двадцать старших сестер...

Сегодня у нас важный день, поэтому Академия Дальней Разведки в осаде — доченьки слетелись с семьями, ну и мы с Иришкой, конечно же, ведь сегодня выпускается Витенька наш. Вырос, заматерел, и готовится отправиться в свой первый дальний полет. Он исполняет папину мечту — стать разведчиком. Папа-то у него в результате учителем-наставником стал, потому что с детьми непросто было, особенно в пубертате, хотя я доволен. Я занимаюсь нужным и важным делом, а любопытные мордашки гораздо важнее глубин Пространства, ведь дети превыше всего.

— Здравствуй, Сергей, — здоровается со мной ректор Академии, я его внука учу.

— Здравствуйте, Егор Шуевич, — улыбаюсь я ему. — Как ваше здоровье?

— Вашими молитвами, — хмыкает он. — Хорошего вы парня воспитали, терпеливого.

— Двадцать старших сестер, — лаконично поясняю я, и мы смеемся.

Еще бы... У Настеньки муж до вице-адмирала дорос, а у Танечки — начальник службы обеспечения. Если Сашка заботу сестер принимал всегда с юмором, то Вите хотелось покоя и тишины, а с сестрами не забалуешь. Машенька давно отпустила прошлое, заменив главу Контактной группы — все-таки один из трех телепатов на все Человечество, ну и доченек никто не неволил — они свои профессии сами выбирали, хотя дар диктует, конечно. Все-таки сильнейшие интуиты Человечества — Винокуровы. А вот сыновья у нас взяли дар от папы, но, в отличие от меня, не расстраиваются, ибо семейные легенды знают даже очень хорошо.

Надо отдать должное доченькам — чрезмерной опеки не было, но единый фронт сестер воспитал в мальчиках и терпение, и аккуратность, и даже некоторый педантизм, потому как обмануть их невозможно, да и не принято у нас в семье обманывать. Так и живем, а годы летят, конечно, не молодеем мы с Иришкой. Хотя Лерочка с Женечкой что-то уже на испытания продвинули, так что, боюсь, будет нам омоложение. Надеюсь, что не до детского возраста, хотя с них станется.

Вспоминаются наши уроки, затем педагогический... Иришка со мной пошла, как же иначе? Вот наших дочек выучили, других учим, любят нас с ней, хотя любимая моя строга бывает, но даже строгость у нее ласковая получается. Все-таки сказалось ее страшное детство, ну да все позади осталось. И, наверное, хорошо, что так случилось, потому что непросто было нам всем.

Женечка, та, которая самой молчаливой была, дипломатом стала, она у нас на конференциях с друзьями Человечества блистает. При этом дом ее к нашему примыкает, не может она без нас, несмотря ни на мужа, ни на детей. Детей, кстати, бывшие наши малышки папе с мамой сдают, так что в доме у нас детские голоса не переводятся. Ну и родители мои рады, конечно. Живем мы долго, поэтому папа часто на работу просто сбегает, ну а мне хорошо. Радостно мне очень — любимая жена, дети, внучата наши... Что еще в жизни надо?

— Скоро уже закончат, — замечает переживающая любимая.

— Не волнуйся, — гляжу я ее. — Все будет хорошо, Витька сдаст нормально.

— А помнишь, как Сашка... — улыбается она.

Да, Сашка дал на экзамене прямо — отказался за пульт садиться, его уже и прогнать с экзамена хотели, но тут сестры почуяли и подняли всех на уши. Неисправным пульт оказался, после чего на сына моего с большим уважением смотрели. Спасатель он у меня, сидит без работы почти, потому как спасать у нас некого, но хочется ему... Патрулирует границы Человеческого ареала в надежде повторить папину эпопею, но это секрет.

— Папа, папа! — подбегает ко мне Лариса. — У меня ощущение странное.

— Вот как... — я задумываюсь на минутку. — Ну-ка, позови сестер.

— Сестри-и-и-ички! — громко кричит дочка, будто и забыв о коммуникаторе, а я смотрю на нее с интересом и достаю из кармана портативный сканер.

Я же учитель, любые отклонения по здоровью должен обнаруживать, для того у меня и медицинская подготовка есть, и сканер портативный тоже. Потому что далеко не на всё коммуникатор реагирует, особенно у больших девочек. Ну вот, пока Лариска отвлечена, прохожусь по ней сканером, отмечая именно то, что ожидал увидеть. Улыбающиеся сестры медленно начинают кучковаться вокруг нее, а я просто радуюсь.

— У меня новость для тебя, — объясняю я запаниковавшей дочери. — Сестры уже всё поняли, кстати, видишь?

— Ой, — громко заявляет Лариса, с неверием глядя на меня. До нее тоже доходит. — И сколько? — с подозрением спрашивает она меня.

— Шестая неделя, — меланхолично отвечаю я ей, добив в конце: — Тройня.

— Ой, не-е-е-ет! — тянет Лариска, все отлично понимая.

В ближайшие месяцы ей не до науки будет, это абсолютно точно, да и мужу ее тоже, между нами говоря. Потому что тройня — это кошмар. Дети, конечно, превыше всего, но заняты будут все. И мы с Иришкой, и молодые родители, и даже квазиживые, коих у нас аж шестеро, потому что два десятка детей оказалось не так уж и просто воспитать.

Девчонки хихикают, поддевая сестру, решившую, видимо, побить наш рекорд, потому что двое у нее уже растут. Залпами дает доченька любимая, то двое, то трое. Но семья, разумеется, поможет, потому что иначе никак. Вот когда Танюшка рожала, сколько нервов было: плод оказался слишком крупным, чуть не порвал ее, но доктора справились, конечно. У нас прекрасные врачи, учителя, да и вообще — люди.

Я поглядываю на часы, Витьке до срока минут десять осталось. Насколько я его знаю, он будет ждать до последнего, наслаждаясь тишиной. Любит он у нас тишину и одиночество, но это пока, потому что встретит он любовь свою, и тогда все будет. Ну а пока я его даже в чем-то понимаю, ибо единый фронт сестер, имеющих свое мнение о том, что хорошо, а что нет...

Маришка разминает пальцы, она у нас как раз акушер-гинеколог, поэтому Лариске уже сразу повезло — и сестра, и специалист сразу... Маришка своим сканером проходится где нужно, приподнимает бровь, сообщая сестрам, что их полку прибыло. Это значит, будут девочки. У дочек чаще всего девочки и рождаются, причем очень редко когда дети по одному. С чем это связано, никто не знает, поэтому и не задумываемся, конечно. Как есть, так есть...

В этот самый момент звучит сигнал окончания экзамена, и все Винокуровы настораживаются. Ну что ж, пойду и я встречать своего героя-разведчика.

Татьяна Винокурова

Могла ли предположить я, когда-то давно, что стану такой? Будто бы в совсем другой жизни я доверилась взрослой девушке, выглядевшей почти тетенькой. Доверилась, потому что почувствовала: она хорошая. И действительно, она же не стала ни раздевать нас, ни бить, как советовала ей та страшная тетя, а, наоборот, стала мамой. Настоящей, а не только потому, что я первой ее так назвала.

Мама нас согрела в том подвале, а потом прилетел папа. Я верю, что он специально за нами прилетел, хотя сделала это возможным Машенька, наша очень любимая сестренка. Мы стали сестрами благодаря маме, сохранившей нас, и папе... Папа самый-самый, он даже от своей мечты отказался ради нас. Он стал учителем, что очень нам помогло потом, потому что было очень непросто.

Учиться непросто было, взрослеть, искать себя. Всегда, всю мою жизнь рядом были мама и папа, готовые помочь, поддержать, спасти. Даже от себя самой спасти, вот что важно! Когда родились братики, они стали сначала куклозаменителями, как папочка шутил, а потом уже мы им помогали. Смотрели на родителей и помогали нашим братикам, очень хорошо понимая родителей, ведь дети — это действительно очень важно.

И когда я встретила любимого, родители радовались, помогая мне осознать, что именно произошло. В нашем теперешнем счастье есть огромная доля их труда, их любви, их помощи. Именно папа и мама показали нам всем, какой должна быть семья. И мои малышки любят маму ничуть не меньше, чем я родителей. Наши дети смотрят на нас и учатся — любить, понимать, идти к своей цели.

Я работаю в аналитической службе Флота, а Ваня, это муж мой, руководит службой обеспечения. Он не сразу руководить начал, конечно, но мы прошли этот путь вместе, рука об руку. Девчонки, ну, сестры, тоже идут своим путем, но мы все равно вместе, потому что мы одна семья. Именно мама в холодном подвале показала нам, что такое — семья, хотя сама, наверное, и не понимала этого, когда качала на руках умирающую Лильку... Я знаю, что Лиля умерла тогда, прямо на маминых руках, но папа ее вернул.

Мне много чего известно, да и не скрывали ничего от нас, не принято это у людей — скрывать. Могут объяснить, что пока рано, но вот так, чтобы скрывать, я такого не видела еще никогда. С нами и так было не совсем просто — многому пришлось учить заново, ну и мальчиков мы поначалу боялись. Помню, когда пошли не в виртуальную, а обычную школу — толпой поначалу передвигались. Как папа шутил — в построении типа «свинья». Мальчики от нас шарахались, и мы от них тоже. Я все думала, что первой ласточкой Машка будет, а нет — мне повезло. Встретила я своего самого любимого, с пятого класса и до сих пор. Раз и навсегда. Тогда и сестренки начали оттаивать... Правда, сначала объяснили Ванятке моему, что они с ним сделают, если у него мысль появится. Он тогда еще подумал, что, может, ну его, но от меня не сбежишь, вот и он не смог.

Витька сегодня Академию заканчивает и, насколько я его знаю, постарается сразу же сдриснуть. Но вот чего он не знает, что ждут его приключения необыкновенные, а нас — нервотрепка, конечно. Потому что братики у нас младшие и бесконечно любимые. Настолько любимые, что уже и не знают, куда от нас убежать. Хи-хикс.

Да, история о том, как очень хороший папа по имени Сережа спас нас всех, заканчивается. И начинается история Витеньки, о чем он еще и не подозревает, зато мы, конечно же, знаем. Мы с девчонками все давно знаем, хотя саму суть приключений, конечно, нет. Но главное — он вернется, живой и здоровый, а все остальное мы решим.

Помню, первой Лерка почуяла: у Витьки в первом «дальнем» будет сложное испытание. Папе мы, конечно, рассказали. И маме тоже, на что она только вздохнула, потому что ожидать, что все просто будет, глупо, по-моему. Ну вот и она также сказала, ведь главное, что он живой вернется, правильно? Это я прикидывала и так, и эдак, получалось, что, если что-то менять, только хуже будет — вероятности расплываются. Поэтому Витька и не знает ничего, а вполне спокойно сдает экзамен.

Муж мой лично курирует комплектацию разведчика, на котором братик полетит. И хотя планируется близкий полет, ну, сравнительно, мы-то все знаем, что он будет долгим для него, и не очень простым. Папа говорит, что Витя мальчик и должен научиться сам, раз он так хочет, потому что свобода воли всегда важна. А папа ошибаться не может, мы все это знаем. Так что будет Витьке приключение, да!

Вот и конец экзамена. Сейчас братик появится, и мы все на него кинемся обнимать и поздравлять. Папочка уже даже улыбается, потому что представляет, что именно сейчас будет. Ну он всегда все знает, как и мамочка, мы так привыкли. За прошедшие годы для нас стал более чем обычным факт того, что родители всегда все знают. И, по-моему, так правильно, потому что это же они.

— Ви-и-и-итя! — мы все одновременно срываемся с места, едва только завидев братика. Поздравить его, обнять...

И он все отлично понимает, ведь любит нас не меньше, чем мы его. Мы семья, единое целое, хоть и многочисленное, но... Начались мы в страшном подвале, куда нас загнали вроде бы для карантина, а на самом деле, чтобы медленно убить. И страшная тетка, иногда приходившая во снах, она хотела, чтобы перед смертью нам было страшно и больно. А мамочка не желала этого, она нас всех спасла.

Мы сейчас отправляемся домой. К маме и папе, конечно, потому что их дом навсегда наш, так папа сказал, а он не может ошибаться. Мы отправляемся, чтобы отпраздновать день, когда Витька получил свой первый шеврон. Это очень важный для него день, ну и для нас всех тоже, потому что иначе быть не может. Мы семья.

Мамочка улыбается, смахивая слезы. Все правильно, дети взрослеют и вылетают из гнезда, навсегда сохранив родителей в своем сердце. И мы также учим своих детей — собственным примером. Ни для меня, ни для Машки, ни для Лерки уже давно не является чудом отношение к нам наших детей, потому что у нас в семье это, скорее, норма.

Сейчас мы, как в детстве, набьемся в транспорт всей толпой и полетим домой. Помню, как мы ждали возвращения домой, пока учились — рассказать маме и папе обо всем, спросить совета, похвастаться или поплакать. Они всегда есть для нас, и я... Я счастлива еще и от того, что первой когда-то давно поняла — это наша мама!

Виктор Винокуров

Сестренки мои любимые с меня так просто не слезут, хоть за папу прячься. На самом деле, я их очень люблю, и сестер, и родителей, конечно, просто много их очень. Иногда бывает слишком много, ну да ничего, совсем недолго потерпеть осталось — дней тридцать, пока маршрут согласовывают да корабль готовят. Хотя, зная Таньку, и особенно ее мужа, кораблик у меня будет просто вылизанный, надеюсь, хоть не крейсер. Крейсер мне пока не положен, лейтенант я всего.

Папа очень хотел работать в Дальней Разведке, ну, пока маму не встретил и сестренок моих любимых. Вот тогда он стал учителем, потому что нет для него ничего важнее детей. Для меня тоже, но я в свое время решил, что исполню папину мечту и исполнил. Ну и свою тоже, потому как хочется мне тишины, а после выпуска по традиции Академии курсанты отправляются в одиночный поиск.

Полетаю с месяцок, отдохну от всеобщего внимания, а там и поглядим. То есть у меня отпуск намечается. Надеюсь, что пройдет он без сюрпризов, хотя сестренки какие-то очень уж загадочные. Учитывая, что все они интуиты и как бы ни самые сильные, то это несколько подозрительно. Впрочем, насколько я знаю своих сестер, если будет нужно, то расскажут, а не расскажут — сюрприз будет. Я, правда, сюрпризы не люблю, но кто меня спрашивает?

Мы уже рассаживаемся за столом. Этот ритуал неизменный, сколько себя помню — во главе мама с папой, у самого окна. Хоть стол и круглый, но я просто привык считать, что они во главе, ведь мы все их просто боготворим. Вокруг сестренки рассаживаются, Сашка рядом со мной тяжело вздыхает. Я его понимаю: улечу, а он останется на тот же месяц один на один с девчонками.

— Витя, — привлекает мое внимание Машка. — Двоих квазиживых с собой возьми, тебе пригодится.

— Понял, спасибо, — киваю я ей, даже не задумываясь.

У Машки опыта столько, что мне и не снилось, а телепат она мощнейший, потому просто суммирует то, о чем сестренки думают, выдавая мне эту рекомендацию. Вывод — сюрпризы и приключения более чем вероятны, и подготовиться к ним надо правильно. Ну а пока можно и просто попраздновать, не каждый же день разведчик в семье появляется.

Сегодня обед бабушка готовила — ее руку ни с кем не перепутать, даже у мамы получается иначе, а бабушка действительно очень много необычного делать умеет. Вот я сейчас салатику с холодцом наверну и стану полностью довольным жизнью. Люблю я бабушкину стряпню, да мы все ее очень любим! Вот я и ем, наслаждаясь, а мысли-то бегают...

Выучился я на отлично... Попробовал бы я не отлично учиться, сразу же добровольно-принудительно помогать начали бы, так что выбора у меня не было. Так вот, выучился я на отлично, потому шеврон у меня красный, это приятно, ибо не у многих так. Корабль у меня класса «разведчик», но имя я ему все равно дал «Витязь», чтобы сделать приятное папе. Ему действительно было приятно, он сам сказал.

— Витя, — негромко говорит мне Таня, подкладывая мне моих любимых салатов. Ну, конечно, она знает, что я люблю. — Главное, помни, что из любой ситуации есть выход. Инструкции вторичны, первично твое сердце, твоя душа, твой разум.

— Значит, сюрпризы будут, — вздыхаю я, на что сестренка только улыбается так ласково и немного грустно одновременно. — Но я хоть вернусь?

— Обязательно, — хмыкает она. — Это совершенно точно известно.

Новость заставляет выдохнуть. Если сестренки видят, что я возвращусь, то все хорошо. А если бы они почувствовали, что я могу не прийти обратно, фиг бы я вообще куда-то полетел, я их знаю. Впрочем, такая забота и беспокойство в нашей семье тоже норма, так сказать, обратная сторона любви. Но, в целом, новости хорошие, вот и ладненько.

Я верю: что бы ни случилось, я обязательно вернусь. Потому что здесь мои временами шебутные, но очень любимые сестренки. Здесь мама и папа, без которых я не представляю себе мира. Здесь мой дом, моя работа, моя жизнь. Именно поэтому я обязательно вернусь, что бы ни случилось.

Ночью, глядя на зовущие меня звезды, я раздумываю о правильности выбранного пути, но тут же чувствую уверенные папины руки на моих плечах. Я будто становлюсь совсем маленьким мальчиком, потому что меня молчаливо поддерживает папа, даря уверенность в себе и в будущем. Именно поэтому я твердо знаю — все будет хорошо.

Справочные материалы

Отверженные

Называемые представителями Человечества Отверженными являются, по-видимому, выходцами из англо-саксонского мира, в руки которых попали дети совсем других народов, обращенные ими в рабов. Именно для компенсации убыли рабов предназначалась планета-питомник с лицемерным названием Родина. Для подчеркивания этого и с целью лишения опоры, летоисчисление на планете-питомнике и основной планете Отверженных велось по-разному. Приводим здесь некоторую сохранившуюся информацию.

Летоисчисление искусственно велось с момента

некоей гипотетической «посадки», в реальности места не имевшей и необходимой только как отправная точка расчетов. Согласно уцелевшим источникам, названия месяцев были установлены следующими:

Морозник — по морозам, характерным для русской зимы.

Снегирь — назван в честь яркой птицы, часто ассоциирующейся с русской зимой.

Березень — от «береза», растения Прародины, начинающего пробуждаться весной.

Пасхальник — слово, от которого образовано название месяца, установить не удалось.

Травень — от слова «трава», подчеркивает весеннее цветение и обновление природы.

Купальник — согласно справке, месяц, характерный для массовых народных праздников.

Жниварь — ключевой месяц в аграрном календаре Прародины.

Златоверх — символизирует начало школьного обучения и урожая фруктов.

Листопад — описывает падение листьев и наступление осени.

Серебряник — отражает первые морозы, придающие природе серебристый оттенок.

Снежень — подчеркивает начало снежной зимы и предвкушение нового годового цикла.

Большинство этих названий являются искусственными, введенными для поддержания легенды, по которой рабы должны были считать себя свободными. Ныне Отверженные сохранились только в виде небольшой колонии и интереса, кроме ксенобиологического, не представляют.

Источник: «Справочник гуманоидных диких рас» под редакцией М.Винокурова.

Человечество

Человечество на своем пути к гармонии и разуму переживало множество испытаний, объединившихся в эпохи. Традиционно принято считать время до первого управляемого полета в Космос — Темными Веками, тогда как период от этого события до Первой Марсианской станции, ставшей затем Марсоградом — Древностью. Именно в Марсограде люди изучали возможность жизни на других планетах, поэтому, когда Прародина стала совершенно некомфортной для обитания — оттуда Человечество пустилось в путь.

От заселения планет системы Прародины, называвшейся «Солнечной» до Первой Звездной экспедиции, простирается Первая Эпоха, Вторая же связана с первой встречей. Первый Контакт, первые братья по разуму, именно это событие и дало начало Второй Эпохе. За ней уже последовало расселение, изучение друг друга и, наконец, Первое Посольство, завершившее Третью Эпоху.

Чтобы соответствовать новым стандартам и не путаться во времени, Человечество изменило отсчет дней, месяцев и лет, переименовав их. В новом летоисчислении в году семь сотен дней, состоит он из десяти месяцев, каждый из которых содержит десять недель. От Драконии до Гармонии, от Чжэньсяо до Цзинли все Человечество пользуется единым языком и единым календарем. Напомним принятые человечеством названия месяцев:

Новозар — месяц новых начинаний, отражающий старт нового года.

Лучезар — месяц, символизирующий свет и энергию звезд.

Метеон — в честь метеорных дождей и других космических явлений.

Орбитал — отражение постоянного движения планет и спутников.

Спутник — в честь первых искусственных спутников.

Галактик — месяц, посвященный изучению галактик.

Гагарин — в честь человека, открывшего дорогу к звездам.

Кратерий — в честь лунных и марсианских кратеров, подаривших Человечеству первые внеземные города.

Память — месяц, названный в честь памяти Человечества о проложивших дорогу к звездам, также, как и обо всех погибших на этом пути.

Космон — отражение бесконечности и загадок космоса.

Если взглянуть на личный коммуникатор, легко можно определить сегодняшнее число, неизменное как для пространства, так и для всех планет Человечества.

Источник: «Введение в историю Человечества», учебник младших школьных циклов.

www.ingramcontent.com/pod-product-compliance
Lightning Source LLC
LaVergne TN
LVHW021330080526
838202LV00003B/126